季刊

magazine from Los Angeles

島田荘司

2000 Spring

島田荘司
責任編集

原書房

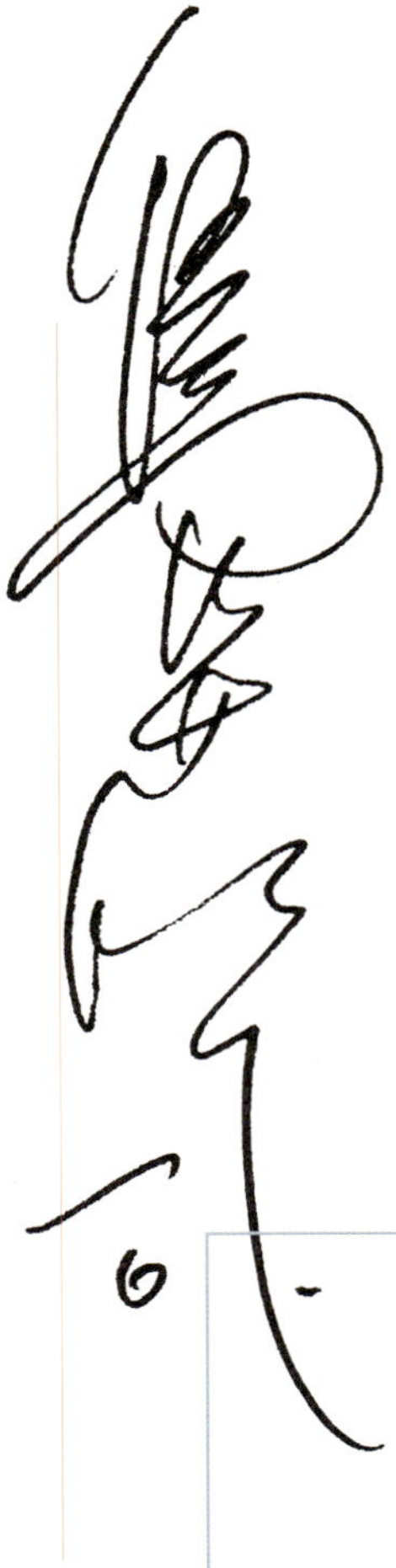

Soji Shimada

002-
003

magazine from Los Angeles

季刊 島田荘司

2000 Spring

CONTENTS

vol. 01
創刊号

御手洗シリーズ

山手の幽霊

■連載■
第１回
読み切り

1

われわれの思いに反し、ずいぶん有名になった観のある例の暗闇坂の事件と、川崎のＩｇＥ事件とで親しくなった横浜戸部署の丹下警部が、いきなりわれわれのささやかな事務所を訪れてきたのは、私の記録によるとＩｇＥ事件直後の四月の夕刻とあるので、平成二年、一九九〇年の四月のことになる。

新千年紀が開けた今から見れば、早いものであれはもう十年も昔の事件ということになるのか。御手洗はまだ横浜にいた時期だが、あの頃すでに欧州やアメリカからしきりに誘いが入っていたらしく、電話やファックスがひっきりなしに鳴っていたような記憶である。電子メイルはおそらくその何倍であろう。電話に応じている御手洗の外国語、終えると居間に出てきて、せかせかせわしなく歩き廻っていたような様子は、思い返せば先週のことのようだ。

現在の横浜は、みなとみらいに引き寄せられ、中心地が桜木町に移っていった観があるが、当時はまだかろうじて伊勢佐木町付近が横浜の顔だった。横浜もそうだが、私自身にとってもこの十年は激動の期間であった。御手洗はいなくなり、私の横浜の活動地域は老境に入って、どこかみすぼらしく感じられはじめ、これに導かれるようにして私も若さを失った。はりのある冒険の日々が再び戻ってくれば違うのだろうが、ともかく当時は、私はまだずいぶんと元気があった。

しかしこの時期の丹下源太郎は、そうでもなかった。この頃彼は、ＩｇＥ事件や眩暈事件の功績もあったのだろうと推測しているのだが、警部に昇進したばかりで気分はよい時期だったはずである。ところがこの夕刻だけはまったく意気銷沈し、途方に暮れているような印象だった。私たちの前に現れた時、ほんの三十分前、不本意な成績でフル・マラソンをゴールしたばかりの選手のようだった。

御手洗の方も、この頃頭を占めていた問題が数多くあったはずだが、丹下のこの様子には興味をひかれたとみえ、なかなか快活に戦友を迎えた。

「警部に昇進されたようですね」

御手洗は言った。しかしその声は、ソファで考え込んでしまった丹下の脳には届かず、私が出したちょっと自信のあるダージリンのカップにも、まるで気づかないようなありさまだった。

「何、何ですと?」

しばらくして、彼は訊き返してきた。

「丹下警部、うん、なかなかよい響きだ、おめでとうございます」

快活に言って、御手洗は握手の右手を伸ばした。御手洗はなかなかひねくれた男だが、客観的に見て、人の気持ちを引きたてるのは上手な男である。もっともそれは、おうおうにして、これによって何かを引き出そうとするような下心がある場合に限られるのだが。

「ああ警部ね」

御手洗の手を握りかえしながら、たった今思い出したように丹下は言った。普段ががら声で、雷のように話す男だが、その声はいたって小さい。

「今回のようなどえらい謎に出遭えば、肩書きなんぞ屁の役にもたちはしません。実際私は、今回ほど自分の能力に失望したことはありませんぞ。警部の肩書きなんぞ、隣の猫にくれてやりたいくらいなものだ。まるでわけが解らない。警察官になって三十年、私はこんな奇妙奇天烈な事件に出遭ったことがない。こんな事件誰かが筋道つけてくれるのなら、警部の肩書きなんぞ、喜んで進呈しましょう」

「ほほう」

御手洗は深く感動したように言い、自分のティーカップを持って、丹下の向かいに腰を降ろした。

「三十年の経験をもってしても？」

丹下は、悲しげに首を横に振った。

「経験も肩書きも、警察官としての多少の特権も、何にも役にたっちゃくれません。霊媒師を呼びたいくらいなもんだ。私の親戚筋に神主がおるんでね、実際そっちに行こうか、それともここに来ようかといっとき迷ったくらいでしてね」

「こっちを選ばれたのは賢明でした」

丹下は、苦味走った顔に苦笑を浮かべた。

「ああ私もそう願っております。あなたさんなら、私なんぞよりはこの手の話に馴染んでおられるかもしれない。だからひょっとしてと、考えんものでもなかったが、だからまあこうして足を運んだんですが……、だが今回ばかりはどうかな……。いくらあんたでもね」

「決して後悔はさせませんよ」

御手洗は快活に言う。

「暗闇坂の藤並家の屋根に、跨った死体が出た時もそう思いませんでしたか？」

「ああ、まあ確かにそうだが、あれは理屈で説明がつくような事柄だ。今回のは、あれとはだいぶ様子が違うんでね」

「今だからそう思うんです。この手の話と言われたが、どの手です？」

「暗闇坂には、少なくとも幽霊は出なかった、そうでしょう」

丹下は苦しげに言う。

「ほう、するとこの手というのは、つまりは怪談ということですか」

「そう、警察の仕事じゃない。これはもう私らの仕事じゃない、霊媒師だの、神主だのの出番です。しかし、人が死んだ以上はきちんと説明をつけなきゃあならん。私らが関わったら、報告書というものを書く必要もある。幽霊の報告書をですぞ！　私はそんなもの、これまで書いたことがない」

「私が書きましょうか？」

御手洗が言った。

「何ですと？」

「経験ならたっぷりありますよ。脳科学というのは、つきつめれば幽霊が相手なんです。幽霊探索の報告書なんですよ。分子生物学の最前線だって、似たような怪談騒ぎに支配されています。何故人間や、酵母菌にだけ世代交替があって、大腸菌には起こらないのか。何故コレステロールを分解できる人と、動脈硬化で死んでいく人とがいるのか。何故ＨＩＶに感染し、発病する人と何でもない人がいるのか。科学と怪談とがかけ離れて見えたのは、科学がまだ初歩的段階にあったからにすぎません」

御手洗が垂れる高説を、はたして丹下が聞いているのか否か不明だった。なんとなく悲しげな、うつろな表情をしていた。

「解りました。ともかく話せと、こうおっしゃってるんですな？　先生は」

「そうです」

御手洗は言った。

「そのためにいらしたんでしょう？　何を躊躇してるんです？」

「さて、なんでしょうな」

丹下は溜め息とともに言った。

「自分でも解らんが、まぁ本能的な勘とでもいいますか……」

丹下はそれからしばらく沈黙して考えをまとめ、こう話した。

「とんでもなく変わった事件でして、これを御手洗先生にご相談して、ますますとんでもない場所に引っ張っていかれるんじゃないかと、まあそんなことを恐れているんだろうと、こう推察するんですな、自分の思いを」

「朝五時から滝に打たれて、座禅を組んで、念仏をとなえるようにとか？」

「そうそう。しかし私は、そんなことを言われても時間がない。捜査のたびに滝に打たれているような悠長な時間はない」

「誰かがそんなことを？」

「さ迷っている霊を鎮めるためにはよい方法だと。しかし私はあいにく不信心な人間で」

「ぼくもです。さあ事件のお話を」

少しいらいらしたように、御手洗は言った。それで丹下は、座禅でも何でも組む覚悟を決めたらしかった。

「さて、どうお話ししていいかな、まるで講釈師にでもなったようだが……」

丹下は言ったが、実際のところ彼のいかつく、いささか怪しげな風貌は、講釈師が似つかわしい。

「山手には江戸の昔、百段というとんでもない石段があったそうですな。元町の真ん中あたりにある前田橋《まいだ》という橋の、中華街側に立ってまっすぐに山手方向を見ると、ふもとから山のてっぺんまで、一直線にあがっていく石段が一筋望めたそうです」

「ええ知っています。元治元年の絵地図にも載っているらしいですね」

「はい。このてっぺんに浅間様というお宮があって、いつかの暗闇坂もそうだが、ここいらの山は、江戸の頃から魑魅魍魎が跋扈した魔物の森だったそうですな。この百段自体は、関東大震災で崩れたらしいが」

「ええ、江戸の頃から閻魔参りと称して、江戸からも庶民がはるばるここに詣でにきていたらしい」

御手洗は言った。

「そう、幕末の頃ここ百段上は、いわゆる居留地も港も全部望める眺望絶景の場所だったらしいが、一気に登ればこの石段は心臓破りでね、大変な急斜面だったそうです。足を踏みはずしても大変でね、江戸の頃は転落して死ぬ者も出たといいます。

それから山手のいわゆるフランス山は、幕末の頃には駐留フランス軍の陣地があったところでしょう。その隣りはイギリス軍の駐屯地で、いろんなひどいこともあったらしい。今でこそ女の子に人気のファッショナブルな街だが、昔から怪談にゃこと欠かん土地柄です。だから今度のは昭和の、いやもう平成か、平成の新怪談ですな」

「平成の閻魔参りですか」

「まったくそんなところで。この百段にほど近い山手の新興住宅地に、正木幸一という医学生が住んでおりましてね、まだ歳は若いんだが、医者はまあ稼ぎがいいんですかな、といってもまだ医者にはなっていないが、山手の丘の上の一戸建ての家に、一人で住んでおったんです」

「ふむ」

「この男の住んでいた家というのが、まだ新しいんですが、山手のトンネルの真上の家でね、このトンネルというのが、またいわく因縁があるらしい。いわゆる芝はぐりの祟りというやつで」

「何です？　それは」

「これは炭鉱で働く者が昔よく言った言葉なんですが、野狐《やこ》ですな、野ギツネです。これがいっぱい棲み暮らしている山に穴を開けると、狐に祟られるという話ですわ。山手トンネルというのは、かつてはたくさんの野狐の棲み家だったらしくてですな、ここにトンネル掘削で大きな穴開けたもんだから、たくさんの子狐を殺した。これを怨みに思った母狐が人間に復讐するというんで、あのトンネルにはたくさん怪談があるんです、たとえば……」

「いや、怪談はけっこうです」

御手洗は右手をあげて遮った。

「それより今回の事件の話を」

「ごもっともです。この正木の家には地下室があるんです。それも普通の地下室じゃなくて、いわゆる『核シェルター』というものなんですな」

「核シェルター？」

丹下は、いささかくたびれたふうの背広の内ポケットをもぞもぞと探り、グリーンのヴィニール表紙の手帳を引き出し、せわしなくページを繰っていた。繰りながらこう話す。

「ね、こりゃちょっと変わっておるでしょう。まあアメリカあたりじゃ普通か知らんが、日本じゃ珍しい。これはＩＢＳとかいう日本の鉄鋼メーカーが作って、いっとき世間に売り出しておったものらしい」

「いつ頃のことです」

「もうだいぶ前です。それでもいっときこれは、けっこう当たったらしい。マスコミも面白がって、話題になった。というのはこれ、ステンレス製の四角い箱で、湿気がこないから匂いがつかない。黴びない。それから穴掘って埋めるだけなので、すぐに地下室ができる。手軽なんですな」

「なるほど」

「地下室というのは、湿気がきて匂いがつくんです。でもこれなら大丈夫で、だから別に水爆落ちると思ってない人間でもね、読書室に使ったり、物置にしたり、リスニングルームにしたりで、使い方、まったく自由自在なわけです。自分の家の床下掘ってこれを埋める人は、だからかなり出たらしい。日本は住宅が建て込んでおりますからな、近所に気がねせずに音楽を聴きたいというような者がね、これを買った。正木の家の床下にもこれがあったんです」

「それは正木さんが？」

「いや、そうじゃないです」

丹下は手帳を繰る。

「正木の前の前の家の持ち主です。名前は乾義雄《いぬいよしお》という男らしいですが、この人がシェルターを買って、施工直前の家の床下に埋めたんです。この人は横浜の市役所の土木課に勤めておったような人で、こういう仕事の関係から、どうもシェルターのメーカーのＩＢＳとのおつき合いができたらしい」

「なるほど、そうして造った家が、シェルターごと転売されて、正木幸一という人の手に渡っていたということですね？」

「はいそうです」

「それで？」

「事件の性質上、この家の所有者の名前をひとわたり述べんといかんのですが、どうもこの家の転々としかたが、まずはいかんのですな。最初の持ち主が乾義雄、これは今言いましたな、この人が最初の所有者で、家は建売、つまりシェルター埋めた上に建売住宅の工事させて、乾が新築のこの家を買ったんです。買った年は昭和六十年……」

「つまり、昭和六十年に新築された家ですね？」

「そういうことです。そして昭和二十四年生まれの乾なんですが、去年急性の進行癌で亡くなっておるんです」

「平成元年に？」

「そうです。まだわずかに四十です。若いから癌の進行も早かった。しかしこの発病というのが、家の購入とほぼ同時なんです。築四年、つまり購入後も四年ですが、それでもう早々と持ち主が死ぬんです」

「なるほど」

「家というのは恐いですな。それで次の大岡修平という男が、この家の権利を引き継ぐんです」

「引き継ぐ？」

「そうです、そういう言い方になるでしょうな。というのは、大岡は乾の勤務先の上司なんです。職場が同じで、先輩後輩なんですな。大岡は昭和十九年生まれです。この男が去年、この家を乾から買うんです。大岡にとっても山手というのは憧れの土地だったらしいから、いつかはと思っていたんでね。乾の未亡人としても、借財があったらしいからね、売る必要があったようで。そうしてこの大岡の一家がまた、この家に入った途端、今度は娘が発病するんです。大岡の二十歳のひとり娘。大変な病気で」

「ふむ、またどこかの癌ですか？」

「いや、違います。ある意味、それならまだよかったかもしれない。早期なら今は直りますからね。ＡＬＳとかいう難病です」

「ああＡＬＳ」

「ご存じで？」

「知っています。筋萎縮性側索硬化症《きんいしゅくせいそくさくこうかしょう》、全身の筋肉がすべて麻痺する難病でしょう」

御手洗が言った。

「その通りです、よくご存じだ」

「脳の運動野の障害と考えられていて、呼吸もできなくなる」

「そうです。呼吸のための筋肉も動かなくなるから、放っておけば即窒息です。で、喉に穴を開けて、ポンプで強制的に空気を送り込むことになる」

「そうです。しかしそうすると、命と引換えに声が失われる」

「そうなんです。このお嬢さん、宏美さんというのですが、一年ほどの闘病生活の末、今年の正月に亡くなっておるんですな」

「亡くなった？　一年間闘病生活をして？」

「はあそうですが、何か？」

「強制呼吸装置を付けていたんでしょう？」

「はい」

「それなら、一年で死ななくちゃならない病気ではないですね、ＡＬＳは」

「おお、そうですか」

「合併症……、ほかの病気も持っていたんですか？　彼女は」

「いや、聞いてません」

「解りました。続けてください」

「続いて、お母さんの雅子さんが自殺です」

「自殺」

「はいお母さん、つまり大岡修平の奥さんですな、これが娘さんの跡を追って二月に首吊り自殺。これもこの家です。それで大岡は、もうこの家には住む気力なくして、叩き売るんです、正木幸一に」

「なるほど、そういう経過ですか」

「それで大岡は、その後家を買うでもなく、安宿とかカプセル・ホテル泊まり歩いてすさんだ生活を送るんです。横浜のあちこちを放浪してね、飲んだくれてね、もの壊したり、ガラス割ったり、酔っぱらって大喧嘩したり、そんなこんなで逮捕もされてます。留置が二回、トラ箱一回」

「ふむ、しかし役所勤めがあったでしょう？」

「そんなもん、とっくに辞めてますわ。辞めてから家を売るんです」

「ふむ」

「祟られておるでしょうこの家。入る者入る者、次々に災いが降りかかる。死ぬか、家庭を失って廃人になるか。いやあ、家というものは恐い！」

丹下は大仰に言い、しかし御手洗は薄笑いを浮かべてこう言った。

「で、正木の場合は何です」

「さて、それなんですがね……」

ここではじめて丹下は、私のいれた紅茶を発見したらしく、カップをつまみあげて冷えたこれをひと口飲んだ。

「この核シェルターというもの、あるでしょう」

「うん、ありますね」

「最初の乾がこれをどう使っておったか、正確なところは不明ですが、たぶん物置なんだろう、しかし大岡は、事実上ここで暮らしておったんです」

「娘さんに死なれてからですか？」

「そう。生きる気力をなくした彼は、事実上妻とは別居で、このシェルターが彼の家だったんです。奴はこの穴蔵に異様な愛着を見せてましてね、役所からは直接ここに戻り、ここで食べて、ここで本を読んで、書き物をして、テレビを観て、といった調子でね。布団も持ち込んでいて、夜はここで眠る。朝起きたらここから役所に行く。まるでもぐらだ」

「悪くない生活だ」

御手洗は言い、私はというと、今の自分の生活と変わらないなと考えた。

「ここにこもって一歩も動かなかった。よっぽど居心地がよかったんでしょうな。シェルターの中にはコンセントもあってね、その気になったら、ここだけででも生活ができるんです。だから大岡は、家売ってからもずっとカプセル・ホテルにいるんです。カプセル大好き男なんですわ、大岡は。しかし続く正木は、一転全然ここを使っていなかったんです」

「そうですか、正木がそう言っているんですか？」

「そうです。正木はこの家に移ってきたら、真っ先にここを封印してしまったんです。電気もカットして、大岡が置いていたようなガラクタは全部出して捨てて、蓋して、その上からがっちり釘付けしてしまったんですな。この男は地下室が嫌いらしいんです」

「石岡君とは違うんだな、しかしカプセルはステンレス製なんでしょう？　釘が打てたんですか？」

「蓋のところにこう、朝顔の花みたいに反り返りがあるんです。ここの上下を木でサンドイッチにして、一番下には煉瓦嚙ませて、それで上からこう、釘づけです」

丹下は、トンカチをふるうジェスチャーをした。

「なるほど」

「これはどうも越してきてすぐらしい。引っ越しを手伝ってくれた医大の友人どもとか、ガールフレンドなんかと一緒に、移ってきたその日のうちに、電源をカットして、蓋閉めて、上から釘づけまでしてしまったらしい。たぶん前の住民の大岡がずっとこの中で暮らしていたって聞いていたんで、気味が悪かったんでしょうな」

「彼には病気は出ていませんか？」

からかうように、御手洗は訊いた。

「正木ですか？　医大生だからかな、まだ出てないですな。やっぱりこういう因縁の家は、医大生か医者が住むに限ります」

「医者だって病気にかかりますよ」

「しかし彼は、今のところ順調にやってきて、婚約者と結婚しようかって話です。ところが大岡の方は申し上げたように地獄を這いずり廻ってね。娘の宏美の墓がある本覚寺の墓地に一日中しゃがみこんでいるのを見られたり、泥酔してトラ箱に入ったり、元町のＫ鞄店のショウウィンドウのガラス叩き割って逮捕されたりね、もう敗残者にまっしぐら」

「ははあ」

「一度なんぞ、本牧の飲み屋の路地裏で、正木自身へべれけの大岡とぱったり会ったらしい、暗がりでね。そしたらふらふらしながらね、恨めしそうな顔してね、じいっと見つめられたと、こう言ってますな」

「しかし正木氏の人生は順調なんですね」

「はい、まあ、そうですな」

「それじゃ彼は全然家に祟られていないじゃないですか。野狐の祟りも怪しいものですな」

御手洗がにやにやして言った。しかし丹下の顔つきは、まさしく真剣そのものだった。

「ところがところがぎっちょんちょんなんですな先生、そうもいかんのです。あの家の祟りは本物ですよ」

「ほほう」

「いつも食事中、どうも変な匂いがすると、こういうんです正木は。肉が腐ったような、たまらん匂いです、とても食事にならん」

「ふむ」

「シェルターには、食堂から降りるようになっていたんです。それで一念発起して、正木はシェルターの蓋開けてみたんです。釘づけみんなはずして、それで蓋開いた。ひょっとして鼠か猫でも死んでいるのかとね、そう思って」

御手洗は沈黙し、先を待っていた。

「そしたらもわっとね、もうたまらん匂いです。大変な腐敗臭」

御手洗は沈黙したまま頷いた。彼もまた、何かを感じはじめていたのだ。

「とてもこれは鼠どころじゃない。で、何があったと思います？　下に」

私の見るところ、御手洗は何か腹案を持っていたようだ。しかしそれを口にはしたくないといった思いだったらしい。言葉を何も発しなかった。少し待ったが、御手洗が何も言わないので、丹下はこう続けた。

「鼻をつまんで正木が地下のシェルターに降りてみると、そこに、なかばミイラ化した大岡修平の死体が横たわっていたんです」

御手洗は、恐い顔をしたまま何も言わなかった。私は、背筋を冷たいものが走った。

「死後ひと月程度経過していた……。大岡の死体は、ずっとそこにあったんです。だから街をうろついてた大岡修平は、奴の亡霊だったんですな」

2

「解剖はしましたか？」

御手洗は訊いた。

「しました」

丹下は即座に応えた。

「死因は何です？」

「餓死です」

「餓死?!」

御手洗も、さすがに驚いたようだ。私が記憶する限り、御手洗が餓死者の事件を扱ったケースはなかったように思う。

「そうです。腹の中に何も入っていない。そして体には、死に至るようないかなる外傷もない。体内に毒物の痕跡もいっさいない」

丹下は応えた。

「核シェルターの中で一人餓死を？」

「そうです。正木が引っ越してきて、ここを封印した時点から、大岡はずっとここにいたんです。死体になって」

御手洗はしばらく黙った。それから言う。

「死後どのくらい経っていると言いましたか？　大岡氏の死体は」

「一ヶ月は充分経ってますな。しかし、ご承知でしょう、特殊な環境です、こういうケースでは、正確な死亡推定日時なんぞもう解りませんよ。しかし……」

「ふむ、カプセルは密閉された鉄の箱だと」

「そうです」

「餓死していたのは本当に大岡修平氏ですか？」

御手洗は訊く。

「それが間違いないから困っておるんです。正木はじめ、大勢の人間が面通しで確認してます。大岡当人に間違いないと。死体の写真も、死体安置所の実物も、考えつくあらゆる人間に見せました。三年前に大岡は、歯医者に通っておるんです。歯型が遺っていてね、それからも絶対間違いないと。歯医者も断言しております。そして大岡には兄弟はない」

「しかし、核シェルターを釘付けした時に、中は確認しなかったのですか？」

御手洗が別角度の質問をした。

「一応したと言っています正木は。それに、この時正木と一緒にいた医大の仲間も聞き込みましたがね、中には誰もいなかったように思うと言ってます」

丹下は言った。

「自信がないのですか？」

「家に入って、最初に全員で見物に入ったわけです、シェルターに、正木の案内で。この時にはもちろん地下には誰もいなかったそうです。以降はもう入ってはいないらしいですな」

「封印の直前には？」

「入っていないです。まさか中に人がおるとは思わなかったということで。封印したのはみなで入ってのちの小一時間後で、その間に大岡がこっそり家にやってきて地下に入っておれば、それはまぁ可能かもしれない。しかし、台所にはずっと正木のガールフレンドがいたといっております。だから無理だと」

「ふむ」

「封印のとき、一応中に声はかけたし、簡単には覗いてみたと、自分らの仲間がいたら大変ですから」

「ふむ」

「しかし返答はなかったし。それにたった今封印されようとしているのに、中にいて、声を出さない者がおりますかな、釘打つ音が頭上でかんかん聞こえておるのに」

「耳が遠かったかな」

御手洗がつまらないことを言った。

「耳が遠くて、ついでに昼寝していたと。たとえそうにしてもですな、起きてみて部屋が封印されておれば、おい出してくれーと、中から声くらいかけるでしょう。それから頭上の蓋をどんどん叩くでしょう。そしたら正木は気づきますよ、すぐ上でずっと生活しておるんですから」

「引っ越し直後から、正木氏が長期旅行に出かけたりなんてことは？」

「まったくないようです。その夜からずっと家にいます」

「シェルターの中には、隠れられそうな家具の類は？」

「いっさいないですな、がらーんとしたもんです。ただの箱です。私も昨日入りましたから」

「大岡が使っていた頃の家具の類はみんな外に運び出されていたと」

「そういうことです、何もない」

「鉄の箱だということでしたね、シェルターは」

「鉄の箱です。これはもう溶接式の、非常にしっかりしたものです。抜穴の類なんぞどこにもありません」

「それじゃ横浜の街を歩いていた大岡は何なんです？」

御手洗が訊いた。

「幽霊でしょうな、カプセル男の亡霊です。この男は異様にこのカプセルに固執していたようですから。いわば母の子宮内願望というあれで。だから死後も、ここに心が残ったんでしょう」

御手洗はしばらく沈黙した。それで私も考えた。言われるように自分が、もし暗い部屋が好きなのだとしたら、あれもやはり子宮内回帰願望の現れなのであろうか。とすれば私には、この大岡という男が他人に思えなくなるのだった。

「今の話、筋として妙ですな。つまり大岡はどこか別所で死んだが、心がカプセル内に残っていたので、死体が正木家の地下の箱に空間移動したと、そういう考え方ですか？」

御手洗が言った。

「うーんまあ、私もよくは解らんのですよ」

丹下は苦しげに言う。

「死後、大岡修平の体はワープして母の子宮内に戻ったと。それとも彼は、生前のうちからここに強く心が残っていて、引っ越しの日、正木氏たちの目を盗んで生きてここに入り、ひっそり死んだと」

「うーん……、しかしそれは物理的に不可能と、正木たちは言ってます」

「だいたい書類手続き等、転居後はどうなんです？　正木、大岡二人は会わなくてもいいものなんですか？」

「ああそうか、そうだな、どうなんだろうな」

「横浜の街をふらついていた者というのは、大岡修平に間違いないのでしょうね」

「逮捕拘留までされているんですからな、間違いないです。まあ起訴されてはいないようだが。それに、本牧で正木とも会っている」

「警察は幽霊を留置したんですか？　大岡に双子の兄弟があったりはしないでしょうね」

「ないです。大岡には兄弟はありません。妻の雅子の弟はいますがね」

「その人が、大岡氏と顔が似ているなんてことは？」

「まったく違います。だいたい背丈が違います。義弟の渡瀬和弘というのはね、これは小柄です。一方大岡はかなりの上背がありますから。間違うことはないですね」

御手洗は考え込んだ。いっときにせよ御手洗がこれほど真剣な顔になるのを、私は久しぶりにみた。

「死体は何か身につけていましたか？」

「財布と金、数万円を汚いジャンパーのポケットに。薄汚れた、浮浪者が着るような汚いジャンパーです。あとはジーンズ」

「ほかには？」

「ポケットに汚いハンカチ、それから一メートルちょっとくらいの紐、軍手、それからティッシュ、そんなものですな」

御手洗はついと立ちあがり、コードレスの電話機を持って戻ってきた。丹下に差しだして言う。

「正木氏に電話してもらえませんか。いますぐそちらに行くから、シェルターを見せてもらえないかと」

タクシーでわれわれが正木家に着いたのは、ちょうど陽が落ちる頃合いだった。正木家は、背後が野生林といった山の中腹に位置していた。ところが周囲はというと、同じような造りの家々が、舗装路の左右にずらりと並んでいる。どうやら人気の山手であるから、山の中腹に無理に宅地を造成し、建売住宅を量産して売り出したということらしい。

周囲を見渡し、これなら確かに野狐も怒るであろうと思った。ここはもう人間の領域ではなく、野生動物や、さっきの丹下の言葉を借りれば江戸の魑魅魍魎たちのテリトリーである。電車の音がすると思ってふと見たら、桜木町方向からやってきた根岸線が、われわれの足もとに走り込んでくるのが家のすき間から見えた。

ブロック塀についたインターフォンを丹下警部が押すと、まず返事がして、応対に出てきたのは二十代に見える青年であった。正木ですと言って頭をさげ、すでに初対面でない丹下が、こちら御手洗さんと石岡さんですと言って私たちを紹介すると、あ、お名前は、と言って照れたように笑った。顔だちのよい色白の青年で、物腰も柔らかだったから、私は好感を持った。

家の中には狭いながら庭があり、花壇があってかなりの高さの築山まである。築山の手前側斜面と、花壇に植わったチューリップの花越しに、根岸線の線路が望める。高台だけに眺めはよい。

「この築山は？」

御手洗が訊いた。

「前の大岡さんが造ったようです、そう聞きましたから」

正木は柔らかい声で応えた。

「このチューリップも？」

「そうです」

「娘さんが病気だったそうですからな、この部屋の窓から花が見えるようにね、大岡さんが植えたらしいですな」

丹下が替わって応えた。

「なるほど、築山の斜面に植えた方が、ベッドの娘さんからはよく見えますからね」

御手洗が言い、この時正木は何か言いたそうにしたが、結局言葉は出てこなかった。

家の中はほどよい広さで部屋数がある。狭い2LDKに暮らしている私には、なんともうらやましい住まいだった。玄関を入ってすぐ正面に、なかなか広い応接間がある。

「ここに宏美さん、寝ていたらしいんですな」

丹下が言った。

「え、ここは応接間ではないんですか?」

私が訊いた。

「そうなんですが、ポンプとか、ヴァキュームなんかの生命維持装置や、テレビとかコンピューターとか、各種雑誌とかファックスとか、それに電動式の大型ベッドとかね、そういう機械の類がたくさん必要で、それをみんなここに置いていたらしいですから、宏美さんが退屈しないように。だからうんと場所とるんです。それでここを宏美さんの病室にあてて、応接間は二階に移したらしいんです。二階の大岡さんの書斎に」

丹下が説明する。

「ヴァキューム?」

私が訊いた。

「うん、そう聞きましたな」

「喉に痰が詰まっても死んでしまう可能性があるんだ、ALSの患者は。自分でしっかり飲み込めないからね。だから、定期的に喉の粘液を吸い出してあげる必要が生じる」

御手洗が説明した。

「機材も大変だが、看護人は二十四時間付ききりでないといけない。これは大変なことさ」

横にいる正木はただ頷き、何も言葉をさしはさまない。

「核シェルターはどこです？」

御手洗は正木に訊く。彼はそれを見にきたのだ。

「こっちです」

正木が先にたち、廊下を歩いた。ほどなく食堂に出る。食卓とカウンター・テーブルのコーナーがあり、その向う側は厨房らしい。明るくて、居心地のよさそうな台所だった。

「ここです」

正木は食卓の脇の、壁ぎわの床を示した。なんでもない床の一隅に、地下室への入口は口を開けていた。一メートル四方程度のその穴は、野菜や缶詰めの収納庫のように思われて、私としてはもう少ししっかりした入口を想像していた。これなら、机などの大きな家具は通らないだろう。

「なるほどこれですか。そしてこの食堂にずっとあなたの婚約者がいらしたのなら、とても彼女の目を盗んで大岡さんがこの中に忍び入ることはできませんね」

御手洗が正木に訊いた。

「はい。でも……」

正木は何か言いかける。そしてまた口をつぐんだ。彼には終始こんな様子がある。内気なのだろうか。私もそうなので、彼の気持ちがよく解る。

「でも、なんですか？　ここからいなくなった時間があるんですか？」

御手洗が聞き咎めて尋ねた。

「いえ、ないです」

そしてまた沈黙する。御手洗はじっと待っていた。この問題は重要だと判断したらしい。すると正木が言った。

「もしかして、ぼくがここ釘づけする前に、大岡さんがこの中に入っていた可能性を、考えていらっしゃるんでしょうか」

「そうです」

御手洗が即座に言った。

「それはないです」

正木は言った。

「何故です？」

「だってぼくは、引っ越してきた翌日、大岡さんと電話で話しましたから。かかってきたんです。それから、本牧でも会いましたし……」

「まさかこの下のシェルターに、電話はないでしょうね」

御手洗は言った。

「ないです」

正木は笑いながら言った。

「それから、ぼくはここ釘づけする前に、一応中見て、確かめましたから」

　言って正木は、台所の、シェルター入口の床に両膝をついた。

「この梯子の脇のとこに、スウィッチあるんです。中にもありますけど。二個所あるんです。電源切って、ここ釘づけする前に、ここのスウィッチ入れて、こういうふうにして中、ぼくは見たんです」

　正木は梯子に摑まり、さかさにぶらさがるジェスチャーをした。私も上からその様子をみたが、核シェルターは、すっかり地中に埋まっているのではないのだった。シェルターの屋根の部分は、台所の床下に露出していた。つまり、台所の床下には土がないのだった。ということは、中から天井を叩けばその音は響いたであろう。台所の板の間の床と、シェルターの金属の天井とはさして距離がないから、これなら天井を叩いても上の正木には充分聞こえたはずだ。

　私は考え込んだ。ではどういうことなのか。下にいて天井板も叩かず、大声も出さず、大岡は静かに死んだというのか。いったい何のために？

　いやそれより、大岡はいったいどうやって、いつ、どこから、この箱に入り込んだのか。

「この中、今電源は？」

「入れました」

　言って正木が、入口のスウィッチを入れた。下の空間がぱっと明るくなる。すると、床まで下っている梯子が見えた。

「入っても？」

「どうぞ」

　それで御手洗が、足から中に降りていった。正木が遠慮しているふうなので、続いて私が降りた。梯子は、シェルターの壁に取りついていた。

下は意外に広い。畳で言うと三畳の間くらいか、それより若干狭いだろうか。壁も天井も、アイヴォリィ一色に塗られている。天井のすみに、金網でガードされた白色灯がともり、その下の壁にスウィッチ、さらに下にコンセントがある。まだ死体の腐敗臭が残っているのか、多少の異臭を感じた。あまり長くはいたくない場所だ。

「頭もつかえないね」

長身の御手洗が、頭の上に手をかざしながら言っていた。握り拳が三つ程度入る。

「どうだい石岡君、君好みじゃないかい?」

御手洗のそういう声が、冷たい金属の箱に反響する。

「あんまり。ちょっと足が冷たいね」

「それは、敷物とりましたからな」

丹下が梯子を下ってきながら言った。

「死体が載っていたんでね」

「なるほど、これは溶接だな」

しゃがんで床と壁との接点を調べながら、御手洗は言った。

「コンセントも二つ、ここに付いている。これなら夏は簡易エアコンも持ち込めるな。天井のあれは、空気抜きですか?」

御手洗は天井にひとつついた、直径十センチくらいの、金網のついたベンチレーターを指さした。

「そうですな」

丹下が応える。

「床のこのビス留めのスペースは何です?」

続いて御手洗は、中央よりやや壁寄りの床についた、縦三十センチ、横五十センチくらいの長方形のスペースを指さしていた。ここに降りて真っ先に、私もこれが気になっていた。

「ああそれは重要書類等の隠し場所です。ドライヴァーとってきましょうか」

降りかけていた正木が言った。

「お願いします」

御手洗が言った。

マイナスのドライヴァーを受け取り、御手洗がこの四隅のネジをはずした。ドライヴァーの先を差し込んで蓋板を持ちあげると、深さ十五センチくらいの凹みが現れた。土地の登記書だの契約書だの、あるいは貯金通帳や紙幣だのを入れて隠すためのスペースらしい。今は何も入っていない。御手洗はドライヴァーの尻で、あちこちをこつこつと叩いた。

「ふうん、昔は床下の瓶《かめ》の中、今は床下のシェルターの中か」

そして立ちあがった。

「大の男が四人入れば狭苦しいですな。解りました、ここはもういいです、さあ出ましょうか」

そう言った。彼としても、あまり長居はしたくない場所だったらしい。

「あなたはどう考えます、この下から大岡さんの死体が出たということを」

応接間に落ち着き、御手洗は正木に尋ねた。正木は無言で、首を左右に振った。

「解りません」

彼は、聞こえないくらいの小声で言った。

「どうしてこの中に、大岡さんの死体が入ったと？」

「わけが解りません」

正木は、じっと目を伏せたまま、御手洗の顔を見ようとはしなかった。そうかといって、むろん丹下の顔を見るでもない。

「シェルターを釘づけして以降死体発見までの間に、釘を抜いてシェルターを開けてみたというようなことは？」

「いっさいないです。引っ越してきたその日に釘づけして、以降もうずっとそのままです」

「あなたが知らない間に、誰かが釘を抜いたという可能性は？」

「ないです。だって釘見れば解ります。自分で打った状態のままですから。それに、越してきた日から、ぼくは毎晩厳重に戸締まりして眠るようにしてますから。家中の窓も玄関の戸の二重ロックも、門柱に付いた扉のも、一度も施錠を忘れたことなんてありません」

「ほう、それは何故です？」

御手洗が訊いた。

「何故って、用心のためです」

「何に対しての用心ですか？」

「別に何に対してってことはないです。みんなそうしませんか？」

言って、正木は黙り込んだ。待っても、以降言葉は何も出てこなかった。

その様子をじっと見ながら御手洗も、何ごとかを考え込んでいた。そして、だんだんに狡猾そうな表情になった。薄目を開け、上から人を見るような表情になる。彼がこんな顔をする時は、たいていろくなことを考えていない。

「正木さん、私も丹下警部も、この件について、そしてあなたについて、ずいぶん調べました。まあ時間は無駄に使いたくないですのでね」

「はい」

ただでさえうなだれていた正木だが、より深く頭を垂れた。しかし彼は、それでも何も言わない。

「あなたは怪談を信じますか?」

御手洗は訊く。

「いえ」

正木は短く言った。

「床下から死体が出た。死体はなかばミイラ化している。死後ひと月以上経っていると、丹下さんは言ってます。あなたはこの家に越してきて?」

「ひと月半です」

正木は応えた。

「では大岡さんの死体は、その間ずっとこの下にあったということになる。しかし横浜のあちこちで、大岡さんの亡霊は目撃されているようです。大岡さんは、幽霊になって横浜の街のあちこちをさ迷っていたらしいですね」

しかしそう言っても、正木は何も反応しない。

「こういう場合、大岡さんはあなたを特別視していたということです、違いますかしら」

正木はずいぶん黙っていた。そして、またこう言った。

「解りません」

正木の家の門を出た時、御手洗は私にこうつぶやいた。

「なかなかしぶとい男だね」

丹下は、じろりと御手洗を睨んでいた。自分が蚊帳の外に置かれると、彼はこういう目つきをするのだ。

「ちょっとすいません」

御手洗は、犬を連れて前方からやってきた婦人にいきなり話しかけた。

「奇麗な築山ですね」

彼は、たった今自分が出てきた、正木家の庭の築山を指さしていた。

「難病で寝ているお嬢さんに、これは何よりの慰めだったでしょうね」

すると婦人は、しばらくきょとんとしているふうだったが、じきにこう言った。

「いえこれ、お嬢さん亡くなってから造られたんですよ」

私と丹下は、驚いて顔を見合わせた。しかし御手洗は、いったいどういう感情からなのか、深く感動したような顔で大きく頷き、

「ああ、そうなんですか」

と言った。

婦人が行ってしまってから、御手洗は丹下に向かってこう言った。

「正木はなかなかの食わせものです。彼の友人関係を徹底的に聞き込んでくれませんか。特に婚約者との関係です。たぶん、面白い事実が出てくるでしょうな」

3

それからの御手洗はどうも妙で、私の目からは事件に興味を失ったように見えた。正木の名も、大岡の名も、彼の口からは出てくることがなく、大腸菌がどうの、酵母菌のラインダンスがどうのといったおかしな話ばかりしていた。何故彼がそんなふうになったのか、例によって私などの能力でははかりかねたが、彼がようやく本気になったのは、丹下の事件ではなく、翌日のお昼すぎ、まったく別の女性によってもたらされた別の事件だった。

それまでの御手洗ときたら、いつになくうきうきとした調子で、三渓園か金沢文庫に桜でも観にいかないかと私を誘った。こんな提案は御手洗らしくなかったから、私はびっくり仰天した。

「君が桜が観たくなったとはね」

食後の紅茶を飲みながら、私は言った。

「丹下警部も誘ってみたらどうだい。昨日君に言われた聞込みを、たぶん彼は朝からやっているだろう、身を粉にしてね。携帯に電話して、今からちょいと花見に行かないか、缶ビールをどっさり買ってきてよと誘ってみたら。きっと喜んで飛んでくるだろうよ」

ところが御手洗は、私の嫌味にまるで動じなかった。

「ところがどうして、ぼくは観たいのさ」

御手洗が言うから、私はその語尾にかぶせるようにして、こう言ってやった。

「桜を観にいくより酔っ払いを観にいくようなものだ、あんな連中、別に桜の下で酒を飲ませなくたっていい、どうせ酔眼に何も見えちゃいないんだから、二、三杯も飲ませたらすぐにどこかの体育館の中にでも連れていって、カラオケセットと桜の絵でも与えておけばいいと言ってなかったか？」

「あれ？　石岡君、ぼくは桜だって言ったっけな。もちろんその下で飲んでいる酔っ払いの顔を観たいんだよ」

聞いて私は、激しく鼻白んだ。

「君は酔っ払いのおじさんの真っ赤な顔を観るために、わざわざ京浜急行に乗って、しかも丹下警部を放っておいて、金沢文庫まで行こうと、こう言うのかい」

「そうだよ」

「ぼくはごめんだ」

私はきっぱり断った。そんな醜いもののために自分の体を動かすなんて、たったの一歩だってごめんだった。

「石岡君、木の芽時、人間の脳はおかしくなる」

「ああ君もね！」

「これは花粉が飛ぶせいもあるんだ。さらにはディーゼル排ガス。しかし今年あたりからは、もっとおかしくなる可能性があるんだよ」

「なんで」

「トウモロコシを害虫にやられないようにするためには、どうすればいいか知っているかい？」

と御手洗は、またしても関係のないことを言いだし、私はうんざりした。

「農薬を撒く」

私は言った。

「ああそうだね、じゃ農薬を使わないためには？」

山手の幽霊

「そんなの知らない」

「遺伝子の組み換えだ。DNAというものは君は……、むろん知らないね」

御手洗は、今思い出せばちょっと悲しげに言った。

思い起こせばこのDNAというものも、私には苦い思い出のひとつとなった。「近況報告」だったかに、「DNAって何だい？」と言ってしまったことをうっかり書いたため、私のもとに読者からどっと励ましのお便りや小包が届き、デスクに山ができた。いきなりのことで、何が起こったのかさっぱり解らなかった私は、しばらくその手紙や小包の山に手を伸ばさなかった。知らないうちに自分が不都合をしでかし、脅迫状と剃刀でも入っているのかと怯えたのだ。

しばらくして小包はみんな書籍で、それらの本は例外なく「遺伝子工学入門」とか、「やさしいDNA早解り」などといった本であることに気づいたから、さすがのにぶい私も事態を呑み込んだ。読者のみなさんは、私がこれ以上御手洗に馬鹿にされないように気を配ってくださったのだ。もっともそのかいもなく私は、間もなく頭脳の後退宣告を下され、あえなく横浜の一室に捨て去られることとなったのだが。

しかしこの時の私は、まだ事態の深刻さを理解していず、また「やさしいDNA早解り」も届いていない頃だったので、

「知っているとも。アデニン、チミン、グアニン、シトシンの四塩基のことだろう！」

などと景気よく切り返すことができなかった。

「地中にいるバチルス・チューリンゲンシスという細菌の中には、殺虫性タンパクを作り出すDNAがあるんだ。この一部を取り出して、トウモロコシに寄生しやすい害虫のDNAに組み入れる。するとこのDNAは植物の細胞に入って大増殖して、結果としてこの植物は、体全体に殺虫性の毒素を持つことになるんだよ。するともう農

薬はいらない」

　御手洗は言った。

「ふうん、殺虫植物かぁ」

　私は素人らしい感想を言った。

「しかしこの植物の花粉が、今空中に飛びはじめている。これがどんな結果をもたらすかについては、誰にもまだ解らない」

「どんな結果って？」

「たとえば生態系の変化だね。アメリカのコーネリウス大学の実験では、この花粉である種の蝶の幼虫が死ぬという結果は出た」

「へえ」

「だが人間はどうなんだろうね。実のところ人間も、それほどタフじゃない。そして根岸線沿線のある畑に、この遺伝子組み換え植物が植わっている。だから、その付近在住の酔っぱらいの挙動に興味があったのさ」

　私はふうんと言った。それしか言えなかったからだが、御手洗は続けてこんな不思議な話をした。

「以前アメリカで、腕のない青年に会ったことがある。彼がなくした手で、このティーカップを握っていると言っていた時のことだ。ぼくが手を伸ばし、さっとこれを奪うと、彼は身を乗り出して悲鳴をあげた。痛い、腕がちぎれるって」

「へえ、それは本人がそう思い込んでいるから……」

　御手洗は首を左右にふった。

「そうじゃなく、痛みが本物であることはあきらかだった。そこでぼくは、彼を暗い部屋に連れていって、綿棒でいたずらをした」

「えっ、どんな？」

「彼の頬を綿棒でそっとこすったんだ。そしたら彼は、なくなった親指に触れられていると言った」

「ええっ」

「彼の感覚は本物だったんだ。もちろん頬に触られている感じはあったそうだよ、それに加えての親指だ。両方の感触がはっきりとあるんだ、頬と、親指とね。続いてぼくは、彼の上唇に綿棒を這わせていった。すると彼は、人さし指を触られていますと言った」

「本当に」

「うん。続いてぼくは下顎に移った。そうしたら彼は、そこはなくなった小指だと言う」

「へえ！」

「彼の顔の上に巨大な手のひらが見えたよ。大きなヒトデみたいに、彼の顔をむんずと摑んだ目に見えない彼の手だ。それはなくした彼の右手の亡霊だったんだ。それからぼくは、胸や右肩や、腹、腰、脚にも続いて触れたが、これにはその部分の感触があるだけで、幻肢の感覚はなかった」

「幻肢？」

「うん、幻の手足だよ。これは今日では割合知られている現象なんだ。手足を失った人に比較的よく見られる現象でね。手足は、たとえ失われても、容易に所属していた体からは去っていかないものなんだ。だが、この亡霊の傾向がとんでもなく顕著な人がいた。その人は、花粉が激しく飛んでいる一帯に住んでいた」

「花粉か……」

聞いていて私は、なんとなく背筋が冷えるような心地を味わっていた。この頃多少花粉症の気が出はじめていたからだ。御手洗は続ける。

「亡霊と花粉との関係を、ぼくは考えないわけにはいかなかった。花粉が、人の脳によりクリアに幽霊を見せるのさ」

「御手洗君、その話自体はよく解った」

いい調子で話す御手洗を、私は右手をあげて遮った。

「花粉の謎もいい、脳にひそむ腕の幽霊の話もいいね。大腸菌も、殺虫植物もエキサイティングだ。だが、正木家のカプセル男の幽霊の謎はどうしたんだ？　まさか忘れたんじゃないだろうな？」

「正木家？　カプセル男？　なんだっけ」

「おい御手洗君、ぼくはだね……」

その時、ドアに控え目なノックの音がした。私の行動はたいていいつもこんな調子だ。憤然と行動しようとすると、いつも邪魔が入る。糾弾を中断し、私が立っていってドアを開けると、五十代に見える痩せた女性が、小さな手提げのバッグをさげ、悄然と戸口のところに立っていた。

季節は春で、表の陽気はむしろよかったはずだが、彼女の様子は疲労困憊して見え、見ようによっては非常に寒そうで、表を吹く寒風に堪え、ようやくここまでたどり着いたというように見えた。

ソファから上体をひねり、御手洗は背もたれ越しに玄関を振り返っていたが、彼もまた、彼女にある異様を感じたようだった。それで、われわれの花見計画はあっさり流れた。

「御手洗さん……、でいらっしゃいましょうか」

彼女は小声で訊いた。御手洗は立ちあがり、いつもの陽気な大声で言った。

「ぼくですとも。いいところにいらっしゃいました、さあさあどうぞ、こちらのソファに。春とは言え、表はまだ寒いみたいですね」

「はいちょっと」

婦人は言った。

「石岡君が今、ちょっとおいしいダージリンをいれてくれます。温まりますよ、紅茶がお嫌いでなければいいんですが。さあ石岡君」

私は衝立のかげに追い払われた。

「はい、いえ、どうぞおかまいなく」

婦人は、相変わらず小声で言いながら、ソファに腰を降ろした。御手洗は向かい合って反対側にかけている。

「お楽しみのところ、本当にお邪魔してしまって。私はきっとよい客ではありませんから、お二人をご不快にさせてしまいます」

「ああご心配なく」

陽気に言う御手洗の声が、衝立あたりを通過する私の耳にも届いた。

「ぼくは今多少沈みたい気分でいたんです。あの石岡君にさんざん笑わされていたところで。……悩みがおありなんでしょうか？」

「はい、それもひどいものです。こんなこと、世の中に本当にあるんだろうかというような……、本当にまいっています。でも、娘があなた方のご本を読んでいて、あなた方のところに行って相談するようにと何度も言うものですから」

「ははあ」

御手洗は警戒するように言った。

「あの、つかぬこと伺います」

「なんでしょう」

「私、御手洗先生のような方にお会いするの、はじめてなものですから。あの、お金に関しては……」

「よこせと？」

御手洗は言った。

「は？」

「十万ばかりよこせば話してやると、そうおっしゃるんじゃないでしょうね」

それで婦人は、はじめて笑った。

「まあ、ご冗談ばっかり」

「だって今まで、よこせとは言われましたが、払ってくれた人なんていませんからね」

御手洗は切実なことを言った。

「でも実費も」

「スコットランドまで調査に行ったこともありましたよ、でもこの飛行機代を払ってくれる人なんていませんでしたね」

「でもそれでは……」

「生活なんて、なんとかなるものです。彼は料理が上手ですしね、カボチャの皮からでもケーキを作れるんです。だから貧乏なぼくらに、金をよこせとさえ言ってくださらなければそれでいいんです」

「はあ、それは私どもも収入がなくなって、最近は病院代などがかさんで、ですからそうおっしゃっていただければ、それは大助かりですが、でもそれでは……」

「事件が本になれば印税が入ります。しかし、とは言ってもわれわれが本にする経験など、ごくごく一部にすぎません。誰の名誉も毀損しないようなケースだけ。それにたとえ書いてもずっと時間が経過してからで、関係者の名前はむろん仮名です」

するとと婦人は、とたんに利害感覚に目覚め、慎重になったようだった。

「私たちも、それは世間の人たちにいろいろとひどい目に遭わされましたから、できれば……」

「ご心配なく。きちんと配慮しますよ。ご主人のことですか？　お悩みは」

「はい、お解りですか？」

「長く伏せってらっしゃるんでしょう。ご病気ですか」

「はい、どうして？」

「なに大したことではないです。毎日お薬を飲ませていらっしゃるようだから。最初から話してください、何か事件がらみですか」

そこに私がしずしずとお茶を運んで登場したので、御手洗は私を指さして肴にした。

「石岡君のことはご存じでしょうか」

「はい、娘が本を見せてくれましたから。お二人のこと、うちの娘はなんでも知っています」

「紅茶をどうぞ。彼の女性観や語学能力のこと、ごくおおざっぱな人生観とかアイドル歌手好みのこと、今ではみんなよく知っています。じゃあこの人のことは気にしないで、何でも話してください」

「はい、なんですか？　部屋が真っ暗なんだと……」

私は驚き、ひそかに溜め息をついた。それを見て婦人は、

「娘がそんなことを……、あ、どうも大変失礼を申しました」

そう言って頭をさげた。

「いやいやその通りですから。彼は暗いところが大変好きで。ではそろそろ事件のお話を」

御手洗が言い、婦人は話しだした。

「はいそれじゃ……。私の主人はずっと、根岸線の運転手をしていました」

御手洗は私の顔を見た。そして言う。

「なんてこったい！　まるでぼくらの話が聞こえていたみたいだ」

「はい？　なんでしょう」

「いや、われわれも今根岸線の話をしていたところなんです」

「まあ、なんてことでしょう。主人はもう二十年以上、ずっと根岸線の運転手だったんです。先月十九日の、激しい雨の夜のことなんですけれど、あの夜主人は終電車を運転していて……」

「いつも終電車を？」

「はい、このところ主人はたいてい遅番で、午後から出勤して、終電まで運転して、それで家に帰ってくるんです。あの夜も遅番で、磯子を十二時十分発の……」

婦人の言葉は途切れがちだったから、励ます意味で、御手洗があれこれと言葉をさしはさんでやらなくてはならなかった。

「桜木町方向への終電だったのですね？」

「はいそうです」

しかしまたそれで、彼女の言葉は停まる。

「すごくおかしなことだったものですから、こんなこと、お話ししていいのかどうか。主人がますます頭のおかしい人間だって思われないかと……。このこと、実はまだ誰にもお話ししていないんです」

「ぼくたちも、誰にも漏らしませんとも」

御手洗は請け合った。しかし出版までして、誰にも漏らさないもないものである。

「根岸駅のあたりからはひどい土砂降りになってしまって、前の線路が白く靄って、ライトが照らすほんの十メートル先もよく見えないような、そんな状態だったたって、そう主人は言っていました」

「ふうん、なるほど」

「電車が山手駅に停車して、それから発車して、しばらく走った頃だったそうです。線路の真ん中に、男の人が一人立っていたって」

「線路の真ん中に？」

「はいそうです。ライトの中にぼうっと……」

「ふむ」

「雨に打たれていて。それで主人は大あわてで急制動をかけて……、その人、自殺しようとしているのかって、主人はそう思ったそうです」

「当然でしょうね。それで？　轢いたんですか？」

婦人は、即座に右手を顔の前で振った。

「いいえ、危うくそうなるところだったようですけど。男の人はじっと立ちつくしていて、全然動かなかったそうです。しゃがむでもなく、逃げるでもなくて、ただこう両手をだらりと体の両側にさげて、じっと線路の真ん中に立って、しょんぼり雨に打たれて立ちつくしていたそうです。だから、主人は男の人の顔もはっきり見たと言ってます。全然逃げないで、電車は男の人のすぐ目の前まで迫って、だから運転席のすぐ前まで男の人の顔が来て……」

「ご主人と近距離で見つめ合ったわけですね？」

御手洗が言った。

「はい。最初主人は人形じゃないかって、そう思ったって言ってました。でもすぐにそうじゃないことが解って。というのは、男の人は、電車が停まったらすぐにくると後ろを向いて、背中を見せて走って逃げだしたからです。そして、線路の脇の柵を跨いで、急いで乗り越えて、そばに立てかけてあった自転車に飛び乗って、さあっと逃げていったそうです」

「ほう。で、ご主人は、何のために彼はそんなことをしたと？」

「たぶん自殺しようとしたんだけど、いざとなったらおじけづいてしまってって、そんなことじゃないかと……」

「ふうん、自殺しようとする人が、電車に面と向かって立っているものでしょうか。それで？」

「電車が停まったので、主人は降りて追おうかと思って、ドアを開けたらしいんですが、表は土砂降りだし、すぐあきらめて……。こういうことは、割合あることらしいんです」

「この付近、根岸線は高架ですが、あのあたりは違うんですか？」

私が訊いた。

「はい違います。あのあたりは高台ですから」

「あのあたりというのは、山手駅付近から、石川町駅にかけての区間ですね？」

このあたりで育ったらしい御手洗が、正確に言う。

「はい、あの辺は山地にかかっていて。だからトンネルもありますけど、線路が横の道と並行して走っているところが何カ所もあって、その気になったら誰でも簡単に線路の中に入ってこられるんだそうです」

「開通当時からそうですね、それで？」

「主人はそれで、運転席に戻って、電車を発進させて、ずいぶんゆっくり進んだんだそうです。雨で前が全然見えないし、だから……」

「その後はもう異常はなかったんですか？」

「しばらくは。終電だし、雨だから少しくらいは遅れてもいいということでゆっくり。でも山手のトンネルが見えてきたら、変なんだそうです」

「変？」

婦人がそれで言葉を停めてしまうので、私が訊いた。

「はい、トンネルの奥の方がものすごく明るくて。真昼間みたいにぱあっと光っていたって、そう言うんです」

「真昼みたいに？　土砂降りの雨の深夜にですか？」

御手洗は言った。

「はいそうです。その明るさは、それはもうすごくて、ぎらぎら輝くみたいだったそうです」

「何の光でしょうか」

御手洗が訊いた。

「解りません、全然。溶接工事でもしているのかって、はじめはそう思ったそうです。でもそんな話聞いてないし、夜ふけだし、それにそんな程度の光じゃないんだそうです」

「そんな程度の光ではない」

「はい。それはもう、ものすごいものだったって。そこに太陽でも入ってきたみたいな……」

「UFOでも入ってきたかな、山手トンネルに」

私が言った。

「本当に。本当に、そんな感じだったって」

婦人は、必死の表情で言う。

「それ、ほかの人も見ていますか？」

御手洗が訊くと、婦人は首を横に振る。

「いえ、主人だけです。運転席にはいつも主人が一人だけですから」

「お客は？」

「見ていません」

「音はどうでしょうか、していましたか？」

御手洗は訊いた。婦人は思案する顔になった。

「音は……、音に関しては、聞いてないですね。言いませんですね主人。でも、多少音がしていたとしても、表は土砂降りの雨なんですからね」

「しかしお話の様子からすれば、たとえ音があったにしても、そう大きなものではなかったと、そういうことでしょうね」

「はい、そうですね、きっと」

「では少なくとも爆弾や、爆発物のたぐいではない」

「はい、たぶん……」

「車掌はどうです？　その異常を、彼も見たり聞いたりはしていませんか？」

「車掌は一番後ろの車両の、そのまた最後尾ですから。何も見えません」

「つまり見ていないと言っているんですね？」

「はいそうです」

「ご主人は、電車を乗り入れたんですか？　そのトンネルに」

「はい。もしかして爆発物のたぐいではないかということで、主人もずいぶん悩んだんだそうですけれど、速度を落として、ゆっくりと入っていったそうです」

「そうですか、そうしたら別にトンネルの中の壁が壊れたりもしてはいなかったんですね？」

「はい、別になかったそうです、そんなことは」

「ではやはり爆発物ではない」

「はいそうです」

「で、ご主人が見たトンネル内の強い光を、ほかには誰も見た者はないし、言っても同僚は誰も信じてはくれないという、そういうことでしょうか」

「はい」

婦人はゆっくりと頷く。

「ふうん、変わった話だね」

私が言った。

「今までの依頼の中には、ちょっと類似の例はないね」

そして私は婦人の方に向きなおり、

「電車のトンネルの中の閃光。で、その光が何なのかという問題ですよね」

婦人に訊いた。私が割り込んだのは、婦人の話があまりにゆったりとしていたから、少し痺れがきれたという感覚もある。

「その閃光の時間はどのくらいなんですか？」

御手洗が訊いた。

「光自体は、そう長いものではなかったそうです。ほんの数秒か、そんな……」

「数秒ね、短いな」

御手洗は言う。

「何なんだろうね、ＵＦＯとの遭遇例で、やっぱり似たような話が外国にはあるよ。数秒間だけ真昼のようにあたりを照らして、それからすぐに去っていったっていうのが。でもトンネルの中に入ったという話は、今はじめて聞いた」

「横浜にＵＦＯがね！」

御手洗があきれたように言った。

「国際都市だからね、日本なら横浜こそがふさわしいよ」

私は主張した。

「かつての開国の舞台が、今度は地球開国の舞台にもなるというわけだ」

「そうだよ、ロマンチックだよ。そもそもぼくは、日本にＵＦＯの目撃例が少ないことにずうっと不満を持っていたんだ。もう国際社会だからね、こういう方向でも国際化していいよね」

「あのう……」

婦人が、ごく控え目な調子で私たちの会話に口をはさんできた。

「はい」

「私の話はまだ終わってはおりません」

「あ、そうなんですか」

私は言った。

「これからなんです、本題は。主人を落ち込ませた事件が起こったのはこの後なんです。主人はいつもの半分くらいの速度に落として、電車を走らせていたようなんですけど……」

「はい」

言って御手洗は、相手の言葉を待っていた。しかし彼女は、なかなか言葉を継がない。この期に及んでも、まだ話すことを迷っているふうだった。いったい何があるのか、私は彼女の気分をはかりかねた。

「トンネルに入ってしばらくしたら、表の雨の音が聞こえなくなって……」

彼女が言うので、私はじっと脳裏にその情景を描いた。

「どんどん進んでいって、出口にだんだん近くなって、そうしたら……」

「はい、そうしたら？」

この時彼女が恐ろしげに顔を歪めるのが、私の位置からは見えた。

「運転席の目の前に、目の前のガラスですね」

「車でいうと、フロント・ウィンドウですね？」

御手洗が補足する。

「はいそうです」

婦人は応える。

「そこに？」

「ばさっと、女の人の体がさかさに貼りついたんだって、そういう……」

「ええっ！」

瞬間、私は自分の髪が逆だったような恐怖を感じた。

沈黙ができた。

「その女の人というのは誰です？」

御手洗が冷静に、変なことを訊いた。

「知りません、でも……」

当然だろう。幽霊に、そうそう知り合いがいる人はない。

「ご主人の知らない人ですか？」

「当り前だろう！」

横で私が言った。

「幽霊なんだぞ」

「幽霊なんですか？」

御手洗は、おうむ返しにまた馬鹿なことを訊いていた。

「そうだと思います。髪をふり乱した女の人で、こう胸のあたりまでどさって、電車のガラスにぶつかってきて、覆いかぶさって、じっと主人のこと見ていたって。さかさに……」

私の足首から、鳥膚が駈けあがった。

「本当にどさって音がして……」

「ふむ。で、ご主人はどうされたんです？」

「それはもうびっくり仰天して、悲鳴あげて、とっさに急制動かけて、急いで電車停めたようです」

当然そうなるであろう。

「ふむ、そうしたら？」

「気づくと女の人の姿は消えていて、だから、もしかしたら下に落ちたんじゃないかって思って、それで主人立ちあがって、窓の下見たり、横の窓ガラス開けてみたり、それからドア開けて」

「開けたんですね？」

「はい、そうして足もとも見たけど、電車の前にも下にも、女の人はいなかったって、そう……」

「ほう」

「電車停まったから、後ろの車掌から電話入って、どうしたんだって訊くから、今女の姿が見えたって、そう言って、そしたら馬鹿なこと言ってないで早く出せって言われて」

「ふん」

「本当は、もしかして自分は女の人撥ねたかもしれないって、主人そう言いたかったんだけど、恐くてとても言えなかったそうです。口に出すと本当になりそうで」

「解ります」

私が言った。

「だけど、体が全然動かないんだそうです。いくら車掌さんに出すように言われても、がたがた震えてしまって」

「解るなー」

私は運転手に同情して言った。私はこの種の怪談に詳しい。同じ目に遭ったら、私もまったく同じようになることであろう。

「だから、ちょっとこっちに来てくれって車掌さんに。下廻り見ながらこっちにって、もしかして自分は人撥ねたかもしれないからって、この時やっとそう言ったらしいです主人。アナウンスはどうするのかって訊かれて、ちょっと車両点検するって言っとけって言って。それで車掌さんが降りて、懐中電灯で下を照らして調べながら、ずうっと電車の横通って、運転席の下まで来たんだそうです」

「そうですか。で、彼は何か発見しましたか？」

「何も。本当になんにもなかったそうです」

彼女は、なんにものところを強調した。御手洗は頷いている。

「でもその時主人はだんだん体ががたがた震えはじめていて、時間がたつほどにこういうの、駄目になるんだそうです」

「きっとそんなものなんでしょうな」

御手洗は言ったが、しかし実のところ、全然そう思ってはいないようだった。

「それで？」

「たった今見たものを主人が言うと、車掌さんはすぐに屋根にあがっていったそうです」

「それは素晴らしい！　で？」

「誰も、何もいなかったそうです」

そう聞いて、御手洗ががっかりするのがよく解った。

「まったく、何ひとつなかったのですか？」

「全然なんにも。それに、雨で車両全体が濡れていますでしょう」

婦人は、御手洗を見つめて言った。

「ああ確かにそれは、痕跡が残りにくいでしょうな」

「続いて主人もあがったって言ってます、懐中電灯持って。体はぶるぶる震えていたけど、いったい何が起こったのか、本当に屋根の上には誰もいないのか、自分の目で確かめたかったからって」

「それこそは大事な心がけです。で？」

「なんにも、本当になんにもなかったそうです。屋根の上はがらんとしていて」

　御手洗は天井をあおいだ。別に何も言いはしなかったが、つき合いの長い私には、彼の考えていることがよく解った。自分なら絶対に何かを見つけてみせるのにと思い、彼らの不手際を腹の中でののしっているのだ。

「そこ、見通しはいいんですか？」

　御手洗は尋ねた。

「はい。それはもう、最後尾までずうっと見通せるんだそうです。でも何にも……」

「隠れられる場所というものはないんですか？　電車の屋根には」

「全然ないそうです。ベンチレーターとか、パンタグラフはありますけれども、ベンチレーターなんてとても人が背後に隠れられるほどの高さはありませんし、パンタグラフは……」

「素通しですね。ではご主人たちが屋根にあがろうとしている瞬間、入れ替わりに飛び降りた」

「主人が屋根にあがった時、車掌さんは下にいて、車両の下廻りの方、ずっと明かりで照らして見ていたそうですし。それにトンネルの中ですから。これが外なら、周囲に隠れられる場所もあるでしょうけれど、トンネルですから、全然隠れられるところなんてありません。誰も、トンネルの中にはいなかったそうです」

「車両の底に貼り付いた」

「それも見たって、主人も車掌も言ってます。そんな場所ないですし、それにこの後電車は動くんですから」

「乗降口の手すりに摑まっていた」

「主人がこちら側の車体、車掌さんが反対側の車体を同時に見たそうです。だから……」

「では車内に逃げ込んだ」

「雨で、窓はみんな固くしまっていたんです。もちろんドアもです、自動ドアですから。それに誰かがトンネルの中から車内に入ってくれば、きっと大騒ぎになります。終電でも、お客さんはかなりいたそうですから」

「むろん運転席にも車掌室にも逃げ込んではいない？」

「はい、それはもちろんです」

「じゃあ女の人の体は、いったいどこから降ってきたんでしょうね」

「はい……」

「そしてどこに行ったんでしょう」

御手洗は言い、彼女は、

「はい。だから、やはり亡霊なのかなと……」

と低い声で言った。しかし御手洗は頷かなかった。

「女の人の顔、主人はよく憶えているそうです。額のここのところにホクロがあって」

「額の、向かって右の眉の少し上に、ですね」

御手洗が厳密を期していた。

「はいそうです」

「年齢は、いくつくらいです？」

「若かったって。だから、二十代かな、そんな感じで……」

「特徴は何かありませんか、ほかに。髪の色とかは？」

「それは黒です、若いんですから」

「つまり、彼女は日本人なんですね？」

「それはもちろんです。はい、日本人です。整った顔だちみたいだったそうだけど……」

婦人はそこで、気味悪げに言葉を停めた。

「整った顔だちのようだったが……？」

「目がぱっちりと開いていて、じっと主人を見つめたそうです」

私は深刻な衝撃を受けた。きっと何らかの恨みを、彼女は抱いているのだ。

ところが御手洗は、またしても散文的なことを尋ねた。

「その女性、どこかから落ちてきたということはないんですか？　トンネルの天井に、換気孔とか、別のトンネルか何かが上にあって」

私はあきれた。

「主人もそれを、一応は考えたそうなんです。でも、そんなものありません。あのトンネルの中はただののっぺりした天井で、人が隠れられるところなんて全然ありはしませんから」

「ずっと見通せますか？」

「ずっと見通せます。もうずうっとまっすぐなトンネルですから」

「ふうん」

御手洗も、さすがに考え込んでしまった。

「トンネルの天井にも、電車の屋根にも、横にも、下にも、人はいなかった……」

彼は言った。

「はい」

「そして車内にも逃げ込まなかった。しかし運転席の窓に、女の上半身が降ってきた」

「はいそうなんです」

御手洗は笑いだした。

「これじゃ幽霊というしかないですね」

「はいそうなんです」

決まっているではないか、と私は思っていた。これこそが、昨日丹下も言っていたが、山手トンネルにとり憑いた野狐の怨霊というものなのだ。となると、このあたりに建つ正木家のカプセル男の亡霊も、間違いなく本物だ。

「そしてこの正真正銘の幽霊出現の直前には、トンネルの中で、不思議な、目にまばゆいほどの怪光があった」

「はい、これは何なんでしょう」

「さあね。しかしおかしな話ですね、誰もいないのに」

御手洗も言った。

「しかし今のお話の中で、ごくささやかですが、解る事柄もあります」

「はい、何でしょうか」

婦人は尋ねる。

「光はトンネルの奥の方で光っていたと、さっきそう言われましたね？」

「はい」

「そして女性の上半身が運転席の窓に現れたのは、トンネルに入ってかなり進んでからだと、そう言われませんでしたか？」

「はいそうです、言いました」

「するとこの両地点は、同じ場所ではないですか？」

「ああ」

婦人は少し宙を見つめてから、ゆっくり頷いた。

「確かに」

「怪光が光っていた場所と、女性の幽霊が現れた場所、これらはどうやら重なっていますね。そうしてこれは山手トンネルの、石川町駅側の出口にかなり近いあたりと、そういうことではないでしょうか」

「ああそうです。主人もそんなように言っていました。トンネルの、石川町側の出口に近いあたりだって。そしてひゅうひゅう風の音がしていて、外の方見たら、街の明かりが茂みの向こう側にちょっと見えていて、その風情がすごく不気味だったって」

「ああ、なかなか怪談らしくなってきましたね」

御手洗が言った。

「そしてトンネルの前には自殺志願者か……」

続けて御手洗はつぶやく。

「これがみんなひと晩に起こるとはね、ずいぶんにぎやかなものだね石岡君。それでご主人は、その後も大丈夫だったんですか？」

「はい石川町の駅までは。石川町まではなんとか電車動かしたらしいんです。でも石川町の駅で、ホームに降りて、吐いてしまったらしくて」

「ふうん」

「そのまま倒れたんです。で、駅にたまたま電車動かせる人いて、それで運転替わってもらって、ここでしばらく休んで、それで家に帰ってきました」

「よかったじゃないですか」

「それがよくないんです。それから熱出して、がたがたもう、おこりがついたみたいって言うんでしょうか、そんなになってしまいまして、起きられないんです。もうそれからずっと会社休んでしまいまして、今も全然働けないんです。時間が経つほどにおかしくなるんですね、ああいうの。もう電車には乗りたくないって、ちょっと精神がおかしくなってしまって。変なこと口ばしったり、何かがとり憑いたみたいになってしまって、顔つきまで変わってしまったんです」

「病院には？」

私が訊いた。

「もちろん行きましたけど、お医者さまは過労だろうって、そうとしかおっしゃいません」

「はあ」

私は同情した。ありがちなことだと思った。

「実際、疲れはたまっていたと思います。主人、ずっと深夜勤務でしたから。主人、それでもきちんと朝起きるんです、前の晩どんなに遅く帰ってきても。でないと娘と話せなくなるからって、そう申しまして」

「はあ」

朝寝坊の私なら、とてもできない芸当だ。

「口の固い仲間の一人に、主人は試しに話してみたらしいんですけど」

「幽霊のことですか?」

「はい、女の人の姿見たってこと。でも笑って信じてもらえなくて、だからもう、こんりんざい誰にも言っていないんです。私もです」

「なるほど」

「でもあのトンネル、こういうことけっこうあるらしいんです」

「らしいですね」

御手洗は言った。

「狐の祟りだそうで」

「勤務に行かないんで、主人の頭がおかしくなってるって、そんな噂もたちはじめているらしいから、それでよけいに気を遣っているんです、主人も私も」

頭がおかしいと言われる回数では誰にも負けない男は、真顔でこう訊いた。

「そう言われちゃいけないんですか?」

「は?」

婦人はびっくりしたようだった。二の句が継げない。

「解りました。興味深いお話です。ご主人は今?」

御手洗が話題を変えた。

「家にふせっております」

「お会いしたいものですね」

「はい……、でも話せるかどうか。ちょっと乱暴になる時もありますしね、怯えて」

「そんなに悪いんですか？」

「はい。なんだかいつもお酒に酔ったような感じになっていまして、言葉も乱暴ですし」

「どうしてそんなになるんでしょう」

この程度のことで、と御手洗は言いたいふうだった。やはりこの男、一般人とは感性が違うのだ。

「はい、実は……」

婦人は言った。言っていないことがまだあるらしかった。

「主人がこんなふうになったの、実はわけがあるんです」

「ふむ」

「私にも関係があることですが、主人はあれ、亡くなった娘だと思っているんです」

「うん、どういうことです？」

「真紀、私の娘なんですけど、この上にもう一人娘がいて、五歳の時に死なれているんです、私ども。もう十七年かな……、前になりますけど」

「じゃあ今も生きていれば二十二歳ですか」

「はいそうなります。主人はそれで……」

「その娘さん、どうして亡くなったんですか？」

「それ、お訊きにならないでくださいませ」

言って、婦人は顔を伏せた。しばらく沈黙ができた。御手洗は何も言わず、じっと待っていた。訊かないわけにはいかないと思っているらしい。

「窓から、走っている電車の窓から落ちたんです」

御手洗は、深く頷いた。それで納得したというふうだった。

「おたくは、お住いどちらなんでしょう」

「南区の方なんです。唐沢というところで。これ、主人の名刺です。裏に住所と、電話番号書いておきました」

「内海さんとおっしゃるんですか？」

「はい、あ、私、今まで名前も申しませんで、大変失礼しました」

「なに、名前になんて大した意味はないですからね」

御手洗は言う。

「主人は内海剛、私は真知子です」

「解りました。ではこの件、お引き受けします。警察にも知り合いがいますので、きっと何ごとか、合理的な説明を引き出してごらんに入れましょう」

まるで五里霧中のくせに、御手洗は自信満々で言いきった。こんな出まかせを聞き、みんな一様に安心するから不思議だ。

「はい、もうそれ以外には、主人が回復する見込みはないと思います私。お医者も駄目、薬も駄目、お祓いも駄目なんですから。主人は、娘に祟られているんだって、そう固く固く信じてます。いくら言っても駄目で、このままではもう廃人です。なんとか死ぬことばかりを考えてます。もう最後の手段と思って、一大決心でこちらに……。どうか、どうかよろしくお願い申します」

婦人は深く頭をさげ、

「承知しました。安心しておまかせください」

御手洗は気楽な口調で言った。

4

「さて石岡君、散歩に出ようか」

内海真知子の姿が消えると御手洗は立ちあがり、部屋をつかつか横ぎってヴェランダまで歩いていき、表を見ながら言った。

「何で？」

私は言った。

「雨が降っているからさ」

私は驚いて、窓のところまで寄った。

「あ、本当だ、雨だ。大変だ！　内海さんは傘を持っていたかな」

「手提げの中に折り畳みの傘を持っていた、心配ないよ。さあ行こう！」

御手洗はさっさと玄関に行き、傘立でずっと埃をかぶっていた透明ヴィニールの安物をさっと引き抜き、ドアを開けて出ていく。

急いでいるふうだったから、私もまた急ぎ足になって馬車道の舗道に出ると、御手洗を追って小走りになった。雨はまだ降りはじめたばかりらしく、足もとのどこにも水たまりはできていない。沿道の店々の軒下の石は、まだ白く渇いている。

舗道の行く手に、さっき別れたばかりの内海真知子の背中が、駅に向かって歩いていた。御手洗が早足だったから追いついたのだ。彼の言う通り、地味な色の傘を差している。彼女の姿を視界に捕らえると、御手洗は歩速をゆるめた。それで私は、御手洗が彼女を追って部屋を出てきたのだと知った。

御手洗は遠視かと思うくらいに視力がよいので、ずいぶん距離があるのに間合いを詰めようとはしない。内海真知子は、ブティックのショウウィンドウを冷やかしながら、ぶらぶらと行く。本屋の平台の前では少し立ち停まり、雑誌の類を眺めていたが、買うことはなくまた歩きだした。御手洗は立ち停まってじっとそれを見ていた。

「御手洗、彼女が怪しいのか？」

私は訊いた。

「ああ、いいや別に」

彼は即座に応えた。そして彼女が馬車道を横断し、コンヴィニエンス・ストアに入っていったのを見届けると、すたすたと歩きだした。われわれはそのままコンヴィニの前を通りすぎたから、中の彼女はたちまち後方となった。

「体から取れた腕は、容易には当人の体から去っていかない。なくした子供も同じだね石岡君。死んでも、親のかたわらで成長を続けているものらしい。そうして時々、姿を見せるのさ」

御手洗は言う。聞いて私は、その言葉が持つ意味を考えた。

「じゃあ君、あの山手トンネルの中の女性の幽霊は、やはり内海運転手の亡くなった娘さんなのかい？」

私は訊いた。

「ああ石岡君、賭けてもいいね。あれは娘さ」

御手洗は断言し、歩きながら私はぞっと背筋が冷えた。ではやはりあれは、正真正銘の怪談だったのか。山手トンネルには昔から怪談が多いと、丹下警部でさえ言っていたではないか。

「でも君の考えでは、幽霊というのは人間の脳の中に棲んでいるんだろう？」

私の言におかまいなく、御手洗はせかせか早足で行く。強くなっていく雨足が、その肩を濡らしている。どこに向かっているのか。私はその背中に話しかける。

「御手洗君、どこに向かっているんだ？　内海さんはもう遥か後方だぜ」

「かまわないさ、別に彼女を追ってきたんじゃない。何の話だっけ？」

御手洗は、やっと私の顔を振り返った。

「幽霊は脳の中に……」

「ああそうさ！　脳の中が連中の棲み家なんだ。でも石岡君、トンネルの中にも棲んでるらしいね。そして雨の日にさまよい出てくるんだ、こんな春の、雨の日だね」

御手洗は奇妙に快活な口調で言い、私を見てにやりとした。私はその快活さにかえって恐怖を感じた。

私たちは大交差点を丸井の方角に渡り、それから左にそれて関内駅に向かった。というより、御手洗が向かうからついていった。時刻はまだ夕刻には早かったが、雨のせいで周囲は次第に薄暗くなってきていた。

「石岡君、関内ってどこのことか解るかい？」

御手洗がいきなり訊いた。

「え」

私は戸惑った。横浜に越してきてもう長いのだが、私はいまだにこの都市の歴史について詳しくない。東京なら江戸の頃のこともある程度解るが、ここでは依然新参者だ。関内という言葉については、地もとのことではあるし、常々気にはなっていた。ところが、いまだに正確な知識が身についていない。

「そう言われると、ぼくはまだよく解らないんだ。関内って、馬車道のずっと南の方じゃないの？　伊勢佐木町あたりの。馬車道の行きつく果てとか、違うの？」

「違う。そりゃ関外なんだ。横浜村は昔、長崎の出島みたいに四方を水で囲まれていたのさ。桜木町側の今の大岡川だね、昔はこれは川ではなかったけれど。それから元町の商店街に沿っている例の堀わり、『堀切りの川』と昔の地図には書かれている。あれは運河を掘ったばかりだからそう書かれたんだ。時間が経ったら『堀川』と呼ばれている。あそこに運河を通して、それからこの両者をつなぐ、今この根岸線とか高速道路が走っている桜木町から石川町までのこの暗渠ふうのラインもまた、『大岡川』だったんだ。

今の大岡川や桜木町駅のあたりなんてね、巨大な入江で海だったんだぜ。このあたりまで、帆かけ船がいっぱい入ってきていたんだ」

「へえ、そうなのか」

驚いた。それはちょっと想像ができない。

「うん、それから山下公園側の海、こんな公園も関東大震災以前にはなかったけどね。この四つの水で囲まれた四角い一帯が関内なんだ」

「え、そんなに広いの?!　関内って」

「うん、港横浜とは、すなわち関内のことなんだ。そしてこの関内も、今のシルクセンターのあたりで分けて、馬車道側が日本庶民の町、山手側の山下町が外国人のための居留地区だった」

「ふうん、そうなのかぁ」

「このあたりに関内の地名が遺ったのは、ここにあった吉田橋のたもとに、関内への関所が置かれていたからなんだ」

「詳しいんだな、君は」

「ここで育ったからね。そして山手というのは、イギリス軍やフランス軍の駐屯地ができた山でね、今の『港の見える丘公園』は一時期イギリス軍の病院だったし、横浜スタジアムはクリケット場だったんだ」

「へえ！　根岸の競馬場だけじゃないのか」

「うん。そもそも横浜村は、江戸の頃は人影もまばらな半農半漁の寒村で、アメリカ人のペリーが現れて江戸湾にあがらせろと言い、幕府は駄目だ浦賀にあがれと言って、間をとってこの寒村にあがったのが横浜のはじまりだよね。その後も幕府は、街道沿いの神奈川の宿に、領事館の用地を提供すると諸外国に約束したんだけど、いつのまにか僻地の横浜村に、外人たちをまとめて押し込めようとした。神奈川は人の出入りが多くて華やかだから、危険だと思ったんだ。一方横浜村は僻地で、わざわざ出かけて行く日本人なんていないから、管理が容易と幕府は踏んだんだね。だからアメリカは怒って、最後まで神奈川から領事館を動かさなかった」

「ふうん、そういうことか」

「その神奈川の宿から関内に来るのがこの吉田橋。そうしておいて幕府が真っ先にやったことは、娼婦をかき集めてきて、外人向けの娼婦街を作ったことだ。それがあのあたりだったのさ」

御手洗はあいている左手をあおって、関内駅前の雨に煙るビル群と、その向うの横浜スタジアムを示した。

「へえ……」

眺めても、今はまるで面影もない。

「そのくらいここは僻地で、むじなたちの棲み家だったんだ。幕府にしてみれば、異人たちだってむじなの一種だからね、一緒くたにして、ここを新たな出島にしようとした。狐にばかされた農民とか、その息子たちの話が開国前のこの村にはあふれていたけど、平成にもまたひとつ怪談が出てきたわけだね」

「うん、今回のは、横浜怪談史の最新ページだね」

御手洗は頷いている。

「怪談だらけの僻地にあって、特に闇の領域であり、魑魅魍魎の跋扈していたのが閻魔参りの山手の山林一帯だったんだ。だから平成の今も怪談が残っているなら、それはあそこしかないだろうな。……さあ着いた」

われわれの足は、関内駅の構内に入っていた。御手洗はヴィニールの傘をたたみ、黒く濡れた床を、自動券売機の方に向かっていく。

「石岡君、山手を二枚ね」

「え」

御手洗に命じられ、私は思わずぞっとした。たった今話していた魑魅魍魎の山に、わざわざ出かけていくというのか。こんなそぼ降る雨の午後に。

「さあ石岡君、ぐずぐずしないで。雨がやまないうちに行こうじゃないか」

電車の中におさまっても、私は落ちつかなかった。御手洗は車両右側のドアのところにじっと立ち、表の雨を見ている。

電車は高架上を走っていく。左手に横浜スタジアムを見ながら、しかし徐々に山手に近づいていくらしい。根岸線には何度も乗っているが、足もとのレールが高架上か、それとも地面の上かなど、これまで考えたこともなかった。

ドアに付いたガラス窓には雨水が伝い、表はやや見えにくい。しかし石川町の駅を過ぎた頃、遥かに眼下だった地面が徐々にせりあがって、黒く濡れた自転車置場とか、古いビルの裏庭のようなひっそりとした場所が近づいたなと思った瞬間、どんとガラスが震えて、いきなりトンネルの中に入っていた。

私はぎくりとした。セメントの灰色の肌と、そこに刻まれた溝が、無数の黒いラインになって窓外を流れていく。いつもなら何も感じることのない眺めに、私は背筋が冷える心地を味わった。鼻先の濡れたガラスに、今にもどんと大きな音がして、女の顔がさかさに貼りつくのではと思われた。そういった私の妄想は、いったいどうした理由からかひどくリアルに感じられて、私は知らずガラスから体を離した。たった今そんなことが起こっても、少しもおかしくなく思われるのだ。

「長いね、このトンネルは」

ささやく声で、御手洗が私に言った。

「それでもこの中が真昼のようだったって？　山手駅側の、しかもまだトンネルに入る前からだぜ」

御手洗は言った。

「うん」

私もささやく声で応える。距離が近いから、騒音の中でもささやく声で会話ができるのだ。

「しかも雨の中だぜ。よっぽど明るかったんだな」

そうして彼は、私の方に笑顔を向けた。

「それに内海さんは、ご主人が女性の幽霊を見たのは、トンネルの中、石川町側の出口にかなり近いあたりだったと言っていた。山手トンネルと石川町の駅とはごく近いね。光がもし君のご高説のようにＵＦＯがトンネルに迷い込んだものなら、石川町の駅のスタッフにも、第三種接近遭遇した人が出てもおかしくないね」

そして何が可笑しいのか、御手洗はくすくす笑いだした。

「月の停車駅に続いて、石川町駅にも停車したかな」

私は、また少し気分が悪くなった。御手洗の饒舌は、しばしば人を傷つけるのだ。

「トンネルを出た、だがまだ雨は続いている。だんだんに強くなる。これで桜はあえなくみんな地べたの上だ」

言って御手洗は、また私の顔を見る。

「そして酔っぱらいも、酒場にご帰還だ」

もしそうなら、春の長雨は私も歓迎の気分である。

「たぶんこのあたりだ、自殺志願男が立っていたのは。ほら、線路が道路と並行して、同じ高さを走っている。線路と道とを隔てるものは低い柵だけだ。あんなもの跨ぐのは、しごく簡単だものね。ははあ、こんなところに跨線橋がある」

電車は山手駅に滑り込み、私たちはそぼ降る冷たい雨の中、山手駅のホームに降り立った。時刻が早いせいか、一緒に降りる客はなかった。雨であたりは白く靄っていて、私は首すじのあたりに寒気を感じた。植物と雨の匂いが充ち、江戸の霊域に私たちは入っていた。

トンネルと山手駅との距離は、たいしてなかった。ということは、奇妙な男がレールの間に立っていた場所と、山手駅との間もごく近い。内海夫人の話では、彼女のご主人が不可解な男と遭遇したのは、電車が山手の駅を発車して間もなくだったということだ。

御手洗は改札口を出ようとはせず、ホームをまず根岸方向に、端まで歩いた。そのあたりの地形を確かめると、今度はくると向き直って石川町方向に行く。山手駅自体は高架だったが、下の土地に起伏があるため、根岸方向のホームの端は地面と同じ高さになっていて、その気になるならここもまた外からホームに入れる場所だ。

乗客は私たちだけなので、ホームをうろうろする私たちを、改札口の駅員が不審な目で見ている。私はどぎまぎしたが、御手洗はいっこうにおかまいなしだった。石川町方向に行くと、雨脚の彼方に跨線橋がうっすらと望める。当時のこのあたりは、今とはかなり様子が違っており、ホームから見降ろせる駅前商店街も、非常にひっそりとしていた。

「子供の頃ぼくは、この下の道を歩いて小学校に通っていたんだ」

ホームを被う屋根のぎりぎり突端に立ち、御手洗はいきなり昔話を始めた。御手洗が私に小学校時代の話をしたのは、後にも先にもこの時が一度きりだ。以降もう二度とない。

「このへんの小学校だったのか？」

私は訊いた。

「うん、こっちの丘の上だった。和田山小学校といってね」

「君も小学校に行ったとはね！」

私は火星人の日常生活について聞いたように驚き、言った。

「どうして電車に乗らなかったんだ？」

私は訊いた。御手洗は私を見て笑った。

「だって、乗ろうにもまだ開通していなかったんだもの」

「え、そうなのかい？」

「そうさ、ここが開通したのは昭和三十九年だぜ」

「ええっ、そんなに最近なのか！」

「だから山手トンネルあたりの野狐は、それまで泰平をむさぼれたんだよ」

「なるほどな、このあたりの祟りの歴史は浅いんだ」

私はようやく事態を理解した。

「面白いね。明治五年に日本最初の鉄道が新橋・横浜間に開通したのに、横浜のこの重要なラインは、昭和三十九年まで存在しなかったんだ。磯子・洋光台間にいたっては昭和四十五年、洋光台・大船間なんてやっと昭和四十八年だぜ」

御手洗は言う。

「日本で一番外国に近かった街が、なんだか遅れているんだな」

「いや、長崎に次いで二番目に近かったのさ。出島の大通りには、横浜より早く石油灯がともっていたらしいよ」

「へえ、それにしても、どうしてそんなに遅れたんだろう」

「たぶん船のせいだろうな。ここは長く船の街だったんだ。あちこちを船が結んでいたから。明治の頃、根岸の競馬場にも、山手のゲーテ座にも、みんな神奈川の宿から艀《はしけ》に乗って観劇にきたんだぜ。下の堀切りの川まで艀が来ていたんだ。

昭和のはじめまで、外国に行くには大桟橋からの定期客船と決まっていたしね。子供の頃、山手町の高台の子の家に遊びに行くと、パティオから、プレジデント・ウィルソン号なんて大きくて白い客船が、防波堤の灯台をかすめてゆっくりと外洋に向かうのが望めた。子供心にもあれは、すごくシュールで華やかな眺めだった。日本人にとって、あれが長く夢の海外旅行のイメージだったんだ。港が羽田に移るまではね」

「ああ……」

私は納得した。それこそは、童謡に歌われた赤い靴の世界だ。

「それでこのあたりの魍魎たちは、長い間自分たちの棲み家を守れたのさ。さあ帰ろうか」

「え？」

私はびっくり仰天した。私はてっきり下の道に降り、この周囲を探索するものかと思って、心の準備をしていたのだ。

「帰るの？」

「そうだよ」

御手洗は、当然のような顔をして言う。

「下は見ないのか？」

「だってもう見るべきものは見た。それにこのあたりはよく知っている。子供の頃さんざん荒らし廻った一帯だからね」

ではどうしてわざわざ電車にまで乗ってやってきたのか。しかしそう言い残すと御手洗は、すたすたと桜木町方面のホームに廻っていく。

5

御手洗は、根岸線を石川町で降りた。そして構内を歩み出ると、短い階段を下りながら傘を開き、何処かに向かってすたすたと歩きだす。運河のほとりだ。今はなくなったが、平成二年の当時は、まだ何艘かの小舟が、灰色の巨大な流木のようにして、この幕末の運河に浮かんでいた。そして少なからぬ人々が、その上で生活していた。しかし御手洗は、そんなものには目もくれず、水べりをさっさと歩いていく。

彼にとってはただの川なのだろうが、私にはここは、辛い思い出のある水べりだった。平成二年当時にはすでになくなっていたが、忘れもしない昭和五十三年、この付近にジロウ丸という画廊喫茶船が浮かんでいた。そればかりでなく、この水の上には、誰が見てもそれと解る廃船や、現役らしい小舟がひしめくようにして浮かんでいたものだ。そして私は、そんな貧しい風景とよく馴染む心根をして生きていた。運河の向こう岸にはミントンハウスという真っ暗なジャズ喫茶があり、それらは私の青春と、今日の視線からすれば日々の感傷の舞台だった。その水べりを、こうして何ということもなく歩ける日々がこようとは、当時は夢にも思わなかった。

ついさっきまで私は、どこに行く気かと御手洗に尋ねる心づもりでいた。しかしこの水べりに出た途端、気力が萎えてしまい、喉から言葉が出なくなった。ただ黙りこくり、雨脚が叩く水面をぼんやりと眺めながら、ひたすら御手洗について歩いていった。

傘をさし、御手洗はずいぶん長い距離を行く。いつまでも水に沿って歩いている。後方から望める彼の背中が、もうすっかり雨に濡れた。それほど早足ではないから、散歩しているようにも見える。もう元町の繁華街は遥かな後方になった。何ごとか考え込んでいるらしく、全然口をきこうとしない。こんな時は話しかけても仕方がないのだ。どうせまともな返答は返ってこないし、また私としても、格別話したい気分ではなかった。説明のできない虚脱感で、私はすっかり気持ちが沈んだ。

ついと、御手洗の歩行が川べりから離れた。そしてぐいぐいと住宅街に入っていった。雨は多少小降りになったが、まだやむ気配はない。

住宅街をうねうねと歩き、どこに向かうのか不明のままでいたら、

「着いたよ」

と御手洗は言った。

御手洗の手が指さす方角を見たら、雨で黒く濡れたブロック塀があり、これに付属した門柱に、「内海剛」と書いた表札が出ていた。さっきの夫人の家に来たのだ。事前に電話を入れるでもなく。これは相手が戸惑うだろうな、と私が思うよりも早く、御手洗は傘をたたみ、玄関のガラス戸をがらと引き開けている。

ごめんくださーいと御手洗が言うと、さっき私たちがささやかな住み家で相対した熟年の夫人が、小走りで出てきた。陽はまだ没してはいなかったが、雨空のせいで家の中は暗い。

「あらま！」

と彼女は、取りようによってはひょうきんとも感じられる声を出した。自分の家においては、彼女もそれなりにリラックスしているようだった。

「また、どうされたんです？　私も今、帰ったところなんですよ！」

夫人は驚いている。

「ご主人にお会いしたいと思いましてね」

と御手洗は、さも当然のことのように言った。御手洗は、伝聞というものを信じない男である。同じ話を聞くためであっても自分の足を運ぶ。当人の記憶でさえ不確かなのに、まして人の口が間に入っては真実はますます伝わりにくい、というようなことをよく言う。

「はい、あ、でも……、お話できますかしら……、ちょ、ちょっとお待ちください」

夫人は言って、またあたふたと小走りで奥に消えていく。

「ああ、ちょっと疲れたね」

御手洗はそう言ってこちらを向き、あがりぶちに腰を降ろした。するとかすかに、言い争うような声が奥から聞こえた。

「なにぃ、御手洗だあ、誰だそりゃ、なんでそんな奴に俺が会わなきゃあならん！」

誰かが威張ってわめいている。野太い男の声だ。かすかにそれが聞こえ、やくざ者のような声だったから、私は御手洗に帰ることを勧めようとした。当人は会いたがっていないのだ。それなら無理に会うことはないではないか。こんな様子では会っても大した話は聞けないだろうし、乱暴でもされたらどうするのか。

「なんだいきなり、なんで突然そんな！　こっちは病人なんだぞ、伏せっているんだ。事前に電話一本入れてから来るのが常識ってぇもんだろうが、えっ⁈」

と彼はますます荒れている。聞きながら私も、それなりにもっともだと感じた。御手洗は奥に向かって亀のように首をのばし、じっと聞き耳をたてていたが、私に向かってにやりとし、言った。

「険悪だね」

夫人はなかなか玄関に戻ってはこなかった。説得が難航しているのであろう。やがてまた足音がして、どうやら戻ってくるふうだ。それで御手洗は立つかと思っていると、そのまますわり続けた。

「あ、お待たせしました、どうぞ……」

顔を出すと、それだけ、夫人は小声で言った。

「お、そうですか」

快活に言うが早いか御手洗は靴を脱ぎ、さっとあがりぶちに飛びあがった。私はというと、さっきの罵声に威圧されていたので、ここで待っていようかとなかば本気で考えた。しかし御手洗に強引にうながされ、しぶしぶ靴を脱いだ。暴力団の事務所に入っていくような気分だった。

古い印象の家で、そう広くはなかったのだが、閉まった襖が左手に並ぶ暗い廊下を、L字型に歩かされた。歩くたびぎしぎしと音がして、家全体が揺れるようだった。

ごく狭い庭に面した畳の部屋に、内海剛は布団を敷いて寝ていた。襖で囲まれた部屋だったが、襖の大半は閉められている。

「やあ内海さん、お休みのところ、突然お邪魔してしまいまして」

御手洗は快活に言い、鴨居に身を屈めて、畳の部屋に入った。すると内海はゆるゆると布団の上に起きあがり、

「あ、こりゃこりゃ、むさくるしいところに、どうもどうもどうも、ようこそいらしていただきましたです。あ、どうも、内海でございます」

と卑屈なまでに柔らかい声で言ったから、私は耳を疑い、拍子抜けがした。立ち廻りでも起こるものかと、内心緊張していたのだ。彼の声はごく小さく、庭の南天の葉をさわさわと叩く、雨の音にも消え入りそうであった。

「ああ、どうぞそのまま、そのまま。少しお話聞いて、すぐに退散いたしますんで」

と御手洗は、無遠慮なほどの大声で言った。むしろ内海の方がその音量に気圧され、気弱そうな目を伏せた。いかにも病人だというように、彼の唇の上下には半白の無精ひげがいっぱいにはえており、身を起こすと内海は、そばの畳の上の銀縁眼鏡を急いで手で探り、弱々しい光をたたえた目の上にかけた。頭頂部は薄く、まだ五十歳くらいのはずだが、私には老人に見えた。

夫人が急いで座布団をふたつ用意し、御手洗はその上で膝を折って、ゆっくりあぐらをかいた。私もまたそのようにしたが、友人の横柄な物腰は、患者のところに往診にきた医者にそっくりだった。

「先月の十九日の雨の晩、幽霊に出遭われたんでしたね、山手トンネルの中で」

御手洗はいきなり言った。この男には、社交辞令とか時候の挨拶というような常識配慮が欠落している。こういう時の彼の質問は、散文的なまでに単刀直入である。相手は当然ながらとんでもなく当惑することになり、この時の内海もそうであった。いくら何でも五十代の分別ある男が、初対面の他人に幽霊を見たんでしたねと問われ、いやそうなんですとは言えないであろう。御手洗には、常識人のこういう感情が少しも解らないのだ。

内海剛は何とも反応ができず、叱られる子供のようにうなだれ、無言になってしまった。

「若い女性の上半身だったとか、そうですな？」

相手はぴくと顔をあげ、それから観念したように頷く。

「それが、運転席の窓にさかさに貼りついた」

内海はまたゆっくりと頷く。夫人は横にすわり、おろおろするようにして御手洗を見ている。

「その前は、強い光を見た。トンネルの中に」

御手洗の無頓着な話し方は、聞きようによっては相手をなじるようだった。内海はもう頷かなくなった。

「それは山手駅側の、まだトンネルに入る前だった」

すると内海は顔をあげ、ごくゆっくりとした口調でこう言った。

「いや、トンネルに入ってからです」

「ん、トンネルに入ってからですか」

と御手洗が言い、

「はい」

と内海は頷いた。

「あんた、トンネルに入ってからなの？」

横で聞いていた夫人が、夫に声をかけた。

「そうだ」

彼が応え、

「私はまたてっきり……、すいません」

と夫人は謝った。

「いやいやかまいませんよ」

御手洗は右手のひらを夫人に見せ、鷹揚に言った。そして、

「トンネルの中のどのあたりです？」

と訊いた。

「どのあたりって、どう言えばいいかいな……」

「あのトンネルは、途中一回途切れるでしょう、表に出る」

それを聞いて私は、あれ、そうだったかなと思った。

「ああ、ちょうどあのあたり。雨がかかってきたあたりでなぁ」

運転手は言い、御手洗は頷く。

「では光のあった場所は、もう石川町の出口にずいぶん近いあたりですか？」

「そうです」

運転手は言って頷いた。

「では石川町の駅員で光を見た人は？」

彼は首を横に振る。

「あの時間にホームに出ている者はいないですから」

御手洗はまた頷く。

「こういうことは以前にも？」

「光ですか？　あるわきゃないです。二十三年運転やっておりますが、はじめてです」

「幽霊を見た時、電車停められましたね」

御手洗が訊くと、内海の顔が少しこわばった。

「それは、私は人轢いたかと思ったし、ああいう時はすみやかに停まってですな、安全を確認するように、規則でも定められております」

内海はやや強い口調で言いつのった。

「適切な判断でした。停めていた時間は、だいたいどのくらいでしたか」

「そりゃだいたい一分か、二分か、そのくらい……」

「停まって、車掌さんが車内アナウンスして、それから彼が下に降りて、車両の下を懐中電灯で照らしながら運転席のところまで来たんでしょう。それだけで二分くらいはかかりませんか」

内海は無言だった。認めたくないというふうだ。

「それから二人で交互に屋根にあがって、降りて、車掌はまた最後尾まで歩いて戻って、それから出発ですね。四、五分はかかりませんか」

内海は無言の行を続けた。

横で見ていて私は、御手洗に責めたてられ、内海がわっと泣き伏したりはしないだろうかとはらはらした。御手洗としてはただ尋ねているだけであり、内海に落ち度があるかないかになどまるで興味はないのだが、内海としてはあきらかに、自分の落ち度を探られ、責めたてられているように感じていた。

「ああいう場合は何があるか解りません。もし女の人がどこかに潜んでおって、電車動かしてから轢いたということにでもなったら、これは取り返しがつきません。会社の信用問題になります」

「まったくその通りですな。だからたとえ乗客が騒ごうとも、そんなことは問題ではありません。人命最優先。まして終電です、もう後から来る電車は一本もないのですから、朝までだって点検していい」

御手洗は大袈裟なことを言った。朝まで時間をかけたら、乗っている客はいったいどうしたらいいのか。

「五分くらい停まっていましたか？」

　すると内海は、無言で、ごく小さく頷いた。じっと顎を注意していないと気づけないほどに、その動きはかすかだった。

「トンネル内は点検しましたか？」

「ざっと見ました。方々懐中電灯で照らして」

「天井も壁も」

「当然天井も壁もです」

「通気孔の類などはないんですか？　あのトンネルには」

「あそこにゃないです、そんなものは。それに、あれから保線区の者が線路と、トンネルの内部壁をすっかり点検したんです。雨漏り、ひび割れ、剝脱の類をです」

　内海は言った。

「何も出ませんでしたか？」

「何にも。ひび割れもないと」

「では光の原因は？」

「そりゃ解りません。私も言ってもいないし。だから保線区の方からは何も言ってきませんし、私も聞いてもみません」

「保線区の調査は、その日のうちに？」

「いや、あれは、二、三日後でしたな」

　御手洗は腕を組み、しばらく言葉を停めて天井を見ていた。

「トンネルに入る前には、線路の真ん中に立っていた男を見かけましたね」

御手洗が訊き、内海はまた言葉なしで頷く。

「大きな男でしたか？」

「いや、それは、大きくはなかったな」

「ふむ」

御手洗は頷く。

「見られた女性の幽霊、なくなったお子さんに似ていたんですか？」

また幽霊の話に戻った。しかし内海は、この話題になると黙り込む。

「あなたをじっと見つめたと、こういうことでしたね」

御手洗が言い、すると内海の左手の指が少し震えるのを、私は見た。

「頬がこけて、痩せていた……」

彼はつぶやく。

「娘さんも痩せていたんですか？」

御手洗は訊く。

「あの様子、あれは……、そりゃ誰にも解らんだろうな、あの感じ。あれは実際に見た者でないと」

「不気味でしたか？」

すると内海は、何をいったい言うんだというように、がくりと首を垂れ、顔を歪めた。

「不気味だのなんだの、そんなもんじゃない、頬がこうげっそりこけて、あれは絶対に生きた人間の顔じゃなかった。あんな者がどこにいますか、この世に。私らのような生きた人間のうちに」

「それをどうして娘さんと？」

「子供の頃に死んだんだから、子供の頃のことなんぞは、だから似ているかどうかなんぞは……」

内海はぶつぶつとつぶやく。

「ではどうして娘さんと？」

御手洗はもう一度訊く。何度でも訊く気らしい。すると内海は、また長く沈黙する。ずいぶんしてからこう言った。

「そう感じたということで……、感じたことに理由はないけど、歳格好がね、生きておればあのくらいになるかなと。髪が黒くてこう、直毛だし、それからあの子は、このへんにほくろがあったからね」

「ほう、ほくろがね」

もう知っているくせに御手洗は、はじめて聞いたような顔をした。

「そうです」

内海は言った。

「左眉の少し上のところでしたね？　お子さんもそこに？」

「いや、美紀は左の、この瞼のところだけれど」

「じゃ、違うじゃないですか」

「動いたのかもしれんから。あの幽霊にも、左眉の少し上のここんところに、大きなほくろがありましたから。私ははっきりそれ、見たから……」

御手洗は、眉を吊りあげて頷いていた。

「解りました。いや、どうもお邪魔をしました！」

そう元気よく言って、御手洗はあっさり腰を浮かせかけた。それで私も、急いで同じようにした。

「あの……」

内海が声を発し、片手をあげて御手洗を呼びとめた。

「なんです」

「あの、おたくさんらはその、どういう？」

「警察官に頼まれましてね、この事件を調べているんです」

御手洗は出まかせを言い、

「警察もこの事件を？」

内海は言って目を見張った。そして私はというと、あきれていた。丹下が相談してきたのは事実だが、あれは別件だ。

「そうです」

御手洗は自信満々で断言する。

「祈禱師の先生は、あれは私の娘の霊だと。だからよく供養するようにと」

内海が訴えるような口調で言い、御手洗は見るからに人を馬鹿にしきった顔つきになった。私ははらはらした。

「そんなペテン師に、まさか金を払ったんじゃないでしょうね」

御手洗はとんでもないことを言い、私はさすがに何か言おうかと思った。

「じゃ、違うと」

内海は驚いた顔で言い、御手洗はからからと笑った。そしてこう言う。

「まったく違いますね。あれはあなたの娘さんじゃない」

ては いないのだ。

「じゃどなたの」

内海は真剣な顔で訊く。私は痛々しい気がした。内海はこの上がないほどに真剣だが、御手洗はまともに考えてはいないのだ。

「大岡さんというお宅の娘さんでしてね、二十歳なんです」

御手洗が適当なことを言い、私はうんざりした。カプセル男の死んだ娘が、根岸線のトンネルの中にいたというのか。生きていた頃だって一歩も動けなかったのだ。

気の毒な内海は、この出鱈目を真に受け、じっと考え込んでいたが、顔をあげてこう問うた。へらへらしている御手洗とは違い、彼の目つきはすこぶる真剣だ。

「それはどちらの……」

「いやぁ、あのトンネルのすぐ近くの家の娘さんでしてね、名前は大岡宏美さんと言って……」

「しかしそれじゃ、その娘さんはどこから来て、どこに消えたんですか」

真剣な口調で内海は問い、御手洗はちょっと言葉に詰まった。出まかせが、さすがに底をついたのだ。正直なところいい気味だと私は思ったのだが、彼はすわり直し、ずるそうな表情になってこう言いだした。まるで身内の恥でも打ちあけようとするような、せつせつとした口調だった。

「いや内海さん、困ったことにね、実はこっちも幽霊なんですなー。いやこのお嬢さんばかりじゃなくてね、彼女のお父上もまた幽霊でしてね、今回のこれは、あちこちの幽霊が山手で集会をやったような事件でしてね」

こんな話をいきなり聞いても、なんのことか解らなかったであろう。最初から関わっている私でも解らなかったくらいだ。続いて御手洗はからからと笑ったが、内海は笑わず、彼の顔があまりに真剣だったもので、御手洗も多少は反省したらしかった。

「いや、ぼくが言いたかったのはですね、このお嬢さんが、内海さんのお嬢さんではなくて、別の家のお嬢さんだっていうことです。それだけでも全然気分が違いませんかしら。病も多少は軽くなるというものでしょう、違いますか？」

はたで聞いている私にも、この主張はまるで説得力がなかった。御手洗がよくやるただのその場しのぎだった。こんなもので病が軽くなるなら、精神科の医者はいらない。

見るからに生真面目な性格の内海は、じっと考え込んでいたが、やがてこう言った。

「あれが私の娘ではないという証拠はありますか」

これは実のところ私も聞きたいことであった。そんなものがあるはずもないから御手洗はぐっと言葉に詰まっていたが、

「むろんありますとも」

と出まかせを言った。

「どんな……」

内海は言い、御手洗はありありと困っていたが、さすがにしぶとい男で、夫人の方に向きなおるとこんな言い逃れを試みた。

「奥さん、お宅電話はありますか？」

「あります」

今時あるに決まっているであろう。

「それ、コードレスで？」

「はいそうですが……」

夫人が応え、御手洗が内心で舌打ちをもらすのが私には解った。コードレスでなければ、ちょっと電話を拝借などと言ってこの場を逃れられるからだ。

「持ってきましょうか」

夫人が言い、御手洗は低い声でお願いしますと言った。夫人が立ちあがると、私の耳に向かい、案の定こうささやいてきた。

「コードレスだってさ、ちぇっ！」

電話機が来ると、それは私に渡すようにと夫人に手で示し、

「丹下警部の携帯にかけてくれよ」

と横柄に命じてきた。私はポケットから手帳を取り出し、聞いていた番号をプッシュした。耳にあてるとコール音がして、たちまち留守番電話になった。

「留守電だよ」

私は言った。

「じゃこの家の番号を言って、後でかけるように言っておいてくれたまえ。もしかするとすれ違うかもしれないが、とね」

夫人がすぐに番号を言ったから、私はそれを反芻して吹き込んでおいた。

「さあて、警部はつかまらないようだし、今日のところはこれで……」

と御手洗は再び腰を浮かせかけた。私もならってそうした。その瞬間だった、まだ私が手に持っていた電話機がルルルと鳴った。まさかもう丹下からかかったとは思わなかったから、私は急いで夫人に電話を戻した。

「はい……、はい……」

と夫人は電話に向かって話していた。その緊張した態度に、これはひょっとして丹下ではあるまいかと私は感じはじめた。会話相手の雷のような大声が、なんとなくこちらに聞こえてきたからだ。

御手洗を窮地に陥れる電話がかかってきてしまった。何が「むろんある」というのか。いかに丹下と話そうとも、彼がいかに現職の警部であっても、たった今の御手洗の出まかせを、彼が立証してくれるはずもない。

「御手洗さん、あの、丹下さんとおっしゃる方がそちらにと……」

受話器が差し出され、私は、御手洗がいよいよ万事休するのを見届けようと身がまえた。たまにはこういうこともあってよい。

「ああ、御手洗です」

御手洗は気取った声を出した。

「ああ御手洗さん！」

と丹下のどら声は、ほんの二十センチほどの横にいる私の耳にも、勢いよく飛び込んでくる。自分の耳にあてているのと変わらなかった。

「いやぁ、あの正木というのはなかなかしたたかな男ですなー」

彼はわめいていた。内海剛も、なんとなく頭をわれわれの方に近づけてきていた。丹下の声なら、内海の耳にも届いているだろうと私は考えた。

「今朝から徹底して聞き込んだんですがな、どうも友達にもよく言う者がおらんですな」

「ほう」

「あの男には、脅迫状も来ていたということです。殺してやると言って」

「誰からです？」

「そりゃ解りません。いつかわれわれに言っておったでしょうあの男、越してきたその日の晩から、厳重戸締まりをひと晩も怠ったことはないと。そりゃこういう理由があったからのようですな、脅迫されておったから」

「ああそうですか」

「まあそうなると、奴があそこに越してきて以降、誰もあの家には入れなかったと見るべきでしょうな。したがって、誰も地下のシェルターにこっそり入ることはできなかったと」

「ふむ、そうですな」

「あの男、もともとは大岡の娘の宏美さんと、同じ大学に通っておったようです。それで宏美さんと知り合って恋仲になったらしい。婚約しようかというところまで仲は進んだんだが、その時宏美さんにＡＬＳが発病した。しかし正木は、一応は感心なことに、それでも宏美さんを捨てるようなことはしないで、毎日ずっとファックスの手紙送ってきたり、相手の応答はなくとも電話で話しかけたり、なんてぇことをやっていたらしい。例のあの家にですな、シェルターのあるあの家。

宏美さんとしてもこれが心の支えということだったらしいんだが、ある時正木が、宏美のために医大に転学すると言いだした。原因不明のＡＬＳを、宏美さんのために研究して、これを退治してやると、こう言ったらしいんですな。こりゃ美談です、そうでしょう？」

「そうですな」

御手洗はそっけなく言った。御手洗はそもそもこの手の話を信じないのだ。

「ところが私立の医大には大変な金がかかる。正木の実家は島根の公務員らしいですからな、そんな金なんかない。そこでこの男は、恋人の父親の大岡修平に泣きついた。出世払いで金を貸して欲しいと言ったわけです。大岡も最初は貸すつもりはなかったらしいし、女房の弟の和弘なんかは猛反対したらしいんだが、正木は食わせ者だって言って。しかしどうも宏美が必死で父親に頼んだらしい、恋人の正木に金貸してやって欲しいって言ってですな。そんなに医大に行きたいんなら国立行きゃいいんだが、正木はそこまでの学力はなかったらしい。

ともかくそれで大岡は、伝来の山売って金作ってね、娘のために正木に投資ですわ。父親としては、娘の要求にはさからえなかったんでしょうな。なけなしの、最後の財産全部吐き出した。それで正木は、首尾よく横須賀の方の医大に入学したと。

ところがです。そうしたら、正木がだんだんに娘の宏美と疎遠になってきた。友人関係とか、医大の周囲に聞き込んでみたら、どうやら正木は、酒飲み話では、寝たきりで何の反応もないような女は愛せないと、こう言うようになってきていたらしい。というのもこの男、実は新しい女ができていたんですな。

もともと正木っていうのは、色白の、甘っちょろい顔してますからな、それが医者の卵となって、将来金稼ぎそうだとなりゃ、馬鹿な女はすぐに引っかかる。しかし正木の奴、したたかだなと思うのはね、ものにした女がけっこうな資産家の娘だっていうんです。娘の親は、鎌倉の方にかなりの土地屋敷を持っておるらしい。正木としては、こういうものにも関心が働いたんでしょうな。みなそう言っております。

正木はずっと根岸のワンルーム・マンションに一人住まいだったんだが、娘の方は磯子に豪華マンション持っておるんですわ。正木はそれでここに、女のマンションにだんだん入り浸るようになったらしい」

馬鹿馬鹿しい話だとでも思っているのか、御手洗は相槌も打たずに聞いていた。

「この新しい女のことは、大岡も、その女房も知るところになったらしい。どうも夫婦のどっちかが磯子の女のマンションを張っていて、正木が入り浸っているのを確認して戻ったらしい。そういうことを知っている者もおりましたな。この女が、露木っていって今度結婚しようかって娘です。そして最もいかんことは、それを宏美が知ったことです。それで娘は、煩悶のあげく、コンピューター制御の強制呼吸装置を自分で止めて、自殺です。

どうもことの顚末は、そういうことのようですわ、なんともやりきれん話でね」

御手洗は無言のまま、何度か頷いていた。丹下のどら声がずっと聞こえていた私は、ひどい話に溜め息をついた。

「後は大岡の幽霊の方なんですがね、これはもうあちこちで目撃されておりますな。警察と、トラ箱の件は言いましたな、先月の雨の夜もね、大岡が看板まで飲んでいた山手のバーが解りましたよ。ラ・ピアンタとかいう店でね、元気だった頃の宏美が、正木と一緒によく来ていた店らしいです。だからここにね、正木と宏美の写真が何枚か残っておりましたよ。大きく焼いたものもあって、なかなかよく写っている。きれいな子ですな。今その店からかけておるんです」

「ほう」

御手洗がやっと声を発した。

「大岡の幽霊、娘のこの写真を見にきたんでしょうかな。雨がしとしと降る夜ふけだったそうで、霊が酒飲みに来るにゃいい晩です」

「今夜もきっとそうなるでしょうな」

御手洗は嫌な相槌を打った。

「大岡は、ずうっと一人で飲んでおったそうです。考えてみりゃ、大岡も可哀想な男ですな。ここでの大岡は、問題は全然起こしてはいません。じっくり飲んでいて、酒量も大して多くはなかった」

「それは何日の夜です?」

御手洗が訊いた。

「何日かな、ええと……、ちょっと待ってください、今親父に訊いてみるから」

「訊かなくてもいいですよ」

御手洗が言った。

「十九日の夜でしょう。その店を出たのは午前零時ちょっと過ぎというところ」

「え、そう？　ちょっと待って、おい、おいあんた！」

丹下の声が言い、しかし彼は送話口を手でふさぎ、どうやらマスターに大声で質している。もぞもぞと、しばらくの間会話しているらしい様子があった。そして丹下のどら声がこんなふうに響いた。

「そうです！　十九日の夜で、どうして解りました?!　零時過ぎに出ていったそうです、ちゃんと勘定払って。確かに生きているようにゃ見えなかったが、足はちゃんとあったと言っておりますな」

「そのマスターが、大岡宏美さんと正木幸一氏の写真を撮ったんですか？」

御手洗は訊く。

「そうです、ここの親父はカメラ・マニアでして……」

「じゃあ十九日夜の大岡氏の写真は、撮っていないですか？」

丹下はすると、苦笑しているらしかった。

「残念ながら、そりゃないようですな、しかし宏美の写真はありますよ」

「今見ていますか？」

「はあ、見ております、なかなかいい女ですよ」

「そうですか、髪は黒くて直毛、左眉の上に大きなほくろがあるでしょう」

するとと丹下はたっぷり十秒の間、沈黙した。私もぎょっとした。内海もまた目を見開き、じっと御手洗の顔を見つめていた。そんなふうにして、みんなして丹下の次の言葉を待った。

「どうして解るんです⁈　そこどこですか⁈　あんたもこの写真見たんですか⁈」

丹下がわめくのが聞こえ、御手洗はにやりとして内海の顔を見た。それは出まかせと見えた御手洗の言が、見事に立証された瞬間だった。

6

「そのラ・ピアンタは、食事もできますか？」

御手洗は訊いていた。可能だと丹下は応えているようだ。

「場所はどこです？　……ふん、……ふん、麦田町の根岸街道沿い……」

御手洗は言いながら、思案をしているらしかった。彼の予想とは多少違う場所であったらしい。

しかし私は、そんな御手洗の様子が視界には見えていたが、いたってぼんやりしていた。意識が、長い放心の中にいたからだ。内海もまたそうであるらしく、じっと黙りこくっている。御手洗のたった今の言、あれはどういうことだ。何を意味している？　私も内海も、それをずっと考えているのだ。

言葉通りに了解するなら、先月三月の十九日夜、カプセル男たる大岡修平の娘が、根岸線の山手トンネルの中、それもこの内海の運転する電車の屋根にいたということになる。そんな馬鹿なことはあり得ない。走っている電車の屋根にあがる人間などいないし、第一彼女はＡＬＳという難病を患っていて、一歩も動くことができないのだ。よりによってそんな人間が、サーカスの軽業師のような真似をするというのか。

だがそんなことより以前の問題がある。彼女はもう死んでいるのだ。内海が若い女性の亡霊を見た三月十九日は、大岡宏美が亡くなってすでにふた月ほどが経った時期だ。その頃、彼女はもうとっくにこの世には存在していない。

ということは、あれは幽霊ということか。まあそれはそうかもしれない。ついさっきの内海の話に現れた彼女の風貌は、完全に亡霊のものだ。誰かが幽霊を演じるとしても、げっそりと痩せこけるなど無理だし、内海の言うような感じは決して出せないだろう。これは本物の亡霊だ。

彼女の父親の大岡修平もまた、正木家の地下シェルターの中でとっくに死んでいながら、横浜の街をさんざんぶらついている。たった今の御手洗の言を信じるならだが、内海が彼の娘の亡霊を見た晩には、山手のバーに生前の娘の写真を見にきて一人酒を飲んでいる。

亡霊のオンパレード、怨霊の山手集会のようではないか。推理が可能の事件ではなく、怪談の類いに感じられる。

「それでは今から一時間半後にそちらに行きます。みんなで仲よく夕食を食べましょうか。それまでに丹下さん、あなたは根岸線にかけあって、今夜の終電通過後に、われわれが山手トンネル内の線路上を歩けるよう許可を取っておいてくれませんか」

私はぎょっとした。まったく何を言いだすか解らない男だ。内海もびっくりしている。

「それから、強力な懐中電灯を二、三本用意しておいてください」

この非常識で身勝手な言い草に、案の定丹下も難色を示している。必死で言いつのる彼の声が、私の耳にも届いてきた。

「しかしですな、それはむずかしいんです。協力してくれる関係者がいないとね、最近はなかなか渋いんですよ、警察相手と言えどもね。近頃はこっちの要求、何でもは通りません。終電の後までつき合ってくれる酔狂な根岸線の関係者なんぞはおりませんしな、まして今夜は雨でしょう」

ところが御手洗はびくともしなかった。

「大丈夫、内海剛さんという根岸線勤続二十三年のベテラン運転手が、われわれと一緒に行ってくれます」

「え……」

内海が、びっくりした顔を布団の上であげた。妻の真知子もあたふたとしている。内海は病人なのだ。伏せっている人間を、いきなり電話なしで訪ねてきたと言って怒っていた男を、雨の夜中、根岸線の線路上に連れ出すというのだ。死んでしまうではないか。

しかし御手洗は、そういった条件で勝手に話を決めてしまった。そしてさっさと電話を切り、内海に向きなおってはこう言う。

「暖かい服装の用意を。今夜十一時半に迎えにきます」

あまりのことに内海は茫然とし、言葉が出ない。代わりに夫人が血相を変える。

「御手洗先生、うちの主人は病人で、もうこのひと月も、ずっと伏せっております」

そして庭に注いでいる雨足をちらと見た。しかし御手洗は涼しい顔でこう応じた。

「そんなことは解っています。ひと月が十年になってもいいんですか？」

夫人はぐっと言葉に窮した。言われてみれば確かにそうではある。しかし気をとりなおし、こう反撃する。

「でも、風邪でも引かれたら」

「風邪ぐらいがなんだって言うんです」

立ちあがりながら御手洗は、ぴしゃりと言った。

「そんなものは一週間も寝れば治ります。だが頭の病は簡単には治りません。特にこの手はね、命をかけないと治癒しませんよ。しかし……」

そして御手洗は、茫然としている夫婦を、かわりばんこに見降ろしている。

「そうすれば治るんです。では十一時過ぎに。石岡君、行こう！」

言って、彼はさっさと廊下に出た。


表に出ると、雨はまだ続いている。そして私の頭の中は、嵐のように疑問符が渦巻いている。

「御手洗、これはどういうことなんだ？」

私は言い、御手洗はうるさそうに応じる。

「君は奥さんの味方かい？　大丈夫、丹下さんに、内海さんのための車を用意させるよ」

「そうじゃない、あの女性の幽霊、あれは大岡宏美なのかい？」

すると御手洗の反応は、変わらずうるさそうだった。

「ああ、決まってるじゃないか！」

「なんで死んだ人間が……」

「石岡君、幽霊とはそういうものだろう？　生きているうちに出ちゃ幽霊じゃない」

私はしばらく沈黙した。それはそうだが、私が言いたいのはそんなことではない。

「だから、やっぱりあれは幽霊だと君は言うの？」

「ああ。ただし内海さんの娘さんのじゃない、別の人のだ。前にもそう言ったろ？」

「それから彼女、つまり宏美さんのお父さんもまた、とっくにカプセルの中で死んでいたのに、横浜の街のあちこちをさんざんうろつき廻っている。これはいったいどうなっているんだ？」

「だから親子の幽霊なんじゃないの？　これで大岡さんの奥さんの幽霊も出てくれれば、全員が揃うね」

「冗談はやめろ！　どういうことなんだ？　これはつまり……」

「つまり？」

「つまり……」

しかし私は、言葉が続けられなかった。私は自分の能力の限界を呪った。

「つまりどういうことだ？　だから、丹下さんの相談してきた事件と、内海さんが依頼してきた事件とは、これは同じものなのか？　同一の事件なのか？」

御手洗は私の顔を振り返った。

「その通りだよ石岡君。二つの依頼は、同じ事件の別角度からの見え方だ。別人のように見えても、実は同じ人間の右側と左側の顔なんだ」

「だけど……、だけどちょっと待てよ、今最初から不明事を挙げていってみるから」

そして私はいっとき沈黙し、頭の中を整理した。そしてこうきり出す。

「山手に、所有者がどんどん死んだり、不幸に遭うという因縁の家が建っていた。この家の地下には、核シェルターというか、カプセルが埋まっていた。最初の所有者は癌で早死にし、二番目の持ち主は娘が寝たきりの難病にかかった。そして彼女は今年の一月に亡くなり、続いて妻も二月に死亡した。しかし妻子を亡くした当人はというと、地下のこのカプセルの中にこもりっきりで暮らしていた」

雨の中を歩きながら話す私に、

「いいぞ石岡君、その調子だ」

と御手洗は言った。

「これはさっきの丹下さんの話には出てきていなかったが、大岡修平は自分のこの家を、正木に売ったんだろうな」

「そんなところじゃないか」

「じゃそれが三月、先月のことだ。だけどもし安く売ったのなら、大岡としては踏んだり蹴ったりだね。だって彼は、山林を売った金をすっかり正木の学費につぎ込んでいたんだろ？　その上家まで格安で譲ってやって、自分はあっさり死んじゃったというんじゃね、まるで正木に奉仕の人生だ」

「そうだね」

「ともかくこの大岡は、大好きだったもと自分の家のカプセルの中で、家を譲渡した三月にはもう餓死していたんだが、にもかかわらずその後頻繁に横浜各地で姿を目撃され、警察に逮捕されたりもしている」

御手洗は無言で聞いている。

「そして三月十九日に、根岸線の運転手内海剛が、君の言を信じるなら大岡の死んだ娘、宏美の霊とトンネルの中で遭遇した。以来彼は体調をくずし、精神まで病んでしまった。そういうことだろ？　これでいいかい？」

「いいよ」

内海ならずとも、私までパニックに陥りそうだった。

「こんな妙ちきりんな事件、聞いたこともないよ、いったい何なんだいこれは！」

「ジグソーパズルのピースさ。そのひとつひとつがすべて大事なんだ。とんでもなく変わって見えても、このそれぞれが、事件を構成する不可欠の要素なんだよ。いずれ合理的な位置におさまり、誰もが納得できるピラミッドを作る」

御手洗は断言した。

「はん、そうかね！」

私には到底信じられないことだった。

「石岡君、まだ大事なピースをいっぱい忘れているよ君は」

御手洗が言う。

「なんだい」

「光だ」

「ああ光、トンネルの中の……」

「そうだ、トンネルの中の光だ。こいつは大事だよ」

「ああ、あれは何なんだい？」

「今言えることは、UFOなんかじゃないってことだ。幽霊の仕わざかも知れないが、われわれ地上の存在が作った光だよ。それから、雨の中の男」

「ああ！　雨の中の男。二本のレールの真ん中に立っていた……」

「その通りだ石岡君。そしてその位置もすこぶる重要だ。山手駅を出て間もなくの地点」

御手洗は言う。

「山手駅を出て間もなくの地点……、それも？」

「すこぶる重要だね」

「これらがみんなピースなのか？　推理の」

「その通り」

御手洗は再び断言する。

「どれも不要なものはないと?」

「不要なものなどない。どれもすこぶる重要だ。ただひとつの漏れもなく、重要だ。だからジグソーパズルなんだよ」

「ふうん」

私は考え込む。

「最も大事なものを、君はさらにひとつ見落としている」

「え、なんだろう」

「ぼくが答えを言う前に、君がもし少し考えてみたいなら、どうぞやってみたまえ」

少し試みたが、私は例によってすぐに降参した。

「解らない」

「まあいいだろう。これは教えるけど、三月十九日を境に状況が一変しているという点だよ」

「三月十九日、つまり内海剛が宏美の幽霊を見た晩……」

「その通り。一変したこと、それが何だか解るかな」

「解らないな……」

「大岡修平の幽霊が、それ以降は現れていないということだ」

「ああ!」

「十九日の雨の夜ふけ、山手のラ・ピアンタで目撃されたのが最後なんだ。これ以降、彼は誰にも目撃されてはいない。この点こそが今回の、君に言わせれば奇妙奇天烈なミステリーの謎を解く、最大の鍵なんだ」

御手洗は言った。そして後は自分で考えろとでもいうように、以降彼はおし黙ってしまった。

われわれは雨の中、傘をさして、根岸線のレールの脇を歩いていた。終電車が行った深夜、石川町の駅からレールに降りたのだ。降り続く雨で周囲は底冷えがして、みなの吐く息が白く見えた。

内海はオーバー・コートを着て、その上にヴィニールの雨合羽を着ていた。さらにその頭上には、夫人がさしかける傘がある。強力な大型の懐中電灯は、御手洗と丹下、そして内海夫人に渡されていた。問題の個所を示せるようにと内海に手渡されたのだが、彼は弱っていて持てないので、代わりに夫人が持ったのだ。したがって夫人は夫の体を支え、傘を持ち、懐中電灯も持っていた。私はというと傘以外何も持たせてもらえず、おかげで暗い足もとに絶えず蹴つまずきそうだった。

内海はようやく歩いているというふうで、こんなところにこんな病人を連れてきた御手洗の非常識を、私は二人のために心でなじっていた。しかし彼が来なければ、われわれは線路上をじかに歩くことはできなかったのだ。目の前にトンネルが迫ってきた。近づくにつれてそれは異様に大きく、深い深い横穴洞窟だった。二台の電車が並んで入れるのであるから当然だが、深夜の雨の中、無言で沈むその様子は、魔物の棲み家以外には見えない。

この時、内海夫人がいきなり私に話しかけてきた。

「この上、家々の明かりが並んでいるんですねぇ、なんだか奇麗」

ずいぶん風流なことを言う人だと思った。寒いし、足もとは不案内だし、雨が落ちてくるただ中でもあったから、私にはとても上空などを見あげる気分の余裕はなかった。

「あ、そうですか」

私は言った。そして、

「寒いですね」

と言った。

自分がトンネルの中を見たいがため、こんな天候の日のこんな時刻、こんな場所にこんな病人を連れ出すような非常識な男に、うっかり事件の調査を依頼したことを夫人が後悔しているのが、私にはありありと感じられた。

「すいませんね、こんなところに」

私は友人に代わり、夫妻に謝った。

「いえ、即席カイロ、たくさん持ってきたんですよ。今主人のお腹に入れているんです」

夫人は言った。私は頷く。それにしてもこんな時間、こんなトンネルに入っていったい何が解るというのか。御手洗は何を見たいのか。もう保線区の人間が点検したというのに、トンネルの中など、おおよそ見当がつくではないか。

ところが当の御手洗は元気いっぱいで、すたすたと先頭を行く。ややもするとわれわれを置いていってしまいそうなので、御手洗さん、と丹下が名を呼んで、時々立ち停まらせなくてはならなかった。

われわれの歩みはようやくトンネルの入口にかかった。意外にも、トンネルの中は真っ暗だった。私は、多少は明かりがともっているものかと思っていたのだが、明かりの類はまったくない。つまりこの中の電車の走行は、頭についたライトだけが頼りということになる。それともこれは、終電が行ったから消したのだろうか。そのことを尋ねようと内海の名を呼んだ時、水の垂れてくる音がいきなり大きくなって、私の声はかき消された。

トンネルの入口軒下には、ぼたぼたと雨水が垂れる音が絶えずしていたが、時にどどっと大量に垂れ、周囲の静寂を圧するほどになるのだった。傘をたたみながら私は、水音がやむのを待ち、もう一度尋ねようと思って待っていたのだが、その時内海のうめき声が聞こえたので、私の言葉は喉のところで凍りついた。

苦しげなうめき声は、あああという、低い悲鳴のような声に変わった。そしてどさっと音がして、内海は砂利の上に倒れ込んだ。夫人が低く悲鳴をあげた。

「御手洗！　おい御手洗！」

私が大声を出し、先頭を行く御手洗の名を呼んだ。御手洗は懐中電灯の光をあちこちに這わせながら、かなり遠方を歩いていたのだが、私の声がトンネル中に響いたので振り返り、駈け戻ってきた。手に持っている彼のランプの光が、上下に踊っていた。

うめきながら内海は這い、トンネルの壁際に向かった。そして、嫌な音をさせて胃の中のものを吐いた。

夫人がしゃがみ込み、彼の背中をさすっていた。私はそばに立ち、周囲の雨の音に混じって響く、ごぼごぼという、下水管の中で水が逆流するのにそっくりな音を聞いていた。

その音がやむと、内海は苦しげなうめき声をまたたてた。その様子は、彼の精神が受けている傷の深さを語った。私はかたわらに落ちている内海の傘を拾い、たたんでやりながら、ほかにもできることはないかと探した。しかし、何もなさそうだった。

飛んできた御手洗が、内海の背後にさっとしゃがんだ。内海の耳もとで何かを言っている。しかしその声は小さすぎ、そして背後の雨の後や、軒にどっと定期的に垂れてくる水の音が大きいので聴き取れない。

頭を廻し、私は背後の空を見た。雨のせいで横浜上空の大気は靄って霞み、近くの街灯のせいで全体が薄明るく染まっていた。その奥でぼうと光る高いものは、あれはマリンタワーなのだろうか。それとも関内の高層ビルか。普段立ち入ることが許されない線路の上なので、私は見知らぬ荒野に迷い込んだような錯覚に陥った。まったくはじめて見る広々とした視界がそこにあり、もしかして幕末の横浜とはこんなようだったのかと考えた。

視線を内海に戻した時、私は仰天した。御手洗が、弱りきって吐いている内海を無理に引きずりあげ、立たせようとしていたからだ。あわて、私はやめさせようとした。しかし御手洗の声が聞こえたので、思いとどまった。

「さあ内海さん、頑張るんだ。一生をそんなふうに病人として送るつもりですか？　あの晩あなたが見たものを、ひとつひとつ自分の目で確かめるんです」

そして御手洗は彼に肩を貸し、トンネルの奥に向かって歩きだした。内海のうめき声は続いている。私ははらはらした。

「あなたでないと解らないことです。さあ、電車を停めた場所を教えてください」

内海は御手洗の肩にすがっていたが、しばらく進むと、なんとか自分の足で歩ける体力を回復したらしかった。左手で、御手洗の肩に触れるだけになった。

雨がぴたりとやんだ暗い空間。二人の後方を歩きながら私は、内海夫人に懐中電灯を借りて頭上や、周囲の壁面を照らしてみた。さっき内海が言っていた通りだった。そこには何もなく、ただののっぺりとした壁面だった。変わったものといえば、電車用の送電線が天井のすぐ下にあるだけだ。入口あたりもそうなら、どこまで奥に進んでも、こういう事情が変わるようには思われなかった。山手のトンネルは、茶筒の内側のように、どこまでもつるりとしたただの筒なのだった。

やがて御手洗と内海の二人組の足が停まった。電車を停めたあたりに着いたのだろうか。

「ここ？」

丹下が訊いている。内海は頷いている。私は自分がやってきた道のりを振り返ってみた。トンネルの出口がまだかなりの大きさで見えている。線路脇の草が少し見え、無数の白い粉のように見えて降ってくる雨粒、その彼方には石川町の街明かりがぼうと闇ににじんでいる。

内海夫人はいつかこれを、怪談ふうの恐怖の景色と表現したが、大勢仲間がいるせいで、この時の私はそのようには思わず、ただ何もかもが湿った気配、そしてさわさわと世界中を打っている雨の音ばかりを感じた。

前方に視線を戻すと、御手洗は内海の体を妻と丹下にまかせ、まず天井と横の壁をひと渡り懐中電灯で照らしてから、足もとを照らして歩きはじめた。レールの下の枕木、砂利の上、そして壁面、御手洗の持つ懐中電灯の光は、そんなあたりをちろちろと舐めている。向かって右、つまり石川町に向かう電車のレールの上だ。そして意外なことに彼は、私が立つ方にやってきた。つまり御手洗は、往った道を戻ってくるのだった。

御手洗とすれ違い、私は内海が立っているあたりまで行った。すると私が近づくにつれて彼は身を折り、ゆるゆるとうずくまってしまった。立っているのが辛いのだ。心身ともにここまで衰弱した人間を見るのは、私には久しぶりの経験だった。

内海のそばに行き、私は懐中電灯の光を天井に振りあげ、黄色い光の玉が照らすあたりを子細に見つめた。続いて壁、そしてもう一度天井。しかしそこも、入口あたりと何ら変わる要素はなく、ただのつるとしたセメント壁だった。

御手洗を振り返ると、彼は相変わらず歩き廻り、ところどころではしゃがみ込んでもいる。ずいぶんと熱心な様子だが、言葉を何も発しないところを見ると、調査は思わしくないようだった。

立ちあがり、懐中電灯の光をゆらゆらとさせながら、彼はまたこちらに戻ってくる。深く、ひとつ息を吐くのが聞こえた。それは、もしかすると溜め息かもしれなかった。御手洗の表情は険しく、どうやら彼は今、挫折を体験しつつあるらしい。

「ちっ」

と彼が低く舌打ちを漏らすのを、私は確かに聞いた。こんな様子では、内海はなんら救われる要素がない。家で寝ていた方が遥かによかったというもので、今夜の冒険は彼の病をより重くするためだけのものになりそうだった。このままでは夫人の不満もつのるだろう。

丹下もまた、子供用アニメの映画館に連れ込まれた父親のように退屈していた。さっき御手洗と私が、これまでにあったこと、そして内海夫婦の事情などを説明しておいたが、それらと自分の事件との関連性を、彼は内心では疑っていた。彼のふと見せる表情や、発する言葉で私には解るのだ。有無を言わさず、全員をこんな場所に引っ張ってきた御手洗の責任は、今やなかなか大きくなりつつあった。

御手洗は、立ちつくしてはまたしゃがみ込む。そしてせかせかと歩きだす。さっきは入口に向かっていたのに、今は奥に奥にと向かって進んでいる。どうやら彼自身、きちんとした見当がついていないようだ。私たちは手持ちぶさたで立ちつくし、何か手伝いたかったのだが、そもそも彼が何を探しているのか解らないものだから、手伝いようもない。

丹下が御手洗の方を向き、そろそろ何か声をかけようとしていた。しびれが切れたのだ。それが解ったから、ここは私が代わって友人の名を呼ぶべきと考えた。

「おい御手洗」

私は友人の名を呼んだ。

「なんだい、今忙しいんだ！」

彼は言った。その声は、あきらかにいらついている。

「何を捜している？　手伝おうか。捜しているものを言ってくれよ」

「ああ、言葉で言うことはできないんだ」

妙なことを、彼は言った。言葉で言えないなら、いったい何でもって説明するというのだ。

「なんでもいい、変わったものを捜してくれないか」

彼は言った。

「変わったもの？　どんなふうに」

「なんでもいい、何か異常なものだ」

「なんだって、君はそんな程度の見当で……」

思わずぞっとし、私は彼をなじろうとした。たったその程度の認識で、こんな非常識な時刻、ここまでみなを引っ張ってきたのか。ついでに内海には、さっきあんなご立派な口をきいたのか。自分の目で見ろもないものだ。言っている当人が何を見るべきか解っていないではないか。しかし御手洗は、うるさそうに手を振り、奥に向かって私に背を向けてしまった。

茫然として、私はトンネルの暗がりに立ちつくしてしまった。われわれ同様御手洗も、事態に大した洞察を持っているわけではなかった。私は絶望した。

周囲を見渡す。これは大変な世界に私はいる、と徐々に認識するようになった。内海が電車を運転してここにさしかかった。このあたりで運転席の窓に幽霊、たぶん大岡宏美の幽霊がさかさに現れ、彼は急ブレーキをかけた。しかし電車を降りて調べると、車体の下にも横にも屋根にも、何もいなかった。

それを聞き、私はそれならきっとどこかに、横向きのトンネルか、人が隠れる場所があるのだろうと考えた。ところがこうして実際にやってきてみると、トンネルはのっぺりとしたただの筒であり、どこにもドアや窓や通風口はない。となると、あれは人間ではなかったということだ。

それにしても御手洗は何をしているのか。あれが人間のしわざだと立証しようとして、何かを今捜しているのか。しかし彼がさっきから捜しているのは地べたの上だ。地面などに何が見つかるというのか。こんな場所、一見して何もないではないか。だから、たとえ見つかったとしてもそれはごく小さなもののはずだ。そんなささいなもので、あの宏美の幽霊の謎が解けるとでもいうのだろうか。解けるはずがない。

丹下が私の顔を見ていた。ふと気づくと、内海夫人も私を見つめている。その視線は、こんな場所からは一刻も早く去りたいと訴えていた。気づけば、私は針の筵にすわっている。

頭を巡らせ、私はまた御手洗を見た。彼はもうかなりの彼方になっていて、相変わらず立ったりしゃがんだりを繰り返している。両者の中間に立ち、私はしばらくは彼らの痛い視線に堪えてみた。二、三分もそうしていたが、もう限界だと考えた。これはもう駄目だ。ここには病人がいる。今夜の調査はいったん中断し、別角度から調査をするか、どうしてもここをやりたいのなら、内海なしで出直す算段を整えるべきだ。それが常識というものである。私は心を決め、そう提案すべく御手洗に向きなおった。声を発しようとした、まさにその瞬間だった。御手洗の鋭い声がした。

「内海さん、こちらへ！」

御手洗のその声は、トンネルのだだっ広い空間に反響した。妻と警部に両脇を支えられて、内海剛はゆっくりと歩きだした。しかしそれよりも先に、私が御手洗に寄っていった。

「何なんだ？　御手洗」

訊いたが、御手洗は右手を掲げ、私には何も言わなかった。内海の到着を待てと言いたいのだろう。ところが、どう見てもそこには何もないのだった。少なくとも私の目には何も見えない。御手洗には何かが見えるというのか。

「何です？」

丹下警部も言った。しかし御手洗は、内海の視線が自分の足もとに到着するまで何も言わない。

「何でしょう」

内海の弱々しい声がやってきて、ようやく問うた。

「これです。見てください」

御手洗は、二本の線路の中央あたりに、懐中電灯の光を真っすぐ落としていた。光が照らすあたり、私にはやはり何も見えない。御手洗がしゃがんだ。そして何かを拾いあげた。それは三十センチくらいの長さの赤い竹ヒゴの先に、直径二、三センチの紙の筒が付いたものだった。丹下の懐中電灯も、御手洗の手もとをごく至近距離から照らした。

「何ですか、それ？」

内海が訊く。

「花火です」

御手洗が短く言った。

「花火？　それが？」

内海はまた訊く。

「これが光の正体ですよ」

御手洗は言い、内海は絶句した。そしてややあってから、冗談ではないと言いたそうな目を猛然と振りあげた。彼は言う。

「こんなもんじゃない！　もっと物凄い光だったんだ。真昼みたいに光っていた」

御手洗は右手をあげ、それを制していた。解っている、解っていると言いたげだった。

「だがほんの数秒だった、そうでしょう」

「まあ、それはそうだが……」

「二、三十本も同時にこれを打ち出せば、真昼みたいに明るくなりますよ、数秒間にはね」

みな無言になった。私も黙っていた。あれが花火?

「二、三十本」

内海夫人が言った。

「だが、どうやって打ち出す、それを」

私が問う。

「それに、ひとつしかないじゃないか。どこに二、三十本もある」

「片づけたんだよ、あの後誰かがここに入ってきて」

御手洗は言い、私はぽかんとした。怪光が、こんなあっけない理由だったというのか?

「だけど一本だけ、これは見落としたんだ」

「どうやって打ち出した。どうやって点火した? ここに誰かいたっていうのか?」

みなを代表して私が訊く。みなは御手洗に遠慮があるだろう。

「いや、自動点火だ。たぶん家庭用のタイマーとバッテリーを使った方法だと思う。機械は片づけられているから、方法は断定できない。しかし、これが時刻を設定した自動点火であることは絶対に間違いない。何を賭けたっていいね、あらゆる事実が、ぼくにそうだと語っている」

「でもなんでそんなことを? 誰が?」

「ふむ」

御手洗はすると、汚れた花火をついと丹下に手渡し、レールの上をぶらぶらと歩きはじめた。レールと直角方向に往ったり来たりする。これは、考えごとをする時の彼の癖だ。

「その質問ひとつに答えるのは簡単だ。しかし周辺の細々した事情が、まだ一貫性をもって決定できていない」

「じゃあ簡単なものだけでも頼むよ」

私は言った。御手洗への質問役は私なのだ。

「すべてが決定できないうちは語れない」

御手洗はにべもなく言った。確かにそれが、御手洗のいつものやり方だった。

「お願いしますよ」

そう言ったのは、内海剛だった。御手洗は、ちらと彼の顔を見た。

「いったい何のためにこんな花火なんかを？　教えてください」

彼は弱々しい声で訴える。御手洗はそれからもしばらく無言で歩きつづけていたが、こう言った。

「いいでしょう、あなたのために申しあげます」

「はい」

夫婦が声を揃えて言った。わずかに沈黙があり、遠い雨の音が聞こえた。

「電車を停めるためです」

聞いて、一同しんとしたままだった。

「え……」

と、しばらくして内海が言った。

「しかし電車、停まりませんよ。私が電車停めたのは、こんな花火のせいじゃない」

御手洗は、右手をひらひらと振っていた。そして言う。

「解っています」

内海は切羽詰まった声で言う。

「あれがもしこの花火だとしても、です。光っていたのは遥かに彼方で、もしこれでもって私の電車停めたいなら……」

「やってくる電車のすぐ前で光らせないとね、解っています」

御手洗は言う。

「しかし内海さん、それはあなたが電車をゆっくり走らせたからです。あの夜、雨が強かったから」

「そう、私は目も少し遠くなって……」

「予定通りの速度で進んでいたら、あの光は電車のすぐ直前になったとは思いませんか？」

「あっ」

内海は声をあげ、口をやや開いて放心した。

「そうか、そうか、ああそうかも……」

「そうすればこの光で、あなたの電車は停まったでしょう」

なるほどそうか。私も心の中で歓声をあげていた。

「しかし、しかし御手洗、それじゃどういうことなんだ？　あの……」

御手洗は、私相手の場合はうるさそうに手を振る。

「ああ石岡君、待ってくれ。まだ全部ができあがってはいない。しかし、これでピースのひとつは埋まったろう？」

暗い中だから誰にも解らなかったろうが、私は闇の中で口をぱくぱくとあけ、酸素不足の金魚のようにあえいでいた。私はショックを受け、興奮していたのだ。むろん光の理由が解ったせいだが、それだけではない。その先に、とんでもなく大きな何かがまだあると感じたからだ。

「君たちは見落としているんだ。このパズルのピースはまだまだある、ごっそりとね。そいつを全部片づけなくっちゃ」

言って、御手洗はまた歩きはじめる。

「どんな！」

私は叫ぶ。

「たとえばだ、ラ・ピアンタは何故山手にあったのか、正木の家に何故脅迫状が来たのか、カプセル男のジャンパーは何故浮浪者のもののように汚れていたのか、彼のポケットには何故紐が入っていたのか、これらはみんなみんな重大なピースだ。ぼくらは推理を組んでいき、これらすべてを完璧に使いきらなくちゃならない。こいつはどうして、ただの怪談じゃないぜ。とんでもなく面白い事件なんだ」

ルルルと、どこかで異音がしていた。何の音か、興奮していた私には、まったく見当もつかなかった。丹下が持っていた鞄を開けて中を探りはじめたから、ようやくそれが彼の携帯電話の着信音と解った。

「はい」

例によった野太い彼の声が、トンネル内に響いた。

「御手洗、もう少しはだな……」

私は彼に言いかけていたのだが、彼はただ首を左右に振っていた。それは、今はもうこれ以上は何も言わないぞという意思表示だった。そして内海に向かい、彼はこんなふうに言う。

「内海さん、解ったでしょう。あなたが見たものの正体は、こうやってひとつひとつ剝がされていくんです。あれは、あなたが思っているものとはだいぶ違うんですよ」

内海がゆるゆると口を開き、何かを言いかけようとした時だった。丹下の胴間声が轟き、私たちの肝を冷やした。トンネル中の空気を震わせて、彼はこう叫んだのだ。

「正木が撃たれたと?!」

私たちは闇の中で立ちつくした。

7

「死んだのか?!」

丹下は叫んだ。われわれは沈黙して聞き耳をたてる。

「違う? 何、違う? どういうことだ?!」

丹下も沈黙し、相手の言い分を聞いている。

「トンネルの中で、ちょっと感度が悪いんだ。何? じゃ撃たれたのは恋人の方か、うん……、うん……。そいで彼女は、うん……」

遠くで雨の音がする。

「そうか本牧総合病院、うん……、で、助かりそうか? 何とも言えんか、そうか。で、犯人は。正木を追って? 何、追ってったのか、どっち逃げた、うん……、うん……、そうか。つまり、二人一緒のところを撃たれたんだな? そいで、弾が恋人の方に当たったと。つまり犯人は、正木を狙ったんだが、恋人の方に当たったってんだな? うん、うん、よし解った、すぐ行く!」

丹下は電話を切り、鞄の中に戻していた。そうして出口に向かってせかせかと歩きだす。われわれもついて歩きだした。

「正木の恋人の露木という女性が撃たれたらしいです。本牧の、カフェバーとやらいうはやりの店に二人でいて、そこ出てきたところをね。ところが弾が正木には当たらずに、一緒にいた婚約者の方に当たったらしい。例の資産家の娘です、正木が婚約していた。まったく悪運の強い野郎だな」

「で、正木は？」

御手洗が訊く。

「走って逃げたらしいです、婚約者放っといて。殺生なやっちゃ！」

「で、渡瀬は？」

「渡瀬？」

石川町駅の方角にせかせかと歩いていた丹下が、立ち停まった。

「渡瀬って誰です？」

「えっ、渡瀬じゃないんですか？　撃ったのは」

御手洗が驚いて言い、丹下は茫然として立ちつくした。

「知りません、撃った奴なんぞ。誰ですかそれは」

御手洗は言う。

「大岡の妻の弟です。丹下さんがそう教えてくれたじゃないですか」

丹下は納得し、それでまた歩きだす。御手洗も歩き、われわれもまたついて歩きはじめた。

「ああ、あいつか！　だが、なんでそいつが犯人と？」

「それを話せば長くなる」

考え込んでいるふうの御手洗が、せかせかと言う。

「あのう……」

その時、内海夫人が控え目な声で割って入った。

「じゃ、私どもはこれで……」

内海夫人は、会釈とともにそう言った。

「まだ駄目です」

御手洗がぴしゃりと言った。夫人と内海は暗がりで顔を見合わせ、続いて絶望的な視線を御手洗に向けた。事件調査を御手洗に依頼し、後悔しっ放しの夫人であったろうが、この瞬間こそはその最大級のものであったろう。

「どうしてです？」

内海は尋ねた。

「主人は体が……」

夫人はまた言いはじめた。

「丹下さん、渡瀬に会ったことは？」

御手洗は丹下警部に訊く。

「いや、私はまだ……」

警部は応える。

「聞いたでしょう内海さん、犯人の顔を識別できるのはあなただけなんです。あなたがいないと、この事件は今夜中には解決しないのです」

聞いて、内海は仰天したようだった。

「私が？　私はその渡瀬とやら、そんな人知りません！」

悲鳴のような声をトンネル中に轟かせたが、御手洗はもう相手にせず、すでに丹下の方に向きなおっている。歩きながらこう訊く。

「で、正木は今どうなってます、どこにいます？」

「逃げたらしい。解りませんな、もっか走っている最中らしいです。犯人もまたそれを追っていったと」

「何、それはいつのことです？」

御手洗の声がだんだんに険しくなる。

「いつというのは、何がです？」

「狙撃があって、正木が逃げだしたのは今よりどのくらい前です」

「もう一時間近く前のようですが……、それが？」

瞬間、御手洗の足がぴたと停まった。雨の音がずいぶん近づいている。トンネルの出口には、もうかなり近かった。

「あれ、どうしました？」

丹下がやや先に行ってしまい、それから停まった御手洗に気づいて振り返り、尋ねた。

「ああ、また雨に濡れるのはおっくうですね、ここには病人もいる」

御手洗は言った。

「はあ？」

丹下が言った。私もまた、思わず気色ばんだ。御手洗はいったい何を言いだしたのか。

御手洗は言う。

「内海さん、即席カイロをいっぱい持っているんでしょう。それを靴底にも敷くんです。丹下さん、ぼくらはここに残ります、内海さんたちと一緒に」

丹下がぽかんと口を開けたのが、闇の中でも解った。鳩が豆鉄砲を食らったというのは、こういう顔を言うのであろう。さっきの私のように、彼もまた何度か口をぱくぱくとさせたが、言葉は出てこない。御手洗が何を言っているのか解らないのだ。

「御手洗、君は頭がおかしいのか?! わがままもたいがいにしろ!」

怒りにかられ、私はとうとう叫んでしまった。その時、また丹下の携帯電話が鳴った。あたふたと鞄の蓋を開き、彼は電話機を取り出す。耳にあてる。

「はい!」

怒鳴るように言った。彼のこの荒い語気は、御手洗との非常識なやりとりにいらついていたせいもある。

「何、銃声?! おい、ちょっと待て、そのまま待て!」

丹下は送話口を押さえ、御手洗に顔を振り向けた。彼としては、もうこの事件が自分の理解のできない領域に入ってしまったと感じているのだ。御手洗の意見を聞かないと、もう一歩も動けない。

「御手洗先生、銃声が、今銃声がですね……」

丹下はいきなり言う。私には何のことか解らない。

「正木の家でしょう?」

御手洗は即座に言った。彼としては予想していたことらしい。

「近所の通報ですか?」

「その通りです」

「中ですか外ですか、家の？」

「おい、家の中からか、外からか、音は……。うん、うん」

相手の返答を聞いている。出口そばなので、感度はよくなったらしい。やがてこう言う。

「中からのようです」

「ああ！」

御手洗は絶望の声をあげた。

「それも何発もだそうです」

「なんてこった！　いつ頃ですか？」

「通報はたった今のようですが、銃声はもう十分近く前のようです」

御手洗は天井をふり仰ぐ。

「警官は正木家には？」

そのままの姿勢で訊いた。

「まだですな」

「ではすぐに大勢で急行して、家の周囲を固めてください、がっちりと、大急ぎで。県警にはスワットは？」

「スワット？　なんですそりゃ」

丹下は問う。

「武装部隊です。防弾チョッキに盾、ヘルメットに自動小銃を持っているような」

「そんなもんはないです、私らのとこにゃ」

丹下は言下に言った。

「すぐに作った方がいいですな。だが今回はもう間に合わない。しかし防弾チョッキくらいはあるでしょう」

御手洗は、あたりをうろうろ歩き廻りながら問う。

「そりゃあります！」

丹下は、胸を張るようにして言う。

「じゃあそれを付けた者五、六人に、今すぐ山手トンネルに来るように言ってください」

「は?!」

丹下は、悲鳴のような大声を出した。私もまた、出そうかと思った。

「どこですと?!」

「ここですよ、ここ！　時間がない、今すぐにです！」

御手洗は、自分の足もとを指さして大声を出した。丹下は泣きそうな顔をして、私の方を見た。あんたの友人は頭がまともじゃないと、その目は私に訴えた。

「御手洗、大丈夫か」

私は言った。

「家じゃないのか？」

「うるさい、トンネルだ！」

いらいらして、彼は叫んだ。

「君、雨に濡れたくないんだろう！」

私も叫ぶ。

「ああ濡れたくない！　風邪を引く！」

御手洗も叫び返した。続いて丹下に向かってもこう叫ぶ。

「丹下さん、何をしているんですか、急いで！」

それで彼は電話を耳にあて、こんなふうに言った。

「すぐに山手の正木家に急行して、周囲を固めろ。いいか、ああ待て、ちょっと待て。……先生、そりゃつまり犯人の、渡瀬ですか？　それが正木家に入ったと、こういうことですな？」

「そうです。正木を追ってきた渡瀬が、家に押し入った」

思案投げ首でうろうろと歩きながら、御手洗は言う。しかしろくに聞いているようには見えない。

「そうだ、犯人が正木の家に入ったからだ。だから逃げられんように固めろ。犯人は渡瀬和弘と考えられる。そうだ渡瀬、その家の前の持ち主の、嫁の弟だ。ああ？　あ、そうか」

彼はまた送話口を手で押さえ、御手洗に言う。

「もうすでに何人か行っておるようです」

御手洗は頷く。丹下は電話に戻る。

「よしよし、よくやった。いいぞ」

そこまでの丹下の司令官ぶりはなかなか堂に入っていたのだが、そこからが目に見えて声が小さくなり、自信なげになった。

「ああ、それからだな、防弾チョッキを付けた者を五、六人、根岸線の山手トンネルの中に寄越してくれ……」

すると相手もびっくりしたのであろう、ちょっと沈黙があった。相手が絶句しているのが、そばにいるこちらにも解るのだ。

「そうだ、山手トンネルだ、根岸線の……。ああ？　根岸線と言ったらあの根岸線だ、そうだ、そりゃそうだ」

丹下の声は、いつもの彼らしからぬ、蚊が鳴くような調子になった。

「いや、だからだな……、とにかくこっちに人寄越せ。いや……、そうだ、犯人が逃げ込んだのは山手の正木家だな、ああ、そりゃそうだ……。そうだ、その通りだ、おまえの言う通りだ。だから……、ああ、うん、だからだな……」

見るからに、彼はしどろもどろになった。

「先生、人員が足りんと。機動隊員ももう眠っておって……」

「そんなものは叩き起こすんです！」

御手洗はいらいらして言った。すると丹下も、ささやき声でこう言った。

「叩き起こせ」

しかし電話の相手も負けてはいない。やがて丹下はこう言う。

「しかし電話も通じないし……」

「じゃあ正木家を固めている人員でもいい、彼らをすぐこっちに廻すように……」

「しかし先生、人員と言っても駈けつけたばかりで、まだ巡査がほんの三人ほどで……」

「じゃあその三人でいい！」

「しかしそうすると今度は正木家がお留守に」

「そんなものは留守でいい！」

御手洗はついに癇癪を起こした。

「丹下さん、よく目を開けて、われわれの人員を見てくれませんか。病人と女性だ。動ける者は実質三人。丹下さん、あなた拳銃は持っていますか？」

「ありません。今日は持ってきてないです」

御手洗は壁を振り仰ぐ。そして地団駄を踏んだ。

「おまけに銃もない、これでどうやって闘います？　もう時間がない、ああ、どうしてあなた方は解らないのか！　あっ、駄目だっ！　明かり消してっ！」

御手洗が言い、自分のをさっと消した。丹下も私も、あわてて続いた。

「みんな壁に張りついて！　ぼくがいいと言うまで動かないで！　丹下さん、電話は切って、着信音はオフに。特に内海さんたち、絶対に動かないで！　姿勢は低く！　口は閉じて」

ささやく声で、御手洗は厳しく私たちに命じた。そして御手洗が口をつぐんだので、私たちも貝になり、トンネルの壁にぴたと身を寄せた。

次の瞬間、私は悲鳴をあげそうになった。トンネルの中はまっ暗だったが、石川町側からのぼんやりした明かりが、トンネルのかなりの奥までを照らしている。闇に馴染んだ私たちの目には、だからかなりの奥までが見えるのだ。その薄ぼんやりした視界の中に、たった今ぶらりと、人間の影がぶら下がったのだ。トンネル天井の、やや右の壁よりだった。

御手洗がささやく。

「相手に対等と思わせては撃ってこられる。こっちは圧倒的な多勢と思わせて降伏させるんだ。ぼくがやるから、みんな口を開かないで。散開してVフォーメイションだ」

「なんだそれ？」

「一個所にいてはやられる。姿勢は低くして、絶対に音をたてないように。そして這うんだ。われわれの体は、出口の明かりを遮るから、彼からは見えてしまう」

そして地面に這いつくばった。私たちも続いてしゃがむ。

「内海さんたちはここにいて。丹下さん、石岡君は、あっち側の壁まで這うぞ。ぼくに少し遅れて出てきて。丹下さんが先だ」

まるで戦争で、御手洗は妙に手馴れていた。そして地面に這いつくばるようにして、彼は線路の上に出ていく。その時だ。どさっというかなり大きな音がした。男が、どうやら飛び降りたのだ。そして、うっという、かなり大きなうめき声がした。

御手洗は、もう磯子方面の線路の上まで進んでいる。そして地面の上から手招きをして寄越した。それで次に丹下が、同じ格好で桜木町方面行きの線路の上に出ていった。

いきなり戦争に巻き込まれたような気分で、わけが解らず、しかし私はひどく緊張していた。丹下の姿がさっき御手洗がいた線路の上にかかったふうなので、私も二人の真似をして這いつくばり、線路の上に出ていった。服の前面が汚れて悲しかったが仕方がない。ともかく内海夫婦から離れなくてはならないのだろう。闇に目を凝らしてみると、御手洗はもう反対側の壁にとりついたようだ。

奇妙なことは、線路に飛び降りた人影が、以降動こうとしないことだ。続いて降ってくる者はない。影はどうやら一人きりだ。そして彼はじっと、石のようにうずくまってしまった。これはどういうことなのか。

二つの線路の間に、何かの標識らしい低い杭が立っていた。私はその後ろに腹這いになった。丹下は、何かの箱の後方に潜んでいるらしい様子が、ぼんやりと影になって見える。御手洗はもうどこにいるのか解らない。かなり前に進んだのだろうか。このまま、彼はいったいどうする気なのか。

「さあリラックスだ、渡瀬和弘君！」

いきなり御手洗の大声が響いて、トンネル中の空気が震えた。ぎょっとした私は、ますます地面に這いつくばった。

「体の力を抜いたら、ピストルを捨てるんだ。動いたら君の体は蜂の巣だぞ。君は包囲されている、石岡君！」

御手洗がいきなり私の名を呼んだ。

「な、何？」

私はびっくりして応えた。

「まだ撃つなよ」

何を？　と訊き返そうとして思いとどまった。これはトリックなのだ。

「来るな！」

男の声が応じた。

「もうちょっと待て、長くは待たせない、ほんの十秒！」

「待て！　こら、やめとけ！」

丹下が叫んだ。

「正木も、露木さんも殺した。もう逃げられない、正木はともかく、露木さんは」

「彼女は死んでない！」

御手洗の声が叫ぶ。

「とにかく待て！　俺はもう、どうせ生きててもしょうがないんだ！」

そして、しばらくの沈黙。するとどうしたことか、前方左側の壁から、ふらと人影が出てきた。姿勢を低くするでもなく、無防備な態度のまま、すたすたと歩いていく。御手洗だ。私は恐怖で髪が逆だった。

「御手洗、よせっ！」

私は叫んだ。御手洗が撃たれる！

しかし彼はそのまま歩いて、うずくまる人影のところまで無事に到着した。

「丹下さん！」

と警部を呼ぶ声がした。それで彼も起きあがり、歩きだした。

「銃は確保しました、撃ちつくして弾ぎれだ。彼は足をくじいている。手錠を持って、安心してこっちへ」

御手洗の声がする。

「それから内海さんも、こちらに！」

運転手を呼んだ。衰弱した運転手は、夫人に支えられながら、よろよろと歩いて渡瀬の方に寄っていく。

彼が近づくのを待って御手洗は、懐中電灯をともし、渡瀬の顔を照らした。

「彼ですか？」

御手洗は運転手に尋ねた。

「ああ！」

内海は驚きの声をあげた。

「そうです、あの雨の晩、線路の真ん中に立っていた男だ」

彼は言った。

「次々にピースが埋まっていくだろう石岡君」

彼は最後に私に言った。そうして、自分の懐中電灯の光を上空に振りあげた。

そこには小さな穴が開いていていて、縄梯子の端が覗いていた。

「あんなところに穴が開いている！」

私が言った。

「ああ、だがこりゃ高いぞ。とっても届かんなぁ」

丹下が言う。

「そう、電車を踏み台にしないとね」

御手洗が言った。

8

明け方も近づいていたが、内海夫妻はまだ解放される運命にはなかった。パトカーの到着を待って渡瀬を引き渡すと、丹下の愛車、トヨタの古いクラウンにもう一度押し込められて、われわれ五人は揃って山手の正木家に向かった。

雨の中、われわれが坂をあがっていくと、サイレンを鳴らした救急車とすれ違った。

「あれ、正木ですな」

ハンドルを握る丹下が言った。

「何発か食らっているようだから、あいつはたぶん助からんでしょう」

電話で情報を得ている丹下は言った。

「銃はトカレフ、K連合系がよく使う安物です。たぶんここから仕入れたんでしょう」

「あの家の所有者で、正木だけは元気に生きていたが……」

御手洗が言った。

「やっぱり駄目でしたな」

丹下が後を続けた。

「婚約者も巻き込まれましたね」

私も言った。

門柱には綱が張られ、もう朝が近いというのに、傘をさした熱心な野次馬が正木家の門前に人垣を作っていた。背伸びをしたり、後方ではジャンプしたりする者もいる。こんな山の中腹のどこからこれほどの人数が湧いて出るのか。報道陣の姿はなく、一般人ばかりで、だからこの静かな傘のひしめきは、まるで狐かむじなの化身のように思えて不気味だった。傘のせいで全員体ばかり、顔は見えない。そういう光景は、怪談の終幕にはなかなかふさわしい。

彼らの背後で車を降りる際、懐中電灯は持ってくるように、と御手洗は私たちに言った。野次馬たちをかきわけ、私たちは家に入った。玄関にはたくさんの靴が脱がれている。捜査陣のものだ。私も脱いでいると、今度はその靴を持てと御手洗は言う。

家の中は、制服警官や私服刑事、鑑識員たちでごった返していた。私には何度か見た光景だったが、応接間の隅に、血のしぶきらしい生々しい汚れがあって、これは嫌だった。私は目をそむけ、立つ位置を考えて、夫人に支えられて歩いている内海には、これを見せないように配慮した。

「あの……」

内海夫人がまた口を開き、御手洗に声をかける。どうした理由で自分らのような素人が、こんな専門家がひしめく現場に連れてこられたのかと、彼女は夫に代わって訊きたいのだ。

「もうしばらくの辛抱です」

御手洗は夫人に向かって言う。そして勝手知ったる他人の家で、靴を持ってずんずんと奥に向かった。私たちもこれについていった。台所に出る。そこにも皓々と明かりがともっていたが、意外にもここはひっそりとしていた。

御手洗は一直線に壁側のすみに行く。さっとうずくまり、床板を跳ねあげた。

「幽霊に会わせましょう内海さん」

彼は言った。そして、最後に台所に入ってきた丹下に言う。

「丹下さん、誰かにマイナスのドライヴァーを借りてきてもらえませんか」

そしてシェルターの蓋を開け、電灯のスウィッチを入れた。それから靴を履き、足を入れて下の梯子に乗り、上半身だけを台所の床上に出して、

「内海さん、続いてください」

と言った。さっきの御手洗のセリフですっかり緊張してしまったふうの内海が、これでまたびくと緊張の顔をあげた。

御手洗、内海夫妻、それから私も、御手洗がした通りに靴を履き、地下室に向かって降りた。最後に丹下が降りてきた。

シェルターの床に立ち、私はくるりと内部を見廻した。以前ここに降りた時と、なんら変わっているようには思えなかった。こんなところに降りて、御手洗は何をしようというのか。

御手洗は丹下からドライヴァーを受け取り、まず床の隠しの蓋を跳ねあげた。そして隠し箱の周囲にドライヴァーのきっ先を押し込んでいた。かなりの苦労をしていたが、やがて箱全体が持ちあがった。するとドライヴァ

ーを放り出し、両手を使ってこの箱を引きあげた。

すぽんと箱が抜けた瞬間、ごうという風の音がしたのを私は聞いた。そして下からの風が、シェルターの内に吹きあげてきた。黴び臭いすえたような匂い、そして湿った土の匂いがした。それは、表の雨の匂いに似ていた。

開いた四角い暗い穴に、御手洗が懐中電灯をさし込んで照らすと、下に煉瓦敷きらしい空間があって、縄梯子らしいものがぶら下がっている。

「この下にまだ部屋があったのか?!」

私が言った。

「地下二階があるんだ」

御手洗は言い、穴に頭を突っ込み、下を点検していたが、安全と見ると、足から先に穴に入っていった。靴が縄梯子を踏んでいるのだろう、彼の体はゆっくりと穴の中に沈んでいく。床にあいた穴が小さいから、ずいぶん苦労して上半身を通過させ、彼の姿はようやく消えた。

「いいぞ、次、石岡君だ！」

下から御手洗の声がして、ぱっと下で明かりがともった。下にも照明器具があるらしい。それで私が、もがくような同じ苦労をして、下の階にくだった。太った者ならここは通過できないだろう。

「次、内海さんのご主人どうぞ！　奥さんはずっとそこにいらしてけっこうです！」

御手洗は叫ぶ。

「私は入れんのですか？」

丹下の声がする。

「丹下さんはその後です！」

御手洗は叫んでいる。

御手洗が私を先にしたのは、事件の報告者としての私の意味合いを重視してくれたのかもしれなかった。そこで私は自覚的になり、せいぜい観察した。

床も壁も、煉瓦を敷いて造った小部屋だった。上のシェルターよりひと廻り狭い。天井は低く、かろうじて立つことはできるが、爪先立てば頭がつきそうだ。この天井は、どうやらシェルターの底板らしい。

煉瓦の床には一部板が敷かれ、多少なりとも温かみが演出されている。壁際には小型の盆栽に似た植物の鉢が三つ、その脇には、錆色に汚れた水が入っている大型のガラス瓶、開き戸の付いたごく小さな収納用木箱、椅子替わりらしい木箱、その上の小さなクッション、石油缶、セメントをこねたらしいブリキの板、それにコテなどが置かれていた。ブリキ板には、固くなったセメントがこびり付いている。

お世辞にも居心地がよさそうな部屋ではない。すえたような匂いがこもってはいたが、それほどひどい匂いというわけでもないので、清潔にさえすれば、長時間こもることもできるだろう。

「これは何だい？　……何のための部屋だ？」

私は言った。内海が例によって上半身の通過に苦心し、それからゆっくりと下ってくる。続いて、丹下の靴が見える。四人入ればここは狭い。

「これは、大岡が造ったのか？」

私が訊いた。

「大岡か、その前の乾だね。はっきりしていることは、正木じゃないってことだ」

木箱の中を探りながら、御手洗が言った。

「でも、なんでこんな隠し部屋を？　……これ、隠し部屋だろ？」

私が感想を言う。

「間違いないね」

「何のためにこんな部屋を」

するとと御手洗は、木箱の中から取り出し、それまでぱらぱらとやっていたアルバムふうの本を、開いたままちらと私に見せた。私は仰天した。そこには、青年や少年の裸体写真がぎっしりと貼られていたからだ。

「な、何だこれ！」

私はびっくりして叫んだ。

「乾にはこういう趣味があったんだ。それを妻に隠すために、こんな部屋を造ったんだ」

御手洗は言う。

「どれどれ？」

最後に降りてきた丹下が、アルバムをとって眺めていた。

「今、乾と言ったか？」

私は御手洗に訊いた。

「言った」

彼は頷く。

「考え変わったのか？　じゃこの部屋も乾が？」

彼はもう一度頷く。

「変わった。大岡じゃない」

御手洗は断言した。

「何故」

「理由は複数あるが、引っ越し前に、妻に内緒でこんな部屋を造る時間があったのは乾の方だし、それに乾は長く寝てから死んだんだ。だから死の前にここに入って、これらの秘密を処分する時間がなかった。それで気心の知れた同僚の大岡に、この家を買ってくれるように頼んだんだろう、格安な価格でね。大岡は、酒飲み話なんかで、たぶん乾の男色趣味を知っていたんだよ。だから大岡になら、これが見つかってもさしたる恥ではないと乾は考えた。

一方大岡の方は、妻子に内緒でこんな部屋を造る時間はなかった。引っ越しの時点からそばに妻がいたんだしね。それにもし大岡の秘密なら、こんな写真を置いたまま正木にこの家を譲るはずはない。大岡ならいくらでも処分する時間はあった。大岡にはこんな趣味はなかったから、こんな写真、特に恥ずかしいとも考えなかったんだ」

「じゃ、大岡は知っていたんだね、この部屋のこと」

「もちろん知っていた」

御手洗は断言する。

「どうして解る？」

「これさ」

御手洗は床に敷かれていた板を持ちあげた。すると下に、深い井戸のような穴があるのだった。覗くと、穴はどうやらセメントで固めてある。そして、床の煉瓦に固定された縄梯子が、ここにも長く下がっていた。

足もとのこの穴に、御手洗は懐中電灯の光を落とした。ところが驚いたことに、その強力な光をもってしても、穴の底は見えないのだった。

「深いな……、これが根岸線のトンネルの屋根まで？」

丹下が訊く。御手洗は頷いた。

「そうです」

応えてから、御手洗はまたこの穴に足を入れて縄梯子の一段に乗り、一段ずつ、ゆっくりと下りはじめた。

「じゃあ内海さん、ぼくに続いてください。その次が石岡君だ」

私は今度は内海の次になった。何か考えがあるのだろうか。

「間隔を置くようにしてください。一度に全員が乗ると切れるかもしれない」

命じておいて、御手洗の頭は穴の中に消えた。

それからだいぶ経って、ゆっくりとした仕草で内海が穴に入る。それからまた待って、その頭上に私が続いた。穴の中には明かりはない。丹下が上から懐中電灯の光を照らしかけてくれていたが、すぐにわれわれは、そんな光の届かない領域に沈んでしまった。自分の体が、井戸全体を影にするのだ。

梯子をくだっている間は誰も懐中電灯をともせないので、しばらくは手探りとなる。そして縄梯子に足をかけるのは、想像していたよりむずかしかった。梯子が壁に密着しているからだ。しかしほどなくして、下から明かりが来た。底に到着した御手洗が、明かりを照らしあげてくれたのだ。

「うわぁ！」

という断末魔に似た悲鳴がすぐ足の下で聞こえた。内海のものだったから、私は彼が足を踏みはずしたものと考えて、下る速度を精一杯早めた。

しかしそうではなかった。内海は背を丸めるようにして、縄梯子にしがみついていた。その体越しに下を見た私も、思わず悲鳴をあげるところだった。

御手洗の立つ場所は、かなりの広さのあるスペースだった。足もとの一部に穴が開いていて、そこにごくぼんやりとだが、根岸線の線路が一筋、にぶく光るのが見えた。

問題はその脇だった。御手洗の足もと、穴の脇に、痩せた女の顔がぼうと浮いているのだった。開いたままの瞳、左眉の上にはほくろがひとつ付いている。

縄梯子にしがみついた内海は、セメントで固めた壁に額をすり付け、体が固まってしまった。

「内海さん、内海さん！」

彼の名を呼ぶ御手洗の声が、下からしていた。しかし内海はぶるぶる震えてしまって、返答もできなければ動くこともできない。目を開けることさえできないのだ。

「そんなところで停まったら、石岡君たちが降りてこられませんよ。目を開けて、こっちを見てください」

しかし内海は動けない。私は上空を仰いで、

「降りるの、ちょっと待ってください！」

と丹下に向かって叫んだ。そして、内海の代わりに私が下を見た。

内海の体の上空から、御手洗が女性を抱き起こすのが見えた。彼女の体を、御手洗がさっと抱きあげる。

「あっ！」

と私は声を出した。女性には、下半身がないのだった。腹、いや胸から上だけだ。

私の声につられ、内海もまた恐々《こわごわ》下を見た。そして、ようやく事態を了解できたらしく、彼の体の緊張がゆるむのが、私の位置からも感じられた。

「それ何だ?!」

大声で私が訊いた。

「人形だよ。プラスティック製なんだ」

御手洗も、大声で応えた。

「そんなものがそこにあるの、君は知ってたのか？」

「知ってた」

彼は即座に言った。

「どうしてそんなものがそこにあると？」

すると御手洗は、人形を足もとに置きながらこう言った。

「推理だよ」

内海が、またゆるゆるとくだることをはじめた。

「いいですよ！」

私は丹下に向かって叫んだ。

「あらゆる事態が、ここに人形があることをぼくに語っていた」

「どうしてです？　どうしてここに？」

言いながら内海は底に降り立ち、恐る恐る人形に寄っていく。

「ここから入るためですよ」

御手洗は言う。

「誰が？」

私が訊く。

「君、大岡に決まっているだろう！」

いらいらしたように、御手洗は言う。

「ここから入って、どこに？」

くだりながら、私は訊いた。

「上の家さ。正木の暮らす家だ」

御手洗が応える。

事態がこの段階にいたると、ぼんやりとではあるが、全体の様子が見えてきつつあった。だが、まだ解らないことが多すぎる。全部のピースが、いったいどのようにからみ、つながるのか。この事件全体は、いったいどんな構造になっているのか。

「ぼくが立っているのは根岸線のトンネルの上だ。ここに穴が開いている」

そのすぐそばに、私も降り立った。

「ここに塡《は》まっていたブロックはこれだ。だからこの固まりをかぶせて蓋をすれば、下からはまず解らない。正木家の地下には、こんな仕掛けがあったんだ」

御手洗は解説する。

「ほう、こりゃ驚いた」

最後に降りてきた丹下が言った。トンネル上のスペースは、ごく狭いながら、四人の男を立たせるだけの広さがあった。われわれは、穴のぐるりに立った。

「しかし、正木はこれを知らない。つまり、大岡は正木にこの秘密を知らせずに家を売った。そうしておいて、このトンネルを使って正木殺しの完全犯罪をはかった。どうやるか。まず正木に匿名の脅迫状を送りつけたのさ。その目的は、正木に玄関とか、すべての窓の戸締まりを連日完璧にさせるためです。そうすれば、正木が家の中で首を吊っても、外部から入った者による他殺の可能性がさがる。ましてあの因縁の家ですからね」

「なるほど」

丹下が言う。

「大岡は、紐で正木を絞殺し、そののち彼の体を家のどこかの鴨居にぶらさげておくことを考えた。自殺の偽装です。だから大岡は、ジャンパーのポケットに細いロープを用意していたんです。

そのため、山手トンネルの天井のこの穴は開けたままにして、つまりこのブロックの蓋はしないでおいて、大岡は家を正木に売った。この縄梯子は、一番下に、ほらこんな細い紐が付いている。この細紐をこの穴からトンネル内に出しておくんです。トンネル側から紐を引けば、縄梯子がトンネル内に垂れ下がるようにね。

だが問題は、ここには電車の屋根からでなくてはあがれないということだ。この作戦の、これが最大のネックなんだよ。この縦穴は、根岸線のトンネルの屋根までしか掘り下っていない。しかし縄梯子なり、この細紐なりを大きくトンネル内に出しておくと、すぐに見つかってしまう」

「はあ」

私は度肝を抜かれ、御手洗の異常な話に聞き入っていた。

「それで大岡は、とてつもないことを考えた。さて、どうしたと思いますか？　内海さん」

言われて内海は、ゆるゆると顔を御手洗に向け、考え込んだ。

「考えてください内海さん。精神衰弱から脱出するためには、そうする必要があるんです」

内海は沈黙していたが、やがてこう言った。

「私の電車の屋根に乗る……」

「そうです。だが別にあなたの電車の屋根である必要はないが。たまたまあなたの電車が選ばれたんです。さあ、ではどうやって屋根に乗ります」

「大船からずっと……」

「それはできない。あの駅は一般人がホーム以外の構内に入ることはとてもむずかしい。入れても、ホームの屋根にあがることはさらにむずかしい。駅員はじめ、人の目がとても多いんです」

「ではどうやって……」

「考えてください。大岡には協力者がいたんです。さっきの渡瀬です。しかし、協力者は彼が一人だけです。ほかにはいない。さああなたなら、この駒ひとつを使ってどうやりくりしますか」

「ああ、跨線橋か！」

「そうです。まず山手トンネル手前の跨線橋のところでいったん電車を停めるんです。幸いあそこだけは地面と線路とが同じ高さで、道から簡単に線路に入れるんです。渡瀬が自殺者を装って線路の上に立ち、電車を停める。停まったらすぐに逃げだせばいい。一瞬でも停めれば、それでことは足りるんです。その瞬間、大岡が跨線橋の上から、手摺りに結んでおいたロープを伝って電車の屋根に降りる。電車が行ったら、渡瀬が跨線橋上に戻ってこのロープを回収しておく。

さて電車は、屋根に大岡を乗せたまま山手トンネルに入る。ここでもうひとつの難問が発生します。今われわれの立つここに大岡があがるためには、この真下でもう一度電車を停めなくてはならないんです。これをどうするか。さあ内海さん、あなたならどうします？」

「ああ、それで花火ですか」

「そうです。電車の目の前でいきなり大量の花火が飛びだせば、これに異常を感じた内海さんが電車に急制動をかける、まずはこういう計画でした。ところが、さっきも言ったように大岡には、手足として動かせる助手は渡瀬一人しかいないんです。最初の停止に渡瀬を使ってしまった以上、二度目の停止は無人にせざるを得ない。つまり花火の点火は、家庭用タイマーを使った自動にせざるを得なかったんです。渡瀬に頼めた仕事は、あとでやってきて花火やタイマーを回収するということ、それだけです。

しかし無人の自動点火であったため、もし電車の運転手がゆっくり走る気になったなら、この作戦はたちまち無効、無意味になるんです。電車が来るより前に、早々と花火が飛び出してしまう。あの雨の夜も、実はそういうことだったんです」

「なるほど、そうですか……」

内海は言った。

「しかしこれは、大岡にも予想ができていたことなんです。なにしろ電車は終電車、しかも人目を避けるため、決行は雨の強い夜を選んでいる。それなら跨線橋の上にも、人はいないであろうということでね」

御手洗はひと呼吸おく。

「ところがこれらの条件は、人目も避けられるかわりに、電車が遅く走る可能性もあるということです。後につかえている電車はいないですから。しかし大岡としては、たとえそうなっても、計画の延期はできないんです。理由は、ここがこんなふうに開けっ放しなんですからね。……こりゃ危ないな、だがまだ閉めないでおくよ。石岡君、落ちないでくれ」

御手洗は私の顔を見て言う。

「お解りでしょう内海さん、ここがこんなふうに開けっ放しになっていたら、保線区の修理の者とか……、いやそうでなくても一日中無数の電車が通るのだから、運転者の誰かがいつかは発見する。正木に家を売ったなら、その後最初の雨の夜に、すみやかに計画は実行しなくてはならなかったんです。ということは、いったん屋根に乗ったら、何がなんでもこの下で電車を停めなくてはならないということです。花火がしくじってもです。さあ内海さん、あなたならどうします、そんな時」

御手洗の話し方は、高校の時私が教わった数学の教師にそっくりだった。嫌味な男で、これと決めた一人を執拗に追い詰める。内海は、高校の頃の私のように、下を向いて考え込んでしまった。

「御手洗、あの……」

内海が苦しんでいるようだから、私が代わって口をさしはさもうとした。ところが御手洗は、さもうるさげに私を遮った。

「石岡君黙って！　さあ内海さん、これは絶対に答えていただかなくてはなりませんよ、ここここそがポイントなんです。さあ、ぬかるみから脱出するんです」

「この人形……」

彼は言った。

「そうです！」

御手洗は大声を出した。

「やりましたね内海さん、もう大丈夫です！　そうです。そういう時のために大岡は、この人形、といっても頭部だけだが、これを背中にしょっていたんです。最後の手段として、あるいは保証のためです。そしてあの夜、これはやっぱり必要になった」

言葉を切り、御手洗はじっと内海の顔を見ている。治癒の具合を観察する医者のようだった。

「穴の手前に電車が来た時、この人形を運転席の窓にさかさにぶらさげる。とかく怪談の多いトンネルなのでね、そうしたら運転者は、きっと驚いて電車を停めるだろう、大岡はそう考えた。やってみたら、はたしてうまく行った」

丹下も頷いている。

「電車は慣性がついているから、すぐには停まれない。停まるのがこの真下に来るように、彼は計算して人形を見せた。停まったら、大岡は屋根の上で立ちあがり、この真下に来て、下がっている細い紐を引き、縄梯子を垂らしてから取りついて、素早くこの中にあがってきたんです」

「はあ……」

私は溜め息をついた。あきれるような思いだった。大岡は、なんとまあとんでもないことを考えたことか。

「じゃあ、ここから入るために、大岡修平はわざわざこんな女の人形を造った……」

すると御手洗は、うんざりしたように首を振った。

「まさか石岡君、そんなことはしない。これは流用なんだ」

「流用？」

丹下が訊いた。

「そうです。外国ではよくあることですが、長く応接間に寝ていた最愛の娘が突然亡くなってしまった。そして母親の精神がおかしくなって、こういう現実を受け容れられないというような時、娘の人形を造って、代わりにしばらくベッドに置いておくんです」

「ああ、そうか！」

私が言った。

「ALSの患者は、どうせ微動もできない」

「じゃ、これは大岡宏美?!」

「そうだよ」

言って、御手洗は頷く。

「その証拠に喉に穴があいている。呼吸器のチューブを挿し込んでおくためだ」

「へえー」

「大岡は、家に残っていた娘の人形を、この計画に流用したんだ」

「なるほどなー」

私は深く感心した。

「そして大岡は、ここに入ってくると、こんなふうに蓋を閉めた……」

この時、ようやく御手洗は重そうにブロックを持ちあげ、ゆっくりと穴に落とし込んでいった。するとこれがぴたりとおさまって、安定した地面が現れ、その瞬間われわれは、たった今までここに危険な穴が存在したことを忘れた。

足もとが安全になって、大変な安堵感が訪れると同時に、周囲は漆黒の闇となり、完全な無音となった。私は、消していた自分の懐中電灯をともした。御手洗と丹下はすでにつけていたが、三つつけてもまだあたりは暗い。

「このブロックの蓋は、上が広く、下が狭まっている。だから蓋として非常に具合がよいんです。しかもほら、ここに二個所鉄筋が露出してあって、蓋を持ちあげる際のグリップ代わりになっている。実に扱いやすい。もうこれでセメントで固めてしまうのは、もったいないくらいですね、丹下さん。

天井の一部分を割って取りはずすためには、大岡はこのバールやハンマー、楔《くさび》なんかを使って、時間をかけた丹念な作業をしたんでしょう。とても簡単にはいかなかったろうからね」

御手洗は懐中電灯の光を使って、足もとすみに転がっていたバールとかハンマー、いくつかの楔などを照らして示した。そんなものがここにあったことを、私はこの時はじめて知った。

「一人での仕事だし、このブロックは重い。でもそれだけのことはあったよ石岡君。この通り、理想的な蓋が手に入ったんだもの。人が一人ちょうど通れるくらいの穴、蓋は形状もよいから、うっかり下に落とす心配もなく、こうしていったん閉めてしまえばもう下からでは容易に発見されるものではない」

御手洗は、自分の仕事のように満足げに言う。

「三月十九日、ここにあがってきた大岡は、背負ってきた娘の人形はここに置き、この重い蓋は閉め、そしてこの縄梯子をあがった。憎い正木に向かってね。さあわれわれも行きましょう、奥さんが待ちくたびれている」

内海に向かって御手洗は言った。

煉瓦敷きの地下二階に真っ先に着くと、御手洗はさっきの男性の裸体写真が貼られたアルバムを眺めながら、われわれの到着を待っていた。縄梯子は足場が不安定だから、登るのに時間がかかる。四人がまた一堂に会するまでに、ずいぶんともたついた印象だった。御手洗はその間、ずいぶん熱心に写真に見入っていた。

「さて、続きに移りましょうか」

全員が揃ったので御手洗は講義を再開したが、アルバムは放そうとしない。

「ここまでくると、大岡はこんなふうにして、隠し箱を下から押しあげた。奥さん、その皿を取ってもらえますか？」

仕草だけでは不充分と見て、御手洗が言った。

「あ、これですか？」

夫人の顔がそこには覗いていて、じっとわれわれの帰りを待っていた。

「そうです。はいそれでいいです」

御手洗は穴に向かって掲げた右手の上に、金属の皿に似た隠し箱を載せた。

「内海さん、いいですね？　こんなふうに下から、大岡はこの皿を押しあげた。するとこれは、押し込まれているだけなんですから、下から押せば簡単にとれるんです。そして、この上のシェルターに彼は上がった。みんな、ぼくについてきてください」

御手洗はアルバムを持ったまま、シェルターに上がっていく。私たちも続き、今度は五人全員がシェルターの床に勢揃いした。異様なものを見たので、私はしばらく旅でもしてきたような気分になった。ここにいたついさっきが、まるで昨日のような感覚だった。

「そして大岡は、ここで正木が寝静まるのを待つ気でいた。あるいはすでに寝静まっているものか否か、この梯子のあたりで気配をうかがう計画でいた。ところがここで、大岡は生涯最大の失策をした。丹下さん、なんだか解りますか？」

「いや……」

丹下は首を横に振った。

「こうしたことです」

御手洗はそこでやっとアルバムを床に置き、受け皿に似た隠し箱を持ってもとの穴に塡めると、上から体重をかけてぐいと踏んだ。そして何か言うかと思って見ていると、もうこの問題には触れず、先に進んだ。

「そして時がきたり、上の正木が寝静まった様子だったから、大岡はこの梯子をあがった。そして台所に通じるこの蓋を押しあげようとした」

「ああ！」

私たちは、いっせいに吐息に似た声を漏らした。思い出したのだ。そういうことか。そうしたら、蓋が釘づけになっていたのだ！

「釘づけか……」

「その通り。これは大岡がまったく予想していないことだった。蓋が釘づけになっているなんてね。そもそものシェルターは金属製だから、釘づけなんてできないんだよ」

私たちは声もない。

「大岡はびっくりし、激しく絶望した。だって一生懸命計画をたてて、ここまでやってきたことだものね。おまけにここは、上で電源までが切られていたから明かりがつかないんだ。そんなことなんて考えてもいなかったから、大岡は蠟燭一本、懐中電灯だって持ってはいなかったんだ。だからすべて手探りだよ。しかしこうなったらもう出直すほかはない、失意の中で大岡は、下の部屋に戻ろうとした。ところが……」

御手洗は隠し箱に手を触れた。

「この隠し箱は、道具がなくては取れないんだ」

「ああ……」

御手洗の指が皿の周囲を這い、あたふたと空しく探り続けるのを、吐息とともに私たちは見ていた。

「きつく塡まっているからね。そして彼は、道具の類を何も持ってはいなかった。コイン一枚、彼は持っていなかったんだよ。正木を殺したのちは、大岡はたぶんトイレの窓からでも逃げる気でいたんだろう。だって山手トンネルの中に降りたら、トンネル天井の穴は開きっ放しになる、そうしたら、そこから計画の全貌は露見してしまうものね。だから、脱出はここからじゃない。上の家を密室にして、彼は地上に脱出する算段をしていたはずだ」

「なるほど」

「そのため軍手も用意していた。指紋を遺さないためです。しかし大岡は、まったく思いがけず、このシェルターに閉じ込められてしまったんだ。真っ暗な中に。自分で自分を閉じ込めてしまったのさ。そして彼は……、後はご承知の通りです。餓死した」

御手洗の説明は終わった。聞いていたわれわれのうち、ある者は溜め息をつき、またある者は大きくのけぞっていた。なんというすごい話だ!

「これが、あの夜大岡のした行動の全貌だよ。そして、大岡が失敗したことを知った渡瀬が、彼に代わって仇を討った。暴力団から買った銃で、正木幸一を射殺したんだ。丹下さん、正木はどうなりました?」

「死にました。さっき連絡が入りました」

御手洗は暗い目で頷いた。その表情は、大岡や渡瀬のやったことに賛成はできないと語っていた。

「そうですか、露木さんは?」

「こっちは助かりそうですな」

「おう、そりゃよかった」

御手洗が言った。そして少し沈黙ができたから、私が口をはさんだ。

「しっかし、なんてすごい話なんだ。でも御手洗、君はどうしてこのシェルターの下に、さらにあんな深いトンネルがあるなんてことを?」

「築山だよ」

御手洗は即座に言った。

「築山?」

「そうだよ、この家の庭にはかなり大きな築山がある。この築山は、宏美さんが死んでからできたという。おかしいじゃないか、寝たきりの宏美さんを慰めるための築山のはずだろう？　庭に築山を造り、その斜面に花を植えれば、ベッドからでも花が見やすくなる。ところが築山は、彼女が死んでから現れたという。この理由としてもっとも合理的な説明は、大量の土が出て、この処理に困ったからとするのがいい」

「なるほどな。それで築山が勝手にできてしまった」

「そういうこと。さて、そろそろ夜が明けるね。内海さん、幽霊の正体はこういうことです。解りましたか？」

「はい、よく解りました」

内海剛は言った。

「じゃあ来週から、また電車を運転してください」

「おい御手洗」

驚いて私は言った。そう簡単にはいかない。逆噴射の片桐機長の例だってある。

「大丈夫だよ！」

御手洗は乱暴に言い、まあそうかもしれない、ジェット機ではないのだから、と私も考えた。

「それにしても、大岡修平はどうしてこんなトンネル掘ったんだろうな、これ彼が一人でやったんだろう？」

「そうだろうね」

「何故なんだろう」

するとと御手洗は、床に置いていたアルバムをまた手に取った。御手洗は、さっきからこのアルバムを妙に大事そうにしているから、私は気味が悪かった。

手に取ると、御手洗はぱらぱらと繰る。そうして、ページの間から茶色の薄いノートをつまみあげた。

「ここに手記らしいものがある。これがもし大岡の書いたものなら、そのいきさつがここに説明されているかもしれないね」

御手洗はアルバムをぱたんと閉じた。そして丹下に言う。

「このアルバム、証拠品としてそちらで必要ですか？」

丹下が頷くと、御手洗はあっさり手渡した。私はほっとした。御手洗に、こんな趣味があっては大変だと思ったのだ。

「しかしこの手記は、しばらくの間ぼくに貸してください。あさってくらいにはお返しします」

そして彼は私に向きなおった。

「ところで石岡君、君、家が欲しいっていつも言ってたろ？」

「え？　な、なんだいいきなり。それが？」

私は赤面した。そんな世俗的なことを、大勢の人の前で言って欲しくなかったのだ。御手洗は言う。

「賭けてもいいがこの家、きっと格安で手に入るぜ。買おうか」

私は全身に電流が走った。たぶん顔が真っ青になったことだろう。私は思わず叫んでしまった。

「じょ、冗談じゃない！　タダでも嫌だこんな家！」

すると御手洗は、首をかしげた。

「そうかなぁ、いい家だと思うが……。この通り地下室もあるし、二階だってある。書庫も、レコード収納室もできる。絵を描く部屋だって作れるぜ。君は、あの真っ暗な部屋から脱出したいんだろう？」

それはそうだが、脱出先がどこでもいいというわけではない。私は言った。

「ぼくは馬車道が好きなんだ。一生あの部屋で暮らしたっていい。ここで眠るくらいなら、山下公園のベンチの方がましだ！」

「ああそうかい。石岡君、君も案外欲がないね。じゃあみなさん、とにかく上にあがりましょう、事件は終わったんだ」

御手洗は言った。

9

横浜市役所の土木課に就職して二十二年、大過なくやってきた自分だが、人の運命とは解らないものだ。自分はこのまま、安穏とした一生を送るものかと思っていた。そしてこのことに、かすかな不平さえ感じていたのだ。今度のことは、たぶん私のこうした傲慢な気分に罰があたったのだろう。

自分は宏美を溺愛していた。ほとんどめろめろだったのだ。生きているうちは解らなかったが、死なれてみてようやく解った。宏美は元気いっぱいで、明るくて、顔だちもよく、成績優秀で、スポーツ万能でさえあった。外観も美人で、彼女が子供の頃、私はスポーツ選手になるのかとまで思っていた。高校時代、夜中に宏美が突然泣きだして、体が痛い、全身が痛いと訴えた時も、その三年後にまさか寝たきりになるなど、考えてもみなかった。医者も、成長期によくある一時的なものだと言った。

ＡＬＳなどという病気がこの世にあるとは知らなかった。全身の筋肉がまったく動かなくなるはっきりした原因など解らない。病状が進めば、呼吸用の筋肉も動かなくなるから、放っておけば窒息死する。宏美が無事ベッドの上で呼吸し、ぼつぼつと話している段階から、医者にはそのように宣告された。

喉に穴を開け、機械を使って、呼吸のタイミングで肺に強制的に空気を送り込む装置をとり付けることになった。これで宏美は生きられるが、喉に穴を開けたから、生命と引替えに声は失うことになった。しかしこの時、宏美は楽になったとずいぶん喜んでいた。呼吸ができない苦痛というものは、どうやら常人の想像を絶するものらしい。

宏美はまず体が動かなくなり、次第にスマイルを失い、私などへの愛情表現を失って、顔は能面のようになっていった。ゆっくりとなら話せていた言葉も失う日がきて、とうとう人形と同様になった。この現実を、父親としての自分がいったいどんな気持ちで迎えたか、誰にも解らないだろう。宏美は、人一倍愛情表現の豊かな娘だった。医者は、このまま死なすことも匂わせた。しかし、機械を取りつければ生きられると解っているのに、これをやらないことなどできるだろうか。いかに金がかかろうと、やらないことなどはできない。

横浜山手の丘の上の家は、以前からの私の憧れだった。妻は、私以上の憧れであったらしい。それが、ひょんなことから分譲住宅が、それも手頃な価格で手に入った。いずれ将来はと考えていたのだが、予定より早い購入だった。それまでの自分たちは、古いマンションに住んでいた。狭く貧しい住環境で、生活費も充分でなく、不平はあったが、宏美が明るくて元気だった。今思えば、それがどれほどにかけがえのない財産であったことか、私はこの点にまるで無自覚だった。

家はもともと建売で、築まだ四年ほどの家だったが、四十歳だった家の主の乾義雄が急性の進行癌で亡くなり、生命保険に入っていなかったために、家を売るほかなくなったのだ。病院に何度か見舞いに行っているうち、すでに動けなくなっていた乾が、自分をベッドサイドに呼んで、あの家を買ってくれないかと小声で言った。どうしてと訊くと、理由は語らず、ただそうして欲しいからだと言う。

まもなく乾は死に、家を大岡修平に譲ることは彼の遺言のような形になったから、夫人も反対はしなかった。しかし思えば自分は、彼女の気持ちを充分斟酌しなかった。怨念が溜る気分もあったろう。

乾は勤務先の後輩だったから、自分はこの家に遊びにきたこともあった。夫人の気心も知れていたし、乾家は借財の返済で事態が急を要したから、相場よりはかなり安い金額で譲ってくれた。一千万円ほどを用意し、あとはローンを引き継ぐというかたちだった。だが引き継いだものは、ローンだけではなかったのだ。

人気の山手で、雅子も宏美もはしゃいでいた。人の不幸の上に、なんと無思慮なことをしたものか。結局あれがいけなかった。人間、家などなくてよい。家などなくとも充分に生きていける。自分は今でも、あの家にさえ入らなければ、宏美は発病しなかったと信じている。

宅地が少ない関係から、自分の買った建売住宅は、根岸線のトンネルの真上に、無理やり宅地造成されて建った格好の、何軒かのうちの一軒だった。後輩の乾の死は悲しかったが、思いのほか早くに山手の家を手に入れられて、うかつなことに自分もまた喜んだ。何よりその格安さに喜んだ。自分には親から譲り受けた土地があり、ここは住めるような場所ではなかったが、いずれこれを処分して、自宅の購入にあてることを覚悟していた。ところが家が安かったものだから、これまでの貯えとローンとで賄え、山に手をつけずにすんでしまい、このことを単純に喜んでいた。しかし新居に移ってきた途端、十九歳の宏美にＡＬＳが発病した。前の主人は癌で急死、次の住人は娘がＡＬＳだった。

宏美には、母親である妻の雅子が二十四時間つききりになる必要があり、上体が電動で起こせる大型のベッドのそばには、呼吸用の機械や、喉から痰や唾液を絶えず吸い出してやるためのヴァキュームの機械、母親が添い寝をするための小型のベッド、恋人からの手紙を受けてやるためのファックス、宏美が自分たちへのメッセージを書くためのコンピューター、これとテレビを置くため、ベッドを橋のように跨がせる台、それから宏美の退屈しのぎのためのヴィデオ・デッキ、ステレオ、停電時にそなえたバッテリー、それらを収める大型のラック、そんないっさいがっさいをすべて置ける広い病室が必要になった。

この家で最も広い部屋は、一階、玄関を入ってすぐの応接間だった。流動性の食べものを用意したり運んだりするためには、病室は台所に近い必要があり、応接間は台所の隣りだったから、この点からも好都合だった。また庭に面した応接間のガラスの引き戸からの眺めは、宏美を慰めるらしかった。ここからは狭い庭全体が眺められるが、庭の彼方には根岸線の線路があって、石川町方向からの電車が、家の下に走り込んでくる様子が見えるのだ。電動ベッドで上体を起こし、終日そういう景色を眺めることが宏美を慰めていた。

自分はそれで、庭のすみに花壇を造り、たくさんの花を植えて育てた。造園の本を買ってきて、はじめて花作りというものを勉強した。娘は景色と花を眺めて生きていたが、自分ら夫婦は、こんなように宏美に奉仕し、彼女が明るくて元気だった頃の様子を脳裏に眺めて、これを慰めに生きていた。宏美は本当に明るい子だった。よく私に抱きついてきたし、私が家を出ると、追ってきて泣いた。そんな様子は、高校の一年までも続いたのだ。あれが私の生きる糧だった。

ただ雅子は、そんな余裕もなかったかもしれない。機械が停まれば宏美は死んでしまう。喉に痰がつまっても死ぬ。しかし宏美は、自分では緊急ブザーを押すこともできない。娘は慢性的に死に瀕しており、だから雅子は、夜も熟睡できない。心身ともに、彼女が果てしなく疲労を溜めていくことが、はた目の私にも解った。雅子はよく私に謝っていたが、この事態は別に雅子のせいじゃない。

前の住人の乾は、家の床下に核シェルターを埋設し、これを物置兼瞑想室として使っていた。少し前になるが、核シェルターなどという商品が、なかば冗談で流行した時がある。土木課の乾は、興味もあったのだろうが、知り合いの業者から安値でこれが買えることになって、購入を決めた家が工事にかかる前、地下に埋設したのだ。役所だからそういうこともできた。このシェルターのことは乾から聞いていて、訪問した時、自分も入れてもらったことがある。なかなか悪くないと思い、自分がこの家を気にいった理由に、シェルターの存在も含まれていた。

来客用の応接室は二階の書斎に移すことにして、応接間に置いていたソファや本棚は、みんな二階に移動した。一階応接間よりは狭いが、よほど大人数の来客でもなければこちらで充分こなせる。

ほかの家具は各部屋に分散したが、余ったがらくたは、すっかりシェルターの中に移した。分解可能の家具であれば、だいたい何でも持ち込めた。シェルターは金属製の箱で、おおよそ三畳くらいの広さを持っている。一人になるにはこれで充分だ。書斎がなくなった格好の自分だったから、勤めから帰ったら宏美の顔を見、しばらく看病して、あとはシェルターに籠もって過ごした。マットレスも、自分専用の小型テレビも、書物や本棚も入れ、食事と、宏美と過ごす以外の時間は、休日も終日シェルターの中で一人過ごした。

宏美とは、透明なプラスティックの板を使って会話した。プラスティックに五十音のひらがなを書いておき、これを宏美の顔の上にかざすと、宏美が瞳の黒い部分を動かして文字を追う。瞳が停まった場所にある文字をこちらが読んで宏美の確認をとり、それらをつなげて言葉に綴るのだ。「『あ』か？」とこちらが訊いて、イエスなら宏美は、ぱちりと瞼を閉じる。最初は馴れなかったが、だんだんにすみやかな会話ができるようになった。これは女同士の雅子の方が断然うまく、じきに馴れた。

もう少し長い文章なら、宏美はコンピューターを使う。コンピューターの画面にも五十音が並んでいて、文字を囲む正方形のカーソルが、このひと文字ひと文字の上を順次移動していく。宏美は口に入力スウィッチをくわえていて、欲しい文字の上にカーソルがかかったら、スウィッチを噛んで停める。それもできなくなったら、息を吹きかける方法にした。するとセンサーが感知してカーソルが停まり、この部分の文字が画面上部に表示され、「あ」なら「あ」と音声が出る。そしてまたカーソルが動きだし、次の文字に移る。

欲しい文字の上にカーソルが来るまでじっと待っていなくてはならないし、失敗したらまた一巡して戻ってくるのを待たなくてはならないから、短い文章を綴るのでもずいぶん時間がかかるが、宏美はこんな方法で終日をかけ、長い文章も作っていた。それは詩だったり作文だったりもしたが、たいていは私たち夫婦宛ての手紙であり、恋人の正木宛ての手紙だった。

発病する前の宏美には、同じ大学に通う正木幸一という恋人がいた。彼は根岸のワンルーム・マンションに住んでいたから、家からは比較的近距離だった。ハンサムな青年で、娘は頻繁に会い、一年ほどで仲は急速に接近したらしかった。自分も、当初は正木を気にいっていた。感じのよい青年だと思っていたのだ。が、宏美がやっかいな病に倒れた。まだ短いつき合いではあったが、宏美は彼に深い愛情を抱いており、床に就いてからは彼が生きる糧ともなっていた。

こうなってしまい、私は正木との仲の存続を危ぶんだが、発病後も彼は、以前と変わらぬ誠実さで宏美と接してくれていた。三日に一度は見舞いに訪れ、一緒に長いこと時間を過ごし、日に一度は、ファックスで宏美に手紙を送って寄越した。返事がないのに、電話で娘に話しかけもしてくれた。宏美が声を失ってのちも、彼らの会話はファックスか電話、ベッド・サイドにいる時はプラスティック板かコンピューターを通して続き、二人の関係は、病気の影響など受けないかに見えた。正木は私に、どんなことになろうとも自分は宏美さんを愛していると断言し、自分のこの気持ちが変わることなどないと言った。私は感動し、感謝もしたのだった。

恋人を病に盗られた正木は、一念発起し、宏美のために私立の医大に転学すると言いはじめた。そしてこの難病の研究をし、きっと回復の道を発見すると私たちに決意を語った。彼の決意は本気のようだった。

しかし私立の医大は大変に金がかかる。正木の実家は地方の公務員で、そんな金などはない。宏美が、ある晩コンピューターの画面を使い、正木に金を貸してやってくれるよう私に頼んできた。彼女なりに、ずいぶん考え抜いたすえのようだった。しかし私は悩んだ。その金額は、郊外なら家が買えるほどのものだった。すると当然土地を処分しなくてはならない。この土地は、いつか自分ら夫婦の老後と、娘の宏美の夢の実現のためにととっていたのだ。

宏美に愛情を抱いている男がもう一人いて、これは雅子の弟の和弘だった。彼は大学は応援団に所属し、卒業後はアングラ演劇をやっている変わり種で、雅子とは十二歳も歳が離れているから、宏美との間も十二歳しか離れていない。彼は、姉の娘を男として愛しているように見えたから、私は以前から危惧していた。自分は昭和十九年生まれ、雅子は昭和二十年生まれ、宏美は昭和四十四年生まれ、和弘は昭和三十二年生まれだ。

その和弘が、この話に猛反対した。正木幸一という男は信用できない、義兄《にい》さんに土地があることを知って、この話を考えたのだと和弘は言うのだった。だが自分はこの主張に首をかしげた。だいたい和弘が、自分や宏美や雅子以上に正木を知っているわけがない。会った回数など数えるほどだ。それで信用ができない男と断ずるのは不遜というものだ。寝たきりになった恋人に、ここまで優しく接してくれる男など、そうそういるものではない。和弘は、将来などとてもなさそうな役者稼業だったから、正木が医師になれば、正木と自分とが、人間として、また男としての価値にますます水があくという、嫉妬からの発言のように私には受け取れた。

自分は内心迷っていたのだが、和弘のこういう反対で、かえって心が決まった。伝来の山林を売って金を作り、出世払いということで、正木の学費に用立てることにしたのだ。同僚乾の早死にがなければ、どうせこの土地は家と引換になくなっていた種類のものだ。それが遺っていたということは、娘のために遣えということだ。それに自分としては、こうして恩を売っておけば、正木が宏美を捨てにくくなるという計算もあった。

こうして正木は横須賀の医大に転学し、一年近い歳月が経った。宏美の病気はよくはならず、肌一面にトラブルが出たり、背中やお尻に床ずれができ、それが化膿して穴が開いたりなどし、日に日に衰弱していった。看病する身内にとっては、この頃が最も辛い時期だった。宏美は、そういう段階に入ったのだ。表情がないから、宏美に苦痛がないようにこちらには思えるのだが、プラスティック板とコンピューターを使って、宏美は痛い痛いと絶えず訴えた。彼女は、自分では寝返りをうつこともできない。親としては終日腸《はらわた》をえぐられるような心地で、四六時中一緒にいる雅子の神経は、確かにおかしくもなるだろう。

そしてこんな時、追い討ちをかけるようにして、正木の様子がおかしくなった。見舞いの回数は目に見えて減り、電話も、ファックスの来信回数も減って、その文面も電報のようになった。正木の変化に真っ先に気づいたのは宏美だった。医大の勉強は猛烈に忙しく、なかなか見舞いにもいけないと彼はファックスに書いてきており、当初私はそれを信じて、娘を懸命に慰めたものだった。しかし宏美は、正木の心変わりを敏感に見抜いていたのだろう。だんだんに落ち込むようになり、会話用のプラスティック板を顔の上にかざしても、宏美の瞳は微動もしなくなった。何ごとか話しかけても、イエスの意味で行うまばたきが、全然戻ってこなくなった。

娘の疑惑を知り、雅子が自身で確かめにいき、どうやら娘の言う通りで、根岸の正木のワンルーム・マンションに出入りしている、正木の恋人らしい娘の姿を目撃して戻ってきた。雅子もまた日々悩むようになっており、ある夜このうちあけ話を聞いて、自分は激昂した。怒りのあまり、心臓が停まるのではあるまいかと思ったほどだ。

先祖伝来の山林は、いつかは夢の実現にと、自分が大事にとっておいたものだった。娘のために使うのなら悔いもないが、正木という若僧が、ほかの娘との豊かな生活を送るための踏み台として利用されるのは、我慢がならなかった。自分も、自分の財産も、また娘も、妻も、巧妙な手口で踏みつけにされたと感じた。

自分は知り合いの興信所を使って正木の日常生活を洗わせた。すると予想した通り、彼にはすでに宏美が重荷になっており、親しい者にはたびたびそのように洩らしていた。父親に資金を都合してもらった関係で、宏美とのつき合いを断つことはできないが、しかし寝たきりで容色も衰え、痩せ細った娘などは愛せないと、彼は酒の席で友人に頻繁に洩らしていた。

正木の新しい恋人は、露木文子といい、かなりの資産家の娘らしかった。鎌倉に家屋敷があり、娘自身は親に買ってもらった磯子の２ＬＤＫマンションに住んでいるという。正木は、どうやらそこに入り浸りはじめてもいるらしかった。興信所員は、このマンションの住所も突きとめていた。

若者らしくない正木のしたたかな遣り口が、自分を激昂させた。若いのだから、新しい恋人ができるのは理解できなくもないが、それが金持ちだということに腹がたった。それなら貸した金を返すと言ってくるかと思えば、そんな話はおくびにも出さない。こういう正木なら、確かに和弘の言う通り、自分に山林があると知り、医大転学の話を持ち出してきたのかと思えてきた。ＡＬＳの研究など、最初からやる気はなかったのだ。この歳になってまで、自分には人を見る目がなかった。

以前の大学にいた時はそうでもなかったが、医大生となった今、将来性を見込んだ娘たちが、外観もよい正木に興味を示すようになっている。金を融通してもらった手前、正木は自分らにはこういう事態を隠す結果になっている。それはまあ当然だろうが。

便りの乏しくなった恋人、正木幸一の消息について質し、また彼との今後の見通しについて、宏美は自分に相談してきた。自分は娘が不憫で、明快な回答ができなかった。つまり正木の今について、真実を告げることができなかった。しかし彼女は、今にして思えば、事態を完全に洞察していたのだ。父の言を頼るまでもなかった。彼女は深くもの思いに沈んでいき、日々、生きる気力を喪失していった。床ずれはますますひどくなり、お尻にできた穴は、握り拳が入るほどになった。しかし宏美は、もうこれが痛いとも言わなかった。

ある日の朝、宏美はひっそりと自殺していた。コンピューターの画面には、正木幸一に医大の学費を貸すよう頼んでしまってごめんなさいと、父に詫びる遺書が浮かんでいた。自分には返す方法がないから、こうする以外にないとあった。娘の体は、もう表の石よりも冷たかった。

宏美の強制呼吸装置は、その量とかペースがコンピューター制御になっていた。コンピューターのセッティングは、医療機器メーカーの専門家がセットして置いていったので、うかつにも私はそういう事情を全然知らなかった。ただ停電の心配をして、これはそれに備えたバッテリーがいくつも用意してあり、停電しても二昼夜は大丈夫だと聞いて安心しているくらいのことだった。しかし宏美は、この設定に介入する方法をひそかに発見していて、コンピューター操作でこのポンプを停止させたのだった。

事態が信じられなかった。何故これほどの悲劇に自分は出遭わなくてはならないのか、どうしても得心がいかない。自分はいっとき放心し、気をとりなおすと、家に居る場所などない思いで、まっ暗な地下のシェルターで終日を過ごした。シェルターは、電車がやってくるたびに振動し、けっこう揺さぶられたが、この穴蔵が一番落ち着いたのだ。

この時の自分は、他人を思いやる気分の余裕などはなかったが、娘の死に最もダメージを受けていたのは雅子だった。シェルターからあがってみると、雅子はまだかいがいしく宏美の世話を焼いていた。雅子は、宏美が死んでいるとは頑として信じず、いつまでもいつまでも看病を続けた。医師が来ても、さらには葬儀屋が来ても、宏美の遺体を運び去ることに泣きわめいて抵抗した。宏美はどうせ動くことをしなかったわけだし、確かにこの体から生命が去ったのだという証はどこにもない。そしていったいどうした理由からか、宏美は母親の雅子には遺書を遺していなかったのだ。私はコンピューター操作のミスか何かで消えたのだと思っているが。あの娘が、私には別れの言葉を書き、母には書かないというはずがない。このままでは雅子は精神病院行きだったから、自分は知り合いを頼んで、妻のために宏美の顔のコピーを、急ぎ作らせなくてはならなかった。気やすめではあったが、妻の精神が落ちつくまでだ。

宏美の葬式の通知は正木にも出したが、和弘は来ても、正木は姿を見せなかった。そして借りた金はいったいどうするつもりなのか、全然連絡も寄越さなくなった。宏美が死んだと聞いても、正木からは手紙一本来ない。和弘の言うことは当たった。だから自分は、通夜の席で和弘に謝った。君の言った通りだった、自分はまったく愚かだったと懺悔した。

根岸の彼のマンションに行ってみると、まだ引き払ってはいないようだったが、正木はいなかった。近所の人に訊いてみると、最近は部屋に戻っている様子がないという。宏美の死を聞いて、自分などに追及されると思い、姿をくらましたのだろう。それとも金を返せと言われることを恐れたのか。いずれにしても、どこに潜んでいるかは容易に見当がつく。磯子の恋人のマンションだろう。だが、わざわざここまで行ってみるという気はしない。

ある夜のことだ、いつも一人で過ごすシェルターの床に、数十センチ四方のビス留めした部分があることを発見した。カーペットが敷いてあったから、これまで気づかなかったのだ。試しにビスをはずしてみたら、書類や金の隠し場所らしい箱が、下にあった。中には何も入っていなかった。乾も使ってはいなかったのだろう。

その日はそのままにして、以降何日も全然疑わずに暮らしていたのだが、ある日手持ち無沙汰なものだから、この箱の周囲をこじってみることを思いついた。そうしたら箱が持ちあがり、下にぽっかりと空洞が覗いた。縄梯子が見え、土の匂いがした。

びっくりして上に行き、懐中電灯をとって戻ってきて照らしたら、シェルターの下にさらに、壁や床を煉瓦で囲ったもうひとつの隠し部屋があることが解ってびっくりした。乾は、どうしてこの部屋のことを自分には言わなかったのだろうと思った。ここの床には、生前の乾が集めたらしいふう変わりな盆栽とか、骨董品の類、緊急時の備えらしい備蓄用の食料、飲料水らしい水の入った瓶とかタンク、開きのついた木箱、そして何やら雑誌の類が見えた。

こんなものが下にあったとは、これまで全然気づかなかった。縄梯子を伝って、自分は下に降りてみた。シェルター床の穴が小さいから、ここを通り抜けるのに苦労をした。下の部屋には電灯はなく、蠟燭と、バッテリー式の蛍光灯ランプがあった。雑誌の類は、男色趣味の者が読むためのもので、グラビアには半裸の男の体の写真があふれていた。開きの付いた木箱を開けると、中にアルバムがあって、開くとここにも若い男性の裸体の写真がぎっしりと貼られていた。こっちは全裸だった。男の体なので、最初は乾夫人の趣味かと思ったが、もし彼女のものなら、ここをそのままにして自分に売るはずもないから、これは夫人の知らないことなのだ。

乾には、こういう趣味があったのだ。これを夫人には隠していて、そのためにこんな隠し部屋を、こっそり業者に造らせていた。病気で動けなくなった時、もうこんな収集を自力で処分することができないと悟って、赤の他人に家を譲り、後で発見されて笑われるよりは、いっそ気心の知れた自分に買って欲しかったのだろう。病室で、家を買ってくれと言って迫った乾の、あの切羽詰まった表情の理由がようやく解った。言われてみれば乾には、確かに男色趣味があったようだ。自分は薄々これに勘づいていた。女性との浮いた話など少しもない男だったし、妻に子供が欲しいとせがまれ、自分も子供は好きだが、夫婦生活は苦痛だというようなことを、以前酒飲み話で自分に洩らしていた。だから自分になら、これを発見されても大事にはいたらないと考えたのだろう。

地下の二階にあたるそこは、畳せいぜい一畳半ほどのスペースだった。煉瓦張りの空間は、密閉されているはずだが、どこかでひゅうひゅうと風の鳴るような音が聞こえてきた。長時間じっとしていると、一定の感覚を置いて床に置かれた板がごとごと鳴り、わずかに場所を動いた。これは下を通る電車の振動のせいだ。まるでこの下に、とてつもない魔物でも棲んでいるような印象だが、その魔物とは電車なのだ。

秘密発見に驚き、自分はずいぶん長いことそこにいたのだが、やがて妙なことを思いついた。自分は今どこに立っているのだろうと不安に思ったのだ。縄梯子を登り、シェルターから台所、そして家も出て、ふらふらと山手の坂を下り、うねうねと道をたどって遠征して、トンネルと、その上に建つ自分の家とが眺められる場所まで行った。線路に沿い、家からだんだん離れるほどに、まるで断面図のようにトンネルと、その上に載った土、さらにその上の自分の家という関係が俯瞰できた。そしてこれらの大よその距離が、はっきりと目で摑めた。そして解ったことだが、トンネルの上に載った土の部分、つまり家とトンネルとを隔てる部分は、意外にわずかなのだった。自分はこれを確かめたかったのだ。なるほどこれなら、電車の振動があれほど足に伝わってもくるはずだ。

そう考えた時自分は、なかば予想はしていたが、すこぶる奇妙な事実に気づいた。自分の家の地下には核シェルターとしての小部屋がある。一階の床と核シェルターの天井部分とはごく接近しているが、それでも一メートル近くはある。シェルターの中は、大人がゆうに立てるくらいの天井高があるから、二メートル以上はある。つまり台所の床からシェルターの床までの距離は、大よそ三メートルというところだ。

そして乾は、シェルター床下にもうひとつ隠し部屋を造っていた。貯蔵庫というべきなのかもしれないが、ともかくもうひとつ空間を造っていた。そしてこの部屋がまた、大人が立てるくらいの天井高がある。だから地下二階のこの隠し部屋もまた、床と天井間の距離が二メートル程度はある。そうなると台所の床から、シェルターの下の隠し部屋の床までの距離はおよそ五メートルという話になる。

信じがたいことだが、こうして眺める限り、自分の家が建っている地面と、根岸線のトンネルの天井との距離は、せいぜい十メートルしかないように見えるのだ。ということは、地下二階のあの部屋の床から、あと五メートルか六メートルも地面を掘りさげれば、根岸線のトンネルの天井部分に届くということではないか。自分は、いや乾はというべきだが、あのトンネルの上の土の部分の、もう半分がとこまで縦穴を掘りさげているのだ。驚いてしまってしばらくその場に立ちつくした。地下二階の隠し部屋の床に立っていたさっきの自分は、根岸線の電車の屋根の、すぐ上に立っていたのだ。

友人であった乾が、人気の山手ということで、トンネルの真上に無理をして建てたような家を買い、たまたま彼が土木課の人間であったから、こういう職業意識と業者とのコネを生かして、自宅の床下に上下二層もの地下室を造った。そのため彼は、トンネルのすぐ上まで穴を掘りさげていたのだが、乾としてはたぶん、そんなことなど考えてもいなかったろう。そもそも自分の家が、電車のトンネルの真上にあることも忘れていたのではないか。

そんなことに自分が気づいて間もなく、雅子が自殺した。和室の横木に首を吊ったのだ。それまでも雅子とは家庭内別居も同然だったが、妻子の死後、自分はますますシェルターから出る必要性を感じなくなった。雅子は、もう自分が誰であるのか解らなくなっていた。大岡という男の妻であることも忘れていたから、自分に食事も作ってはくれなくなっていた。作るのは自分と娘のためにだけで、ただひたすら彼女は、動かない、プラスティック製の娘の世話を焼いていた。結婚関係という情報は彼女の内で消滅し、自分と自分の分身の延命という、雌としての本能だけが、彼女の頭の内で稼働していた。私としては、雅子が食事を作ってくれなくてもいっこうにかまわなかった。そもそも食欲なんてものが慢性的になかったし、てん屋もので充分だった。

おそらく雅子は、宏美の死の瞬間、自分が生き延びる道を発見し、実行したのだ。それは自分を狂気の内に置くということだ。正気でいては、娘の死という現実を受け容れなくてはならない。しかしたぶんある日、雅子はふと正気にたち返りもしたのだろう。自分が世話をしている存在がプラスティックだと気づいて、それなら自分も死ななくてはと、あたふた考えたのだ。雅子のこういう感じ方は、長く一緒に暮らしてきた私にはよく解る。しかし、もうどうでもよいことだった。宏美の死、正木の裏切り、財産の消滅、そんなことで、私の意識世界もまたとうに消滅していたのだ。

雅子が死んだ時、私が雅子をまだ愛していたのかどうか、これはもうよく解らない。はっきりしていたことは、宏美は深く愛していたということだ。これは自分が人間であるという現実以上に確かなことだ。宏美がどんなにやつれようと、どれほど醜くなろうと、私の彼女への愛情は、微塵も揺らぐことがなかった。だからその意味で、正木の心変わりは理解ができなかった。怒りや腹立ちとは別に、ただ淡々と、理解ができなかった。どうしてなんだろうと、首をかしげる気分だった。

このまま生きていてもしようがないから、自分もまた死ぬことにしたのだが、そう考えていたら、どうせ死ぬのなら、正木幸一を殺してからにすべきと思いついた。宏美もまた、それを望んでいるように思われた。

隣近所では、自分の家は人の死ぬ家だとか、呪われた家だとかいう噂が流れているようだった。自分が表に出るとみな走って逃げたし、てん屋ものも、近くに頼むともう来なくなったから、噂が聞こえていない遠くの店に頼まなくてはならなかった。しかし自分にとって、それももうどっちでもいいことで、気にはならなかった。死ぬと決めた日以降、正木をどのようにして殺すかだけを、自分は考えるようになった。

私の精神もまた、世間的な意味ではおかしくなっていたのだろうが、私にとっては世間の方がよほどおかしかった。みなくだらない雑事に気をとられてあくせく生きていた。私の家の陰口を言い合って、いったいどんな意味があるのか。

大した考えもなく、自分は役所を辞めた。すると、考えてみれば当り前のことだが、来る日も来る日もトンネルの上のシェルターで一人時間を過ごすことになり、噂が渦まいているらしい表には出る気になれないから、これまでそれなりに生の営みがあった自分の家が、監獄のようになった。

毎日遠くの店からてん屋ものをとってシェルターで食べ、ほかにすることもないから、隠し部屋の床下の土を一人で掘るようになった。始めてみたら、これが案外楽しい作業なのだった。日が経つにつれ、刑務所に肉体労働がある理由が解るようになった。紫陽花《あじさい》とにわか雨のように、労働というものは「孤独」となじむのだ。作業をしていれば、頭がよけいなことも考えないし、ごくわずかにせよ、精神が健康になる。ほかに何も考えつくことがないので、自分はトンネル掘りの作業に没頭した。仕事は次第に祈りにも似てきて、自分は独房から、脱出のためのトンネルを掘っている気分になった。はるか足下に存在するであろう根岸線のトンネルと、そこに走るはずの二本のレールをひたすらに目指した。現在の自分から脱出するには、あの上に降りる以外ないと、いつのまにかそう信じるようになった。

勤務先から古くなった滑車やモッコなどを拝借してきて、掘った土はいったんシェルター内に積み、それから一階まで引きあげ、庭のすみに積みあげた。このままではおかしいから、これは築山ということにして、周囲の斜面には芝生を買ってきて根づかせたり、花を植えたりした。宏美がいたら、これを見てさぞ喜んだろうにと思うと、また悲しかった。

しかし自分はどうやら目測を誤ったらしく、五、六メートルで山手トンネルの屋根というわけにはいかなかった。完全に垂直に掘りさげるわけにもいかない。自分が墜落する危険があるからだ。少し斜面を持つようにと考え、若干斜めに掘っていったら、かなりの距離が必要になった。七、八メートルも掘りさげた頃、ようやくトンネルの天井部分らしいセメント・ブロックに、スコップの先が突きあたった。

さてここからが大変だろうと自分は覚悟したが、これはそうでもなかった。なかば予想したことだが、トンネルの天井部分は、セメント・ブロックをアーチ状に組み合わせて積む方式がとられており、間のセメントを少しずつ辛抱強くくずしていってくさびを打込み、こんな作業を何日も続けて、最後にはテコの要領でこじり、縦五十センチ、横一メートルくらいのブロックの集合体をひと固まり、うまく取りはずすことができた。

ちょうど人間一人の体が通過するくらいの穴が、トンネルの天井にぽっかりと開いた。電車がやってくると、すさまじい轟音と突風が自分の立つ狭い空間内に噴きあげてきて、手を伸ばせば触れるくらいの眼下を、電車の黒く汚れた屋根が、猛然と走り過ぎていく。パンタグラフはもっと身近を、さかんに火花をあげながら去っていった。金属性の摩擦音が耳に残り、恐怖が湧くような眺めだった。

まさしくこの瞬間、殺人計画は自分に訪れた。人の死ぬ家、この家を使って娘と妻の仇、憎い正木幸一を葬りさる完全犯罪の計画だった。

トンネルに一応蓋をし、自分は上にあがって正木に手紙を書いた。内容は、娘と自分の暮らしたこの家に、代わって君が住んで欲しいというものだった。自分はもう、娘の思い出がこもるこの家には、一刻だって暮らしていたくない。即刻出ていくが、宏美が遺言で、この家を君に譲って欲しいと言っていた。残りのローンを引き継ぐだけという条件で君に譲るから、すぐにも住んで欲しいと書いた。

すると正木から即刻電話があり、この餌に、彼はすぐに食いついてきた。宏美の悔やみを巧みに述べ、これまでの無沙汰を丁重に詫び、借りたお金は必ず返済する旨を殊勝に述べていた。それは山手の家という財産欲しさの、彼の名演技だった。自分はもうさすがにこれにはだまされなかった。今は返すお金がないから待って欲しいという正木に、それはかまわない、いつでもいいと自分は言った。金などは後でいい、すぐに死んで欲しいというのが私の望みなのだ。

娘の遺言だから、とにかくここにすぐ住んで欲しい、娘は、それで君と一体化ができると信じている、そう私は言った。正木の新しい恋人の存在にわれわれが勘づいていたこととか、宏美がその点を怨んで死んでいったことなど、自分はおくびにも出さなかった。

正木は礼を言い、すぐにも越してきたいと言った。まさしく計算通りだった。あの計算高い男が、山手の家の資産価値に関心をしめさないはずもない。

自分は続いて、義弟の渡瀬和弘に連絡をとった。自分の計画を話すと、彼も全面協力をすると言った。

実行の時は来た。自分はこれからこの家を正木に譲り、自分は出て、安ホテルでも泊まり歩いて暮らすつもりだ。そして、条件の整った最初の夜、すみやかに正木幸一を殺す。妻がぶら下がったと同じ鴨居に吊す。

その後どうするかは、まだ考えていない。何も考えられない。こまごましたややこしいことは、もう自分の脳が考えようとしないのだ。ただはっきりしていることは、自分は正木幸一を殺す。そして自分の計画は完全だから、これは必ず成功するということだ。その後どうなるか、それは、神のみぞ知っている。

了

BVLGARI

パラマウントのスタジオは、
ハリウッドの南部、
メルローズアヴェニューにあった。

もう少し正確に書くと、
メルローズアヴェニューと
サンタモニカブールヴァード、
ガウワーストリートと
ヴァンネスアヴェニューという
四本の道路に囲まれた一ブロックが、
すべてパラマウント・ピクチャーの
敷地である。

ガウワーストリートに立つと、
北側の正面に、
例のHOLLYWOODの
白い文字が貼りついた山肌が見えた。

「水晶のピラミッド」

172-173

メルローズアヴェニューとの交差点の角に、「ラグコレクション」と壁に書かれた縞模様のビルがあった。その前の舗道に、毛糸の帽子を被り、地味なコートを着た眼鏡の女性が立ち、自作の詩集を売っていた。黒いビニール袋に入れた詩集の束を寒そうに抱え、爪先立ったり、踵を降ろしたりしていた。

「自作の詩を買って下さいませんか」

私たちが通りかかると、彼女はアル中に特有のだみ声で続けた。

「十ドル、私の詩は素敵ですよ」

彼女は続けた。私たちは聞こえないふりで、横断歩道を渡ろうとした。

「だってレオナ松崎の『アイーダ'87』にも採用されたのよ」

驚いて振り向くと、眼鏡を鼻の上にずらしてレオナが笑っていた。

「遅かったのね、詩集が三冊も売れたわよ」

眼鏡を戻しながらレオナが言った。

「水晶のピラミッド」

TTRESS DISCOUNTERS
SS DISCOUNT
NOW OPEN

ロールスロイスのシルヴァーシャドウが車寄せに滑り込んできて、後部座席のドアがホテルマンによって開かれ、中からシルヴァーフォックスのロングコートをはおったレオナが現われたらしい。優雅な物腰で、左脚から先に石畳の上に降り立つのが、私のところから豆粒のように望めた。

盛大な拍手と、報道関係者のストロボがしきりに光る。満面に笑みを浮かべているらしいレオナが、マ・メイゾン・ソフィテルの玄関までの、短い距離を歩いていく。道の左右は大スターの顔を一目見ようとつめかけた関係者やファンで鈴なりである。

私と御手洗も、人垣のずっと後方にいた。御手洗の嫌うパーティの夜で、彼は明らかに退屈していたが、観念したとみえて、皮肉な微笑を浮かべながらもおとなしくファンの人波の中で拍手をしていた。

「水晶のピラミッド」

ロールスロイス
シルヴァーシャ
車寄せに
滑り込んできて

皮肉な微笑を浮かべながらも
おとなしくファンの人波の中で
拍手をしていた。

陽気な長い散歩だった。

急な坂をあがり、サンセットブールヴァードを横切り、
私たち四人組は、
さらにミラードライヴと書かれた坂道をあがっていった。
雨はすっかりあがり、ＬＡの街が次第に眼下にひらけはじめた。
レオナの家は、高台にあるのだ。

緑が多く、周囲はまるで森だった。

家並が、次第に金持ちのものらしくなってくる。アイヴォリィの石塀、丸い門明り、パームトゥリー、植え込みの間から、寒々と水がはられたプールも覗ける。その水面には、しゃれた庭園灯の光線が白く映じているのだ。坂道に人通りはなく、往きかう車も一台もない。あたりには植物の良い香りがして、ヴュウモントドライヴと書かれた道は、私たちのパーティのための貸し切りのようだった。

「水晶のピラミッド」

砂に足が入ると、
私たちの歩みは速度が落ちた。
低い粗末な木の柵の横を抜け、
夏のシーズンのための見張り塔の下を歩いて、
私たちは黙って波うち際に向かった。
周囲にまったく人の姿はなく、
海べりには風があり、
それが海から街の方角に向かって吹くので、
砂の表面にわずかな砂粒の流れができている。
さらさらと移動して、
絶えず私のくるぶしに当たった。

波うち際が近づいた頃、
ふと右手を見ると、
夕べ歩いたサンタモニカのピアが彼方に望めた。
観覧車は金色に輝き、
昔母がしていた、ゴールドのリングを思わせた。
私はいっときこれを眺めた。
すると目をそらすことができなくなった。
それは思いがけないほどの美しさを持ち、
私は神の啓示のように感じてこれを見た。
ヨーロッパの北の果てから、
私はあの光るリングのようにレオナを見てきた。

「さらば遠い輝き」

一枚の写真から

●第一回●

昭和二十九年、「プレジデント・ウィルソン号の応接室で」

これは、高校時代に作った自分のアルバムの写真を接写したもので、昭和二十九年の撮影とある。横浜の大桟橋に入ってきたプレジデント・ウィルソン号を家族で見物にいって、船内の応接室で記念撮影をしたものらしい。らしいというのは当人にまったく記憶がないからで、写真の脇に船名の記載がなければ、撮影場所がどこであるのか死ぬまで解らなかったところだ。今回、この雑誌のための仕事をしていて、プレジデント・ウィルソン号の名前が登場したので、アメリカの友人に見せるために接写していた写真の内、この一枚を思い出した。

海外旅行を語る当時の文献によれば、このプレジデント・ウィルソン号という船は、「太平洋の女王」として日本庶民に憧れられた存在だったらしい。海外旅行といえば船、船旅といえばこのウィルソン号か氷川丸だった。この船旅に誘うキャッチ・コピーは、文献によれば以下のようなものである。

「今こそは宿望叶へ経済的で愉快な海の旅をしませう！　楽しい食事！　栄養風味満点の料理をお腹一杯頂けます！」

終戦から、飛行機主流の時代が来るまでの十数年間、日本人がアメリカに行くといえばまずこの船を利用したと考えてよかった。日本駐留の米軍人の家族が日本にやってくるのも、駐留米軍人と恋愛して、結婚のためにアメリカに渡る日本女性が乗る船も、日本人留学生が志を抱いて太平洋を渡った船も、大半がこれだった。

戦後の太平洋航路の象徴のようなこの船は、昭和二十三年の建造、私と同い年で、総トン数一万五千四百五十六トン、長さ六百九フィート、アメリカが太平洋戦争中に計画した軍隊輸送船P―2型標準船の船殻を流用し、しかし上部構造物は最初から客船用として設計建造して白く塗られ、非常に美しい印象であったらしい。

昭和二十九年といえば私は六歳で、広島県の福山という街に暮らす祖父と祖母に預けられていた。父親は上京して官庁勤めをしていたが、この当時両親夫婦は、目黒区の第六中学校そばの家に暮らしていた。この家が狭すぎたから祖父母に預けられたか、それとも祖父母が私を離さなかったかしたのであろう。父はもよりの学芸大学駅から東横線で終点の桜木町駅まで行き、そこから徒歩で横浜税関に通勤していた。現在ならおそらく関内か、

一枚の写真から

・第一回・

「昭和二十九年、プレジデント・ウィルソン号の応接室で」

石川町下車となるところであろうが、当時根岸線はまだ開通していなかった。

この写真の年、私は祖母に連れられて両親の顔を見に上京したものと思われる。母親はこの時まだ二十七歳であったから、私にとっては歳の離れた姉のような存在だった。この上京の際に記憶していることはひとつきりで、それは残念ながら太平洋の女王についてではなく、六中のグラウンドでキャッチボールをしていた男の子たちの会話だった。窓からこの大声を聞きながら祖母が、「まあなんときれいな言葉遣いをするもんじゃろう、あれならめったに喧嘩にはならんな」と私に語ったことである。それから彼女は、私に向かって何度か彼らの口真似をした。これに暗示的なものを感じて、今にいたるも妙に記憶に残っている。

この年の様子についてを母親に電話で尋ねたり、当時の文献を調べたりして解ったことがある。当時この船が日本でブームになっていたことだ。理由はこの年の前年、昭和二十八年三月三十日、英国の女王エリザベス二世の戴冠式に、天皇陛下の名代で出席された皇太子、すなわち現天皇が、この船でアメリカに向かったからであった。見送りのために横浜に集まった群衆の数は五十万人、空前のできごとだった。当初は日本船をということで氷川丸に白羽の矢が立ったらしいが、スケジュールの折合いがつかず、ウィルソン号となった。以来この船の名は、日本中に轟くことになった。

祖母と私が上京した時、この船がちょうど横浜に来ていた。なかなか見られない有名船でもあるし、このおりに父が横浜の税関にいたので、手続きさえすれば中が見られるという話から、それでは見学をしようという話になったものらしい。

一家は六中そばから学芸大学駅まで歩き、東横線で桜木町駅まで行き、さらに徒歩で大桟橋まで行ったと思われる。そうして桟橋周辺のどこかで父と待ち合わせたのではあるまいか。経済的に豊かでなかったから、中華街にくり出して昼食を食べたような記憶はないと母は言う。

この時父は税関の同僚をともなってきていて、彼が船内まで同行してくれた。この写真のシャッターも彼が押してくれたものらしい。この同僚はなかなか顔だちのいい男だったと母は言うが、名前の方は憶えていない。父にいたっては、ウィルソン号に見学に入ったことも記憶していない。役所業務の内容の方が印象が強いのであろう。

中央手前に蝶ネクタイのお洒落服で立っている子供が私、向かって左側にいるのが育ててくれた祖母、背後が父、右が母で、母の膝に抱かれているのがこの年まだ一歳の弟である。この弟は、これから十六年ののちにオートバイ事故で死ぬことになる。

船に関して、私の方は先述した通り記憶はほとんどなく、生まれてはじめてアコーディオン・カーテンを見たなという印象がせいぜいひとつきりだが、それも案外この写真を見てのちに作ったものかもしれない。

一枚の写真から

・第一回・

昭和二十九年、「プレジデント・ウィルソン号の応接室で」

母は、とんでもなく豪華とは感じなかったが、船内にエレヴェーターがあったこと、この写真の部屋に大きな南洋植物の花がいけてあり、そういうものをこれまで見たことがなかったので驚いたと言った。

父のコメントは聞けなかったが、代わりに父が書いた「戦後史の私の歩み」と題する文章が手に入った。わずかではあるがこの写真のことにも触れてあり、ほかに貴重な情報を含んでいるので、以下で大半を引用してみる。

～戦後史の私の歩み～

島田千秋

昭和二十年八月十五日終戦となったが、わが部隊は、武器・弾薬を米軍に引き渡したり、馬具や衣料品などを県に引き渡したり、折悪しく大水害があって八本松あたりの鉄道と道路がずたずたになって、それの復旧作業を行ったりで、結局、名誉ある歩兵第十一連隊が解散したのは昭和二十年十一月三日（当時は明治節）であった。

全員集合して連隊旗を焼却して解散したのだが、兵たちは蜘蛛の子を散らすように忽ちいなくなり、将校たちは一様にしばし感慨にふけり、立ち去りがたかったのを憶えている。

そして故郷の広島県山県郡芸北町大暮へ帰ったのであるが、海軍に行っていた兄はすでに帰郷しており、母を囲んで一家三人、久方ぶりに無事を祝いあった。

当時の学生は、兵役期間を就学期間と見做されていたので、私はすでに広島高等学校を卒業して、九州大学法文学部経済学科に籍が移っていた。

故郷の生家は稲作農家で現金収入があまりなく、勉学を続けるべきか否か思い悩んだが、結局、母の勧めもあり、卒業できなくてもよい、行けるところまで行こうと決心して九大生活を始めた。

経済学の勉強は面白く、家庭教師をしながら何とか過ぎていって、残り一年弱というところで思いがけなく養子に行くことになり、金の心配はいらなくなった。

昭和二十三年三月、大学を卒業して福山市の養家に帰り、山陽染工という会社に就職した。

その年に、従来の高文試験に代わる第一回目の国家公務員上級職資格試験が行われたので、受験してみたら合格した。

そのうち、戦後新設された労働省だったか厚生省だったかの採用試験の通知が来たが、いろいろ考えたあげく、結局行かなかった。

しかし暫く経って大蔵省から補欠で数名採用するから、希望があれば出願受験せよとの通知があり、これには大いに心動かされ、自信はなかったが出願受験したら合格採用され

一枚の写真から

●第一回●

昭和二十九年、「プレジデント・ウィルソン号の応接室で」

た。ただし、入省と同時に当分の間、横浜税関に出向することという条件が付いていた。

養家の父母および妻の同意を得て山陽染工を退社し、二十四年四月からだったと思うが、横浜税関に勤務することにした。

その頃は税関庁舎を米軍が使用していたので、税関事務は山下公園の東、山下橋東詰め南側の仮庁舎で行っていた。

税関では監視部で三〜四年、業務部で三〜四年、計七〜八年勤務して大蔵本省に呼び返された。

横浜税関時代にもいろいろな思い出があるが、特に印象深く思い出すのは、輸出入事務進行管理センターが創設され、その初代の室長を拝命したことである。

当時の役所は、事務の能率化とか、民間へのサービス精神とかの心がけはきわめて乏しかったと思うのだが、横浜税関も例外ではなく、特に輸入申告書は多くのセクションの審査を経由するので進行が遅く、かつ、申告書がどのセクションにあるのかはいちいち聞いて廻らなければ解らない状態であったから、関連業者は常に頭を痛めていた。

これではいけないということで、日本能率協会といったと思うが、民間の専門会社の協力を得て種々検討し、申告書の進行管理のシステムを創りあげたのである。

できてしまえばまことに簡単なことで、経由セクションの数だけミシン線を入れた進行管理カードを作って申告書ごとに添付し、セクション通過ごとにカードの該当小片を切り離して管理センターに回送し、管理センターで申告書ごとの進行を刻々整理し、進行が異常に遅いものがあれば理由を調べ、所要の処置をとるというシステムであった。

このシステムによって、管理センターに聞けば申告書が今どのセクションにあるのかすぐ解るし、輸入申告書の流れもずいぶんと速くなって、通関業者から大変感謝され、わりと誇らしい思い出になっている。

このシステム改革に関しては、小文を起草し、協力してくれた日本能率協会の月刊誌に横浜税関業務部長名で発表した。この月刊誌は大切に持っていたのだが、いつの間にかなくなってしまった。

この頃、プレジデント・ウィルソン号内で家族と撮った写真があるのだが、残念ながらこれに関しては特別の記憶がない。たぶん監視部勤務の頃ではないかと思うが、特別の見学会とかではなく、たまたま客船が入港したので、手続きをしてみなで見学したのだと思う。

大蔵省では、主税局税関部業務課で三～四年勤務したのち、税関部統計課輸出入一般統計係長を拝命した。

ここでまた二年ばかり勤務したが、福山の父の病院入退院もあり、父業であった福山電業（株）を引き継ぐため、昭和三十七年一月末をもって大蔵省を退職し、一家を挙げて福

一枚の写真から

●第一回●

昭和二十九年、「プレジデント・ウィルソン号の応接室で」

山へ帰ってきた。

大蔵省、税関部業務課勤務中のことだが、駐留米軍の善意というか、好意というか、アメリカ人は良い心をしているなあと感心したことがあるので少し記しておきたい。それは、日本の自動車産業保護のための乗用車輸入制限政策に対して、米軍が全面的に協力してくれたことである。

当時、乗用車の輸入には関税と物品税とで百％前後の税がかけられていたと思うが、税など問題でなく、デラックスな外車に乗ることは経営者のステイタス・シンボルのひとつともなっていて、国産の普通乗用車の製作販売は非常に困難な状況であった。

これではいけないということで、乗用車の輸入には外貨を割り当てないことにして、正規の輸入は止まってしまったのだが、これを補うように、駐留軍の軍人軍属が、私物の乗用車を国内で日本人に譲り渡す事例がどんどん増えてきて、これがひとつの輸入ルートになってきたのである。

そもそも駐留軍の軍人軍属が私物を輸入する場合には、軍用貨物に準ずる扱いになっていたので、それが乗用車であろうともフリーで輸入できた。はじめは駐留勤務を終わった米兵たちが、帰国するにあたって私物の車をアメリカに持って帰っても仕方がないから、日本人に譲り渡して帰るというのが慣例だったと思うが、だんだんにそれが立派な輸入ルートになってしまった。駐留軍の軍人軍属に対して、直接輸入を禁止することは絶対にできない。どうすればよいのか、関係各省は頭を痛めた。

結局、これはすでに日本の関税線を通過していて、輸入は終わっているけれども、自動車の場合は登録しなければならないから、この時に百%捕捉できる。だから日本人に譲り渡す時を輸入と見做して、そこで輸入制限の法令を適用することにしようということになり、「関税法等の臨時特例法」を作ることになった。

法律案としては簡単なものであったが、駐留米軍が日本の窮状をきわめて好意的に理解してくれたそうで、この法律の円滑な施行に全面的に協力してくれ、おかげで軍人軍属ルートの輸入が完全に止まったのは感激であり、米軍そしてアメリカ人、素晴らしいなあと心から感謝した。

日本自動車産業の目覚ましい発展のかげに、細やかではあるが、こんなこともあったのである。

そう聞けば、父の歴史はよく日本の歴史であり、このような省庁の努力もあって日本車は現在強力な存在に育ち、ここLAのフリーウェイではアメリカ車を圧倒している。海外旅行に船を使う人はいなくなり、横浜はさびれたが、今また「みなとみらい」で甦りつつある。

一枚の写真から

●第一回●

昭和二十九年、「プレジデント・ウィルソン号の応接室で」

プレジデント・ウィルソン号は昭和四十八年、一九七三年に太平洋の定期船を引退して、香港系の中国人船主、オリエント・オーヴァーシーズ・ライン（ＯＯＬ）に売却された。船名もオリエンタル・エムプレスと変わった。

ＯＯＬはそれなりに活躍をするが、時代が移って横浜港が、汚水処理機能を持たない船の入港を拒否するようになった。オリエンタル・エムプレスはこれに該当したので、もとプレジデント・ウィルソン号は、懐かしい横浜の大桟橋には近寄れないことになってしまった。

しかし日本人にとってこの船は郷愁を誘うものであったらしく、沖縄海洋博の時、ある日本の会社が栄光のウィルソン号をチャーターして、沖縄周遊のクルーズを企てた。しかしこの船は一般にはもう忘れられた存在になっていて、思うようには客が集まらず、この計画は失敗する。昭和五十年からは香港に係船されたと聞くが、以降の消息は解らない。

LA 日記 LOS ANGELES DIARY no.1

●ジーン・ブア・シアター

三月二十六日、日曜。

バーバンクにある「ジーン・ブア・フォー・ライフ・シアター」に、友人のロス・マッケンジーが主催している日英二語によるバイリンガル劇、「ジキル博士とハイド氏」の練習を観にいく。仕事を持っている人が多いので、練習は毎土日のみとなっている。

ロスはかつて「シアター・オブ・アーツ」という、ウィルシャー・ブールヴァードにある演劇学校の教師をしていた。ここは英語と演技の勉強にLAに来ている日本人俳優が多い学校だったし、彼は生徒に信頼されていたから、日本人俳優はすぐに集まる。

この芝居で彼は脚本を書き、演技指導を行い、そして俳優として英語版のジキル、日本語版のハイドを演じる。ここはちょっと説明が必要だが、この芝居は凝った趣向を持っていて、英語で演じる舞台と、日本語で演じる舞台とがある。英語の舞台では、主役のジキルは当然英語を話すが、ハイドになった瞬間から彼は日本語しかしゃべらなくなる。日本語の舞台の場合はこの逆で、ジキルも当初周囲と同様に日本語を話しているが、内なるハイドが目覚めた瞬間、英語しか話さなくなる。

日本にしばらく行っていたロスと久しぶりに再会してみたら、可愛い日本人の奥さんを連れて戻ってきていた。田島京子さんといって、日本では冬季オリンピックの通訳までやっていた語学力抜群の女性だった。

以前日本でやった、ロスの芝居のオーディションに応募してきたのが彼女だったそうで、ロスはひと目惚れ、以来二人三脚でバイリンガル劇をやってきた。ロスが書いた脚本を、彼女が日本語に訳す。だからこのところ二作の彼の芝居の日本語部分は、彼女の筆になっている。そう、それで思い出したが、彼ら夫妻は、ぼくの小説を近く英訳作業に入ってくれることになっている。そしてロスは、いつかぼくの小説を脚本化し、舞台にあげたいとも言ってくれている。

ともかく日本人の奥さんができたのだから、ロスもさぞかし日本語がうまくなっているだろうと期待した。というのも以前東京から神戸の彼に電話したら、「こんにちは」くらいは言っていたからだ。ところがまるきり話さないから、いたくがっかりした。よくあることだが、奥さんにあまり語学力があると、外国語は上達しない。

もっともこれはアメリカ人全般の傾向で、英語圏以外の者はたいてい二カ国語をやることになるが、英米人だけは、世界中どこに行っても英語で

●ロス・マッケンジー

●「ジキル博士とハイド氏」のポスター

ことが足りてしまうから、英語しか話さないで生涯を終わる。ま、ともかくそういう事情だから、英語劇の際のハイド役、日本語劇の際のジキル役は、日本人をたてなくてはならないのだ。

ジーン・ビュアは、バーバンクのマグノリア・ブールヴァード三四三五の交差点に、ごく小じんまりと建つ劇場だった。バーバンクは市の財政が裕福な街で、それはかつてここにB—29などを造る航空機産業とか、各種軍需産業があったせいだ。光文社、カッパノベルスの竹内衣子副編集長から、戦争集結前、B—29が近所の桜上水の畑の中に落ち、長いこと放置されていたから自転車で見にいった。厚い窓ガラスのかけらを拾ってきてコンクリートの上でこすったら、飴に似た甘い匂いがした、というような思い出話を聞いたことを思い出した。B—29を造った街で、今日米人の俳優によってバイリンガル劇の練習が行われている。意義があることだ。

しかしこんなこともある。ロスのこの劇団の名称は「ジャパニーズ・アメリカン・プレイヤーズ」という。「日系アメリカ人劇団」だ。この頭文字《アクロナム》が「J・A・P」となるので、ポスターなどにそう書いたら、夫婦に脅迫めいた電話がかかってきた。もともとはただ「日本野郎」といった程度の意味だったのだが、大戦中非常に否定的、侮蔑的に遣われたので、こんなひどい言葉は絶対に避けるべきであり、そして遣いたがる者は迫害されるべきである、と強い信念を抱いている日系米人は土地に多い。戦争の傷痕は、五十年以上も経った今でもこちらではまだ生乾きで、そういうこちらの現状、また土地の悲劇的な歴史についてなどは、おいおいにお話していきたい。

練習風景は、シアター・オブ・アーツの授業風景のようだった。ほんの百席ほどの小じんまりした劇場で、その通路までを使って、ロスは立体的な仕掛けを考えているようだった。ハリウッドのあるLAは、演技者の水準が高く、特に日本人においてその傾向があるので、これはなかなか楽しみな舞台となりそうだ。

久しぶりに会い、夫妻と食事をした時、ロスがプログラムに何か文章を書いてくれと言った。君は日本の有名作家だから、それをスポンサーに見せたらきっとマネージメントがやりやすくなると思う、だからあさってくらいまでに頼むと無理を言うから、アメリカに住んでいる日本人は、ぼくの名前なんか知らないのだがなと思いながら書いた。君は作家だから、文章は長めの方がありがたい、そうすれば客たちは、幕が開くまで君の文章を読んで待っていられる、などと言うので長めに書いた。それを京子さんが英訳し、ロスが筆を加

●「ジキル博士とハイド氏」の練習風景
集合写真の中央、テーブルについているのが彼の奥さん

えた英訳文が、間もなくEメイルされてきた。ロスの意図が洞察してもらえると思うので、ご参考までにこの両方をご紹介しておこうか。

この時、何故「ジキルとハイド」を今回の芝居の対象に選んだのかと訊いたら、驚くような告白があった。ヴェトナム戦争の頃、彼はひどい絶望感に支配され、ドラッグに溺れていた。その時、自殺をしようと企ててピストルを手に取り、頭を撃とうとしたのだが、その前に、感じを知りたいと思ってまず腿を撃った。気づくと救急車の中にいたが、あの時自分は、自らの内なるハイドを知り、このストーリーの意味を理解した。以来この物語が、彼の頭から離れないのだという。

この日彼は、「最後の銃弾《ザ・ラスト・ブレット》」という日豪合作映画のヴィデオのコピーをくれた。玉置浩二氏主演の太平洋戦争もので、太平洋のある島で一人生き残った日本兵玉置と、これを包囲する連合国側兵士たちとの話で、最後の最後、玉置の歩兵銃には弾

Jeckyll & Hyde —dedicated to Ross Mackenzie

My friend, Ross Mackenzie, is an artist who shows very little interests in contemporary plays. He would rather select a classic bottle from the wine cellar; wait until the wine matures, and then offer it to his guests. This time, his choice is the famous "Dr. Jeckyll & Mr. Hyde."

He has been in touch with the heartbeat of the world and its progress with his favorite Japanese colleagues. In my opinion, the "Jeckyll & Hyde" syndrome can be seen in every aspect of society.
This is the structure of the world, which is an unconscious everyday phenomenon. Right brain and left brain, right wing and left wing, attack and reconciliation, destruction of environment and civilization, physical strength and intelligence, armed forces and national assemblies, punishment and forgiveness. These are seen in times of war and peace , but the trouble is, things don't improve if we don't dare to wake up the Hyde in ourselves. Change is an inevitable part of progress. If all our ancestors had been harmless Jeckylls, we would still be living in caves somewhere on the West Coast of Africa, dressed in straw skirts and using animal bones as hammers.

Therefore, when we see the Hyde in us, we should communicate with him. Keep talking to him until he loses his power over our thinking and our choices. Don't be afraid of Hyde's energy but use it for constructive purposes. If we can't control Hyde, we can't control Jeckyll, therefore, we lose our effectiveness as human beings. Reading Ross's thought-out and well-written script, I thought of the Vietnam War. That was precisely when America's evil self, Hyde, woke up; destroyed the environment in Asia, and wrought havoc on the independence of Vietnam. It was a very dangerous moment in America's "Jeckyll & Hyde" history, a moment in which our friend America survived.

ジキルとハイド——ロス・マッケンジー氏に

島田荘司

ぼくの友人ロス・マッケンジーは、新しい戯曲にあまり興味を示さない作家だ。いつも古典になった作品を使って、ぼくたちに何かを語りかける。すっぱい水がワインに変わるのを待ってから、乾杯しようと誘うのだ。今回彼が選んだ特選ワインは、高名な「ジキルとハイド」。

彼はいつも大好きな日本人たちと一緒に、世界の内蔵と、その行く末を見ている。以下はぼくの意見だが、この世界は、なんと「ジキルとハイド」に満ちていることか。これはわれわれの世界の構造であり、最大の秘密だ。右脳と左脳、右翼と左翼、攻撃と融和、環境破壊と文明の前進、腕力と知性、軍隊と議会、罰することと許すこと、これはたいてい戦争の決断と平和の維持なのだが、困ったことには、自分の内なるハイドを呼び醒まさなくては、事態はたいてい変化しないということだ。進歩もまた、変化の一部分なのだ。ぼくたちが、誰も傷つけない安全なジキルでい続けたなら、今もアフリカ西海岸のどこかの洞窟で、腰みのをつけ、死んだ動物の骨をハンマーにして暮らしていただろう。

だから必要なことは、自分の内側にハイドを発見したら、徹底して会話をすることなのだろう。会話して会話して、ハイドを説得する。そして彼の強いエネルギーだけを活用する。ハイドを制御できなければ双方が滅ぶ。結局ジキルも死んでしまうのだ。今回のロスの、よく考えられた、すぐれた脚本を読んでいて、ぼくはヴェトナム戦争を思い出した。アジアの環境を破壊し、他国の民の独立を妨害して、あれこそはアメリカのハイドが目を醒ました瞬間だった。ずいぶん危なかったけれど、ハイドが滅ぼされなくてよかった。アメリカという友達が生き延びたのだから。

丸が一発だけとなる。しかし彼は、これを敵にも自分にも使わず、地雷を踏みそうになる土地の幼い女の子を助けるため、地雷を撃つことに使う。そんなヒューマンな話だった。これを観て、ぼくは日本人に対するロスの友情が本物と信じた。

六〇年代のアメリカは、演劇青年に自殺を考えさせるほどにひどい時代だった。そういうアメリカ人の思いが、この芝居には諧謔とともによく込められている。かつて神戸の震災の時、彼はたまたま神戸にいて芝居をしていた。そこでこの収益金を、彼はすべて神戸市に寄付してきた。今回、この芝居の収益金も彼は、LAの日系アメリカ人博物館にすべて寄付するという。

この夜は、アカデミー賞の授与式の夜だった。しかし友人のトミー・ナイトと、そのガールフレンドのキャロル・クロガーが久しぶりに会おうと言うから、ビヴァリー・ブールヴァードにある彼のアパートに出かけた。

トミーはニューヨーク生まれで、ザ・ドアーズのメンバーと同じUCLAの映画学科を出ている。学生時代に作った実験映画を観せてもらったこともあるが、出演している彼が、がりがりに痩せていたからびっくりした。

そう、痩せているといえばキャロルも今は痩せているが、かつては肥満していたのだという。アメリカは美容技術が進んでいるから、日本では考えられないようなことが起こる。体重百キロの女性が、一年後に針金のように痩せていたり、その逆があったりする。

トミーはかつて、歌手としてラスヴェガスのアイドル・スターだったことがある。自分のLPを作っていて、他人のために書いた曲のレコードもいくつも持っている。今でもカントリー・ラップというジャンルのシンガー・ソングライターで、LAのあちこちで歌っている。

ところが先年、ラスヴェガスで暮らしていたお父さんが亡くなり、車椅子生活のお母さんが一人とり残された。就職していない彼は、ラスヴェガスに行って、お母さんの世話をすることになった。生きているうちは、お父さんがこれをしていたのだ。食事の世話をし、一日中車椅子を押すのはなかなか大変な仕事らしい。すぐにLAに戻ってくるようなことを言っていたが、もう半年以上も行ききりになってしまった。

その間キャロルは一人、LAでリアルエステイト・エイジェント（不動産仲買業）の仕事をしている。この仕事は収入が多く、彼女はパーク・ラ・ブレアという有名な高級アパートに住んで、各種楽器やレコーディングの機材も持っている。彼女もまたシンガー・ソングライターで、きれいなラヴ・ソングをたくさん書く。トミーはいつも彼女のアパートに入り浸っていて、ここで作曲や、デモ・テープ作りをしている。

トミーとは電話だけになってしまって寂しいだろうから、君もラスヴェガスに行く考えはないのと以前キャロルに言ったら、口に指を突っ込んで、ゲーと吐く真似をした。

ともかくこの夜、トミーが久しぶりにLAに来たので、ちょっと食事でもしようという話になった。翌日にはもう帰らなくてはならない。車椅子で高齢のお母さんがトミーを離さないから、今度LAに来られるのはいつのことになるか解らない。

久しぶりに会ったトミーは、看護のストレスのせいか、また少し太っていた。ラスヴェガスでの今の暮らしを教えて欲しいと言ったら、ひどいものだよと言った。朝八時頃起きたら、母親が怒鳴るんだよ、何て？　と訊くと、お腹がすいたって。それでぼくはパスタなんかを作る。車椅子を押して表を歩いて、街のレストランに行くこともある。そんな生活が、夜の十一時まで続くんだよ。

何かミステリーはないかいと訊くと、あったと言う。お父さんが死んで二、三日経ったある日、リヴィング・ルームのランプが突然お母さんに向かってともったんだ。あれはお父さんの霊のしわざだと思うと言う。

ギターを弾いて、新作を歌って聴かせてくれた。でも忙しいせいかあんまり増えてはいない。彼の部屋は、以前世界中から集めたアクセサリー、人形、カード、がらくたの類があって、それが好きだったのだが、久しぶりに行ってみると、すっかりかたづけられて小ぎれいになっている。一緒にしばらくアカデミー賞の授与式をテレビで観て、それからすぐ、近所のエル・コヨーテというメキシカン・レストランに食事にいこうという話になった。

廊下に出たら、そうだこのドア、ジャック・ルビーのシスターが住んでいるんだぜとトミーが、近くのドアを指さして教えてくれる。かつてケネディ大統領がダラスで暗殺され、その犯人とされたリー・ハーベイ・オズワルトは、何も話す前にジャック・ルビーというJFKの信奉者に射殺され、真相は不明となった。そのルビーのシスターがLAの、それも友人のアパートに住んでいたとは驚きだ。シスターというのは、姉なのか妹なのかと問うと、それは知らないと言う。みなの噂で知った。もう高齢だし、自分は直接は話したことないとトミーは言う。それでドアの写真を撮った。

かつてヴェトナム戦争の時代、チャールズ・マンソン事件というものがこの土地であった。これは神がかったマンソンの指示で、信者が女優のシャロン・テート宅に押し入り、彼女を惨殺した事件だが、遭難の直前、シャロンが最後に夕食をとったのがこのレストランだった。

●キャロルとトミー

けれどエル・コヨーテの駐車場を歩いていたら、そうだソウジ、オールド・スパゲティ・ファクトリィに行かないかと彼が言った。彼は、このレストランがLAで一番好きなのだという。今ならまだ間に合うからと言うので、すぐにサンセット・ブールヴァードに直行した。

オールド・スパゲティ・ファクトリィは、店頭の構えがずいぶん大きく、中も広いレストランだった。何度も前を通っていたが、入ったのははじめてだ。店内には電車が一両置かれていて、この中にも席がある。予約なしなら、普段は待たされるところだが、アカデミーの夜だったからすいていて、すぐにすわれた。

●トミーの父の死を知らせる母からの手紙

このシェフお勧めスパゲティというのがいい。これならこのスパゲティ各種の中から二種類を選んで、盛り合わせで食べられるんだ、彼はメニューを見ながら教えてくれる。いつかソウジと一緒にここに来たかったんだと彼は言う。いつも思うことだが、彼にせよ、アメリカ人はどうしてこんなにいい人なのだろうと感心する。もちろん今は、たとえば編集者諸氏など日本の友人たちも、みんな性格のよい立派な人たちだが、こういった人たちとの関係は、みんな作家になってから作ったものだ。無名の頃日本人と、こんなに腹臓心なく、陽気で、誠意的な関係が築けたことは一度もない。英語が気分をハイにするということもあるが、どんなに気分が沈んだ時でも、アメリカ人に会えばたちまち楽しくなってしまう。むろんこれはいいことばかりではない。こんな毎日が続けば、辛気臭い文章書きなど嫌になる。小説を書くためには、あの意地悪という正義心が絶えず相手にあり、腹にいちもつもあり、やっかみ感情がたちまち顔を出しそうで、こっちはというと自己卑下の提出量をいつも推しはかる、あの日本の日常環境は悪いものではない。

　今日は、ロスという友達の芝居の練習を観てきたんだと言った。そして、太平洋戦争の傷痕を考えていた時だったから、お父さんについてトミーに尋ねた。というのは、彼のお父さんが亡くなった時、訃報を知らせる印刷された手紙がお母さんからきた。これには、夫は息子のトミーを誇りにしていたという言葉と、トミーのお父さんの軍服姿のハンサムな写真が付いていた。これは日本ではまず考えられないことなので、あの軍服姿は、太平洋戦争従軍時のものなのかと訊いた。

　そうだよ、とトミーは応えた。戦争はヨーロッパかと訊くと、太平洋だというから、じゃあ相手は日本軍だったんじゃないかいと言った。「最後の銃弾」の舞台の話になってきて、こりゃあ少しまずいかなと思いながらぼくは尋ねた。うん、戦場はオーストラリアか、ニュージーランドだったかしたらしいけど、行ってみたら兵隊が多すぎて、サインしたら別の戦場に廻されて、待たされて、一発も弾丸を撃たないで国に帰ってこられたんだとトミーは言った。びっくり仰天した。アメリカとのわが初戦は、あの悲惨な二万人玉砕のガダルカナルだから、それが本当なら、アメリカ側はまたずいぶんとのんびりしていたわけだ。戦力余裕の差か。日本側の年配者の話とはえらい違いだった。しかしトミーは、あるいはぼくに配慮して、そんな話にしたのかもしれない。

　トミーのお父さんもシンガーだったのよ、とキャロルが言った。カントリー・ミュージック?と訊くと、うんそんな感じねと言う。ラヴソングもたくさんあって、そのうちの何曲かは母親に捧げられたものだとトミーは言う。これもまた、日本ではまず聞くことのできない話だ。トミーは、父親とバンドを組んで演奏したこともあると言った。

　ラスヴェガスに来てよ、お父さんの写真がいっぱいあるから、君に見せたいと言う。近く行くよと言った。ラスヴェガスにはもう二、三年も行っていない。大きく変わったよと彼らは言う。ニューヨーク・ニューヨークなんてホテルはすごいよと言う。その裏には大きなジェット・コースターもあるんだ。

　でも最近一番の人気スポットは近郊の砂漠で、ここに最近UFOが着陸したんだって話題になっている。「エリア52」といって、みんなよく見物にいっているよと言う。その途中の電話ボックスが大変に有名になってしまって、みんなそこで記念撮影をするんだ。今度案内するよ、いつ来る?と問う。できるだけ早いうちに、とぼくは応える。

　このスパゲティ・レストラン、きっとローリング・ストーンズも食事にきたと思うよ、とトミーは言った。どうしてと訊くと、この斜め前の録音スタジオで、彼らはレコーディングしたんだものと言う。ふうん、とぼくは言った。LAやラスヴェガスでの彼の行動範囲には、新しい名所がいっぱいだ。

四月二日、日曜日。

四月一日土曜日の深夜、正確には翌二日日曜日の早朝、午前二時に、アメリカは夏時間に切り替わる。日本で言うところの、いわゆる「サマー・タイム」だ。

アメリカに来る前、この「サマー・タイム」というものの意図をまったく誤解していた。というより、「サマー・タイム」とは何のことか、本当のところよく解っていなかった。どうしてこんな面倒なことをするのか、はたまた何故日本では行われないのか。自分を敷衍して、日本人にこんなに理解されていない欧米の制度も珍しいので、ちょっと話のタネに、今からこのイヴェントについて解説をしてみたいと思う。

ぼくがこの名前をはじめて聞いたのは子供の頃で、終戦直後日本でも、米軍の指導で試験的に「サンマータイム」なるものが施行されたことがあったが、国情に合わないからすぐ取りやめになったという話を、たぶん親から聞いた。

日本の人口に広く膾炙されるうち、発音がいつのまにか馴染みのある「秋刀魚《さんま》」になってしまって、それ自体大きな誤解だが、この発音に引きずられて、ぼくもまた夏に秋刀魚を焼く時の心得か何かかと思っていた。何でまたそれを、おせっかいにも米軍が指導するのかと、子供心にも不思議に思ったものだ。

だんだん英語が解ってくると、これは秋刀魚じゃなくて夏のサマーらしいと見当がつく。夏になると日が長くなるから、時間を一時間前にずらすということらしい。そう解ってくると、今度は自分の夏休みを思い出して、朝の涼しいうちにせいぜい仕事をこなそうということなのだなと見当をつけたりした。夏休み前には、担任の先生によくそう言われたものだ。

これでいったん解ったようなつもりになったが、しかし考えてみれば子供は暑い午後には昼寝でもしてしまえばいいが、親父たちはいくら朝に働いたところで、最も暑い午後二時にもやっぱり仕事である。冬の二時が一時に呼び名が変わっても、二時の暑さは変わらない。十二時半になったら家に帰れるわけじゃないのだから、朝から働いても同じことだと気づき、また解らなくなった。それに、陽が長くなったから時間をいじるというなら、一時間遅らせたっていい理屈だ。そうしたら朝寝もでき、冬と同じ時間に日が暮れて気分の混乱もない。

次に考えたのは、一日を長く使おうということか、という推察だ。夏になると日没が遅くなる。たとえば冬の間は午後の六時に日が暮れていたものが、夏になると七時まで明るい。これが一時間前倒しになっているのだから、この七時は八時であって、夜八時まで表は明るいという理屈になる。これなら八時まで表で遊べることになるから、ああこいつは便利だと納得した。

まあ結論から言えば、この理解ならだいたい正しい。「サマー・タイム」の発想は、こちらでの呼び名を知れば、原理はすぐに了解される。アメリカではこの制度を「サマー・タイム」とは呼ばない。こちらに来て、「サマー・タイム」とアメリカ人に言ったら通じなかったので、ずいぶんびっくりした。どうやらこれは英語ではない。

ちょっと余談にそれるが、大事なことだと思うから話してみる。この手の、通じない和製英語がなんと多いことか。こっちで赤恥をかくかなりの部分がそれだ。幸いパン屋でパンとシュークリームを要求し、鍋と靴墨をもらって帰った経験はないが、カタカナ表記だったから、これは当然英語だろうと胸を張って口にしてみると全然通じない、といったことはしょっちゅうである。どうして英語をストレートに日本に入れなかったのかと毎度首をかしげる。現状では、事態がただややこしくなっているだけだ。

例を挙げるときりがないし、重要なものをうまく思いつけるか自信はないが、たわむれにやってみる。頭髪お手入れの「リンス」、この言葉はこっちではただ「洗い流す」という意味の動詞で、シャンプーのあと髪に付けるあの美容乳液の意味はない。あれは「コンディショナー」だ。「クレンザー」、これも鍋洗い専用洗剤のことではなく、髪の洗い剤の呼び名としても使う。

　シャープ・ペンシル、ガソリン・スタンド、ボール・ペンという和製英語はもう割合知られたと思うが、「ビデオ・デッキ」、これも駄目、これは「VCR」で、語源までをきちんと言うなら「ヴィデオ・カセット・レコーダー」。「トランス」も駄目で、これは「ヴォルテイジ・チェンジャー」。「コンセント」もまったく駄目、「アウトレット」。「電子レンジ」も変で、そのまま直訳して「マイクロ・レンジ」などといっても通じない。「マイクロ・ウェイヴ・オブン」だ。

「ガウン」と「ロウブ」は、日本での使われ方はさかさまだ。日本で言う、パジャマのうえにはおるあの部屋着は、「ガウン」ではなくて「ロウブ」である。「ガウン」というのは、法廷で裁判官が頭からかぶる黒衣とか、結婚式のウェディング・ドレスのことであったりする。むろん貫頭着とは限らず、前や後ろが開いていて、ボタンも付いているもの。

「マンション」、これも駄目。これはこちらではお城のような土地付きプール付きゴルフ場付き、一戸建て大邸宅のことで、日本で言う集合住宅は、どんなに高級なものであってもただ「アパートメント」である。「ルーズ・リーフ」とか、先年まで大流行の「ルーズ・ソックス」も、「ソックス、失いなさい！」と怒っているようで面白く、正しくはそれぞれ「ルース・リーフ」、「ルース・ソックス」である。「クローズ・アップ」も「クロース・アップ」であろう。

　最近ではインターネットの（これは大丈夫）の「ホーム・ページ」、これが駄目。「ウェブ・サイト」である。「スマート」は頭の良い人のことで、痩せた人のことではなく、「グラマー」は魅力的であって、胸が大きい女性に限らない。「コンプレックス」といえば複雑のことで、劣等感とは無関係だ。

　こんなことを延々と述べていると、またしても説教と間違えられるが、ぼくは英語の授業だの、教養主義なんぞとは何の関係もない人間である。死刑問題よりも、陪審制復活よりも、こっちの注意提言が急務かもしれないと時々思う。「通じない英語」という本などどうだろう。

　以前日本人は、外国に出ることさえなかったものだから、自分で外国語をしゃべることなど考えもしなかったのだろうが、今はもう違う。こういちいち言葉が変わって入っては、いたずらに意思が通じにくくなるだけだ。観光旅行の際にも困るばかりであろう。英語は別に高級な言語というわけでもないし、せめてコンピューターの用語など、これから入れるものくらいは正しく入れたいものだ。

　ただし「サマー・タイム」については、これは正確には「米語ではない」と言うべきで、欧州では一部遣われていると聞く。ではアメリカ人はこれをどう呼ぶかというと、「デイライト・セイヴィング・タイム」と言う。読んで字のごとく、「陽光を節約する」時間制度といった感じである。

　せっかく早くから陽が射しているのだし、眠っていないでこれを活用しようという感じだ。だから、夕刻の陽光よりも、まずは朝日に発想の重心がある。たとえば冬の間、六時に夜が明けるとする。これの三十分後に起きて仕事を始める人がいるとしたら、午前五時に夜が明ける季節になったら、やはりその三十分後に起きて仕事をしたらいい。そうならこの時刻をやっぱり六時半にしてしまえばいい、そんな感じである。

　これにより、さらにどんなことが起こるかと言えば、すでに述べたように、日没が遅くなってさらに日が長くなる。女性の帰宅は日のあるうちとなり、レイプ犯罪の件数が減る。子供は長く表で遊べ、学生スポーツ選手も長く練習ができるから、アメリカ全体のプレーの水準があがる、とまあそんなようなことも、おそらくはあるのだろうが、要は何より消費電力量の削減だ。今便宜的に、アメリカ国民の大多数が午前零時に眠っていると仮定し、夏の日没時刻を午後七時とすると、各家庭が電灯をともしている時間は五時間となる。しかし時計を一時間前に進め、七時を八時としてしまえば、照明の点灯時間は四時間となり、電力消費は一時間節約される計算になる。要するにこの一時間分の電力節約が、「デイライト・セイヴィング・タイム」の最大の目的である。この一時間で、火力発電所で消費される石油の量は節約され、大気を汚す排煙は減少する、というわけだ。

こちらにいて、エネルギー資源の節約が叫ばれる時代でもあることだから、日本でもデイライト・セイヴィング・タイムをやった方がよいと思うようになった。日本にいた時、日本には欧米と違ってこれをやれない日の出、日の入りの時刻の大きな相違とか、気象条件等があるものかと想像していたが、こっちで暮らすようになって、それは全然ないと知った。少なくともLAの場合、日の出や日没の時刻的な条件はまったく同じで、したがってこっちにできて日本にできない理由は、自然条件的には何もない。

日本でこれができない理由は、全然別のところにある。いくつもあるが、それはたとえばこんなことだ。こっちにいて、日本の、特に都会は、早起きができにくい環境だと痛感するようになった。こっちの勤め人は、けっこう早起きである。朝釣りをしたり、ジョギングをしたりしてのち出勤する人も多い。そして退社時間にはさっさと帰る。以前自動車を買いにディーラーに行っていた時、セールスマンが、午後三時になるとディーラーから姿を消すので困ったことがある。彼らは早くに出社するが、さっさと退社して家庭サーヴィスをする。こういうことを許す空気がこちらの社内にはあるのだ。あまり会社でぐずぐずし、妻を放置して離婚されたら大金がかかる、といった事情は社長からヒラまで同じ、よって勤勉競争が起きず、残業強制力も現れない。

誰も残業など強制はしていないと、今なら日本の会社も言うかもしれない。しかしこういうさっさとした動きは、わが社会ではなんとはなく愛社精神に欠けて映り、減点対象となるようではばかられる、そういう情緒性がわが現実ではあるまいか。遅くに帰宅し、妻に不倫される危険はみな平等にあって欲しい、といった仲間意識も、まったくないとはいえない。

しかし最大の元凶はテレビだ。アメリカのテレビは世界一面白いとよく言われるし、それは事実だが、アメリカのケーブルTVの面白さは、要するにアメリカ映画の面白さで、クラシックから最新版までの貴重な映像ソースが、垂れ流すように放映されているということである。この観賞に没頭すれば、それは朝まで退屈もしないが、しかしそんなものはヴィデオ屋に行けば手に入る。だから、さっさとVCRを切って眠ることもまたできるのだ。

ところが日本のヴァラエティ番組とか深夜番組は、村社会に独特の濃密で猥雑な吸引力を持っていて、しかも翌日出社したコミュニティでこの内容が話題になるから、見ておかないと遅れる。また、ハマれば実際面白いのであろう。だからみんなスウィッチが切れず、会社業務と同じだらだら観賞となり、わがサラリーマンの平均睡眠時間は五時間から四時間と減少して、これがかつて列島を揺るがせたゴルフ場での過労死の原因ともなっていた。この上にデイライト・セイヴィングまでやった日には、冗談でなく、四月には大量の死者が出るであろう。

四月、どんなことが市民に起こるかというと、四月の第一日曜日早朝と、十月の最終日曜日の早朝に、家庭内の時計を一時間進めたり、また遅らせたりする必要が生じるということである。

四月二日の日曜日にアメリカで起こることを具

体的に述べると、二日に日にちが変わった一時間後の午前二時、いきなり一時間時間が飛んで三時になるということである。午前一時五十九分五十九秒の一秒のちに三時が来る、そういうことである。だから市民のやることは、土曜日の夜、眠る前に家中の時計と腕時計の針を一時間ほど進めておく、そういうことだ。逆にいえばただそれだけのことで、格別むずかしいことではないが、翌朝は睡眠不足で眠い。

十月の最終日曜日の早朝にはこの逆をやる。家中の時計を一時間遅らせておいて眠る。これは確か、二時五十九分五十九秒の一秒のちにはもう一度二時が来たと思う。この日はサラリーマンは朝寝ができる。一時間ほどよけいにベッドの中でぐずぐずしていてよいのだから、しばらくは至福の時期の到来といえる。

テレビなど観ていると、アナウンサーがさかんに今夜は時計を一時間進めて眠りましょうと言うから、まず失敗することはないが、こちらにきた当時は事情を知らないから、待ち合わせの一時間前に行ってしまって延々と待ちぼうけを食ったりした。逆だったら大変に失礼となる。サラリーマンなら大口取引を逃すことにもなりかねない。

年に二回のこの時間調整の日は、混乱が少ないように、日曜日の早朝に行う。だから四月と十月と、毎年月は決まっているが、日にちを決めることはできない。四月の最初の日曜日と、十月の最終日曜日であるが、これらの日にちは毎年違うからだ。

なお公平を期すために述べておくと、時計を一時間進めたり遅らせたりが、市民にとって面倒な作業であることはあきらかだ。だからアメリカ人も、大喜びでこれをやっているわけではない。こんな制度は早くやめて欲しいと不平を言う友人もいる。キャロル・クロガーなどはその口で、日本にはこれはないと言うと、それが本当よと言う。

個人的な意見を言うと、これは前からそう思っているのだが、「デイライト・セイヴィング」発想の当否以前に、石油が枯渇する二十一世紀には、どこの国もこの方法を考えざるを得なくなると思う。しかし全世界の人間に、一人の洩れもなく、年二回家の時計と自分の腕時計の針をいじれというのは無理だ。これはいずれ日本あたりが中心になって、夏時間冬時間に自動的に切り替わる時計を作るべきだろう。それもある日曜日に突然一時間ではなく、日照時間の変化に応じる自然でゆるやかな変化が合理的だ。江戸時代までの日本の時間はそうだった。夜が明ければ明け六つ、暮れれば暮れ六つというのは、それなりに合理的な時間発想だったといえる。もっともそうなると、夏の実質的な労働時間は増すことになってしまうが。

日本に英語教師として住んだ経験のあるデイヴィッド・ストロムという友人は、これは男性だが、この制度をよいものと考えていて、かつて日本にいた時どうして日本ではデイライト・セイヴィングをやらないのかと日本人の上司に訊いたそうだ。すると、「ファーマーがコンフューズするからだ」という答えが返ってきたそうである。

まあ日本人にとっては、時間とは四季と同じく天から授かる「固定したもの」という観念が根強い。日本人の労働は、昔から上から強制されてやるものであったし、この点を疑ったり反抗したりすることは死を意味した。身分制度も、尊敬や服従といった感覚も、人間の作ったルールではなく、天から定められた宿命と信じたい傾向が強かった。お上もまたそう信じさせて人民を管理した。民はよらしむべし、知らしむべからず、恐れ多くも天が定めた時間を、人間ごときがみだりに動かしては、管理体制もまた揺らぐ心配が大きかったのであろう。日本でデイライト・セイヴィングがやれない理由は、案外こっちの方が大きい。

UNIQUE RESTAURANT
LOS ANGELES no.1

LAのユニークレストラン紹介

欣園素菜館

608 N. Atlantic Blvd.
Monterey Park, CA 91754

世界から動物と魚貝が死滅した日

ロスアンジェルスには、いろいろとユニークなレストランがある。LAは、幕末の横浜関内の巨大版で、世界中からあらゆる文化が上陸し、関東平野ほどある街の各地にコミュニティを形成している。それは彼ら自身の生活の場でもあるから、それぞれピュアな本物だ。

したがってこの都市にいるなら、飛行機に乗らなくても、車を一時間ばかり走らせるだけで各国のピュアな文化に接することができる。簡単に体験できるそのピュアな文化とは、食だ。

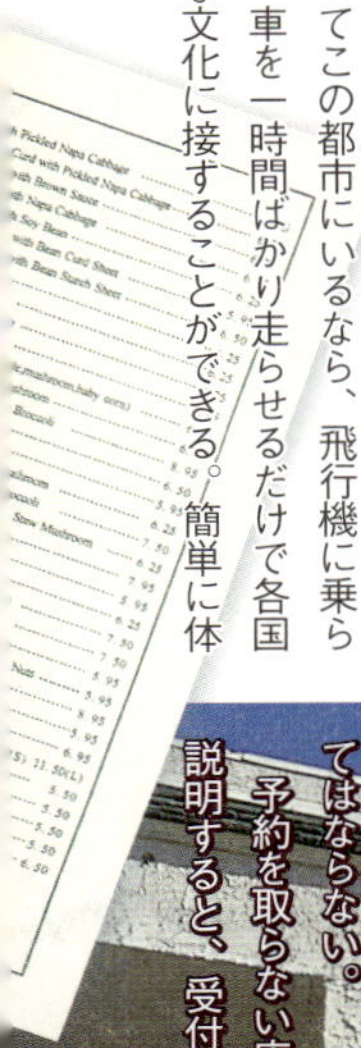

華僑の生命力を反映して、中華街は世界中の都市にある。辺境の地にも、中華街はなくても中華レストランはある。北欧にいても、ドイツの田舎街にいても、南フランスにいても、中華料理にありつくのに困ることはなかった。ここLAは、ダウンタウンの東にあるチャイナ・タウンが有名だが、最近もうひとつの中華街が勃興してきた。モントレー・パークである。

サンタモニカから、それともダウンタウンから、十号フリーウェイに乗って十分ばかり東に向かう。アトランティック・ブールヴァードで降りて右折南に百メートルばかり走ると、左側に「欣園素菜館」という中華レストランが見える。味もそっけもない外観。ただのアパートのようだ。しかしランチもやっていて、値段も安いから、毎日お昼時には順番を待つ中国人たちが表まであふれている。したがって、かなり待たされることを覚悟しなくてはならない。

予約を取らない店の、LA流の順番待ち方法を説明すると、受付の女の子の前にぬっと立つと「何人？」と訊かれるから、人数を言う。彼女はウエイティング・リストに書き込み、番号を書いたカードをくれる。その人数用のテーブルがあいたら、数字で呼ばれる。順番になるとヴァイブレーションが起こるペイジャーを貸すレストランもある。

ぼくは食に関してはどん欲でないので、LAにこんな中華レストランがあることを最近まで知らなかった。しかし変わったもの、ユニークなものには強い興味がある。優先順位は下がるが、食べ

物だってそうだ。このレストランはまことに変わっていて、ぼくが知る限りではこういう発想の食べ物に、日本では接したことがない。

　ここは徹底した菜食主義者のためのレストランである。肉は当然、ハムやソーセージのかけらも駄目というのはもちろんとして、魚も海老も食べないという、狂的なくらいに筋金が入ったヴェジタリアンのための店だ。

　ところが、メニューを見てびっくり、「ディープ・フライド・ハウス・チキン」、「クン・パオ・チキン」、「フィッシュ・ウィズ・ホット・ビーン・ソース」、「シュリンプ（海老）・ウィズ・カシュウナッツ」、「スライスト・ソーセージ・ウィズ・ブラック・ビーン」、「シャークス・フィン・ウィズ・ヴェジタブル」、「ポーク・スクウィッド（イカ）・ブロッコリ」、「ディープ・フライド・リブ（胸肉）・ウィズ・スウィート・サワー・ソース」、ｅｔｃ、ｅｔｃ。

　鶏肉、魚、ソーセージ、フカヒレ、豚肉、イカ、胸肉、脂肪。蛋白質のオンパレード、とても菜食主義者の食卓には見えない。自分の目で確かめようととってみると、まさしく鶏肉や豚肉がやってくる。フライド・チキンも、カシュウナッツの間に見えている海老も、ソーセージも豚肉も、まごうことなく本物だ。ところが、食べて見るとびっくり、これらはすべて野菜で作ったニセ物なのである。

　フライド・チキンは実はマッシュルーム、クン・パオ・チキンは小麦粉のグルテン、ポークは小麦粉、胸肉はタロ芋、ソーセージも海老も魚もフカヒレも、なんらかの穀物を使って本物そっくりに作ってある。

　マッシュルームのフライド・チキンは、これは絶品だ。本物そっくりの味で、しかも本物よりおいしい。これは店一番の傑作だろう。ただ、ではそれ以外のディッシュはと言うと、たとえば小麦粉製のポークなどは、正直なところ本物のような腰、歯応えはない。だから率直に言って、実物よりは味が落ちる。だがそういう評価ができるのは本物を知るからで、本物と永遠に決別してしまった人たちにとっては、これが肉と魚の味だ。世界から、動物と魚貝が死滅した日の食卓である。

　視覚でだまし、穀物をたっぷり食べさせる店。この発想とクリエィティヴィティに感心する。これもまた、四千年の中国食文化の所産。ここまで徹底して魚肉のニセ物を作りだす遊び心と執着心には頭が下がる。肉を食べたくない人にはむろんお勧めだし、日本にもあっていいレストランだ。

　真剣な顔でジョークを考える、しかも凝り性の中国人ならではのヴェジタリアン・フード。二〇〇一年、ＳＦ未来の旅。ランチ・タイムなら、二人で行ってたっぷり食べても二十ドルかからない。

組曲「龍臥亭事件」【1】

◆大島美智子さんのこと——

島田荘司

大島美智子さんは、桐朋音大のピアノ科を卒業された秀才で、数年前から小説の読者だと言ってくださり、ぼくは光栄を感じていた。その頃からシューマンやショパン、ドビュッシィの曲を演奏したカセット・テープをいただいていて、その素直でしかし高度な演奏スタイルの、ぼくはファンになっていた。

これは定番のお世辞のように取られると困るのだが、ぼくはクラシック音楽のファンで、特にピアノ曲が好きである。しかしあまりに綺羅星のごとき偉大な才能たちがひしめくジャンルなので、現代のピアノ家たちは、偉人たちの仕事を記録した譜面を繰り返し練習したり、憧えたりすることしか許されていない。これは絵画とか文

●組曲「龍臥亭事件」

学など、ほかの芸術ジャンルのありようと比較すれば異常なことだ。そこで演奏の技術だけは異様に磨かれるが、玉がゆるやかな坂を転がるような自然さは否定され、多くの名演奏でさえ、軽業師の強引な力業を随所に見せられるような不自然な気分が、個人的にはだが、することが多かった。しかし大島さんのものには、それがまったくなかった。ゆったりした曲はゆったり、突進する曲は一定の情熱で突進していた。各作曲者たちが自分で演奏したとしても、きっと大島さんのように弾くだろうとぼくは思った。

そうしていたら昨年、突然大島さんが、ぼくの「龍臥亭事件」を読み、作曲をしたといってテープを送ってくださった。何曲もの小曲が組み合わさってできた、三十分近い大作組曲だったが、これがみんな実に奇麗な曲が並んでいたから驚き、嬉しかった。そして、大島さんが演奏家としてだけではなく、作曲家としても非凡な能力を持つ人だと知った。

彼女には音楽家として大成していただきたいと思うから、何か協力できることはないかと考えていたら、ちょうどこの雑誌を作ることになったので、組曲「龍臥亭事件」から一号について二曲ずつ、譜面を載せることを考えた。CDにして付けられたらもっとよかったのだろうが、もし幸いにしてこのページが好評を博するなら、将来的にはインターネットを通じて聴いていただく方法もとれるかもしれない。

読者のみなさんの中には、きっとピアノをやっていらっしゃる方もおられるだろうから、ひまなおり、楽譜を見てちょっと弾いてみていただけたらと思う。以上の文が型通りのお世辞でないことは、じきに解っていただけるはずだ。

◆組曲「龍臥亭事件」を奏でて――大島美智子

～はじめに～

この本のタイトルを初めて目にしたとき、私は文字通り旅館で起きる殺人事件のミステリーだろうと、想像していました。そのため、読み始めてからも、早く龍臥亭がでてきてくれないかしらと、半ばやきもきした気分でいました。そのため、今にして思えば、その間に異常に想像力がたくましくなっていたようです。

主人公たちの、貝繁村に到着したときの心細さが私に乗り移ってしまったかのように、私の中にも、とても大きな不安が生まれ、そんな不安を抱えたまま、物語にのめり込んでいたら、自然に、というか、いつのまにか「イントロ」のメロディーが誕生していたのです。

そして、この組曲全体には、やはり、貝繁村の風景が基本になっていることを感じてくだされば光栄です。読めば読むほど、この村に対する興味は膨らみ、一人の追いつめられた男性が、残虐な大量殺人を犯してその後自殺までしてしまう。その過程の精神的な重みはあまりに凄まじく、私は読んでいて一瞬周囲の空気が通常の空気でないように感じました。その30トンはあろうかと思える、描かれた世界の重みに、これ以上耐えられないと感じたとき、ふと曲が私の心のなかに流れてきたのです。最後は、黙禱するような気持ちを抱きながら、平和をテーマに創らせていただきました。

1 イントロ――星明かりの龍臥亭

龍臥亭――それは漆黒の闇の中からいきなり姿を現した、黄泉の国の宮殿だと石岡さんも言っていますが、このイントロでは、旅館そのものが人に語りかけているイメージを、特に左手（伴奏）で表現してみました。長い歴史を刻み、様々な人間模様が繰り広げられている場面を黙って見守ってきた旅館――しかしそこには、旅館そのものの謎があります。村の人々しかわからない深く根を張った因縁を背負い、黄金色のきらびやかな外観とは裏腹に、ひたすら過去の恐ろしさを抱えてきた宮殿は、人間に何を教え諭そうとしているのでしょうか。

伴奏のずっと同じ部分は、石岡さんと二宮佳代さんが足を棒にして歩いたけだるさを表していると受けとっていただければと思います。頭がぼぉーっとしている中で、なんだか知らないけれども、立派で素敵な宮殿に遭遇してしまった。その館を見ていると、なにやらそれ自身が、黄金の光を放ちながら、長い歴史を語りかけてくる。その部分は、お聞きの通り、右手が受け持つきらきらした音色で表現してみました。

そして3回目のモチーフ（出だしのところのメロディー）で、石岡さんは、黄金のなかに、黄金色の着物を着た人形のように美しい女性を見つけます。もうこのあたりから、龍臥亭の因縁は誘導されていたのではないでしょうか。満天の星屑の下で、これから噴火を始めようとする龍は、このイントロの中では、半音、装飾音、そして時に、人を不安な気分にさせる不協和音として登場します。

2 田園の村をわたる風

このパートは、あの信じがたい、龍臥亭の火事と、美少女殺人事件があった翌日から始まります。昨夜の惨事がうそのような気持ちよさだと石岡さんも言っていますが、そんな霧雨の中の湿った朝の空気、植物や花壇の花の甘い香りを想像していただけたら、光栄です。

右手のリズミックなところは、都会では見られない、広くて心和ませる田園風景の中、静かに雨がおちている、澄んだ空気を表してみました。そしてこの霧雨の降る中、物語は旅館の人たちとの会話、そして、警察官らとの嘲笑されながらのやりとりが続きます。しかし、事件は五里霧中といったところで、誰も訳が分からないまま、時間だけが過ぎてゆきます。

途中、道が開けるような部分がありますが、そこは手放しで喜んでいる場面でも何でもなくて、そう、石岡さんと佳代さんが死体の手首を掘るために行った、桜の樹の下のところを表しているのです。桜って、とても奇麗ですが、ゾッとするような怖さを感じたことってありませんか。私は経験しています。あの無数の奇麗な花びらに囲まれていると、途端に体中が冷えてくるのを。どういう訳か、桜の樹の下には死体がつきもので、ここでも佳代さんがみつけてしまいます。当然、石岡さんは不気味がり、彼女の正体を疑います。東京から二人で岡山県まで出向き、龍臥亭へ到着した途端に、火事、琴の演奏家の殺人事件、桜の樹の下の手首、とくれば、二宮佳代にとりついている悪霊のせいだと誰しも思いますよね。島田先生は、淡々とこの恐ろしい出来事を表現していらっしゃるので、自然、私のほうも、怖さを秘めた、しかしあまりおどろおどろした雰囲気ではないものに仕上がりました。

※この後に続く楽譜は、頁が逆順となっています。

II　田園の村をわたる風

3

〜 3 〜

組曲「龍臥亭事件」

I　星明かりの龍臥亭

〜１〜

216

Soji Shimada from Los Angeles

日本学の勧め

- 宗教と軍事力
- 対外軍事力急整備の時代
- 日本型特殊性と司法
- 陪審制復活への提言
- O・J・シンプソンのケース

第1回

二十一世紀に向け、日本人は変わる必要がある。新しい日本人とは、陽気で、他者に嫉妬をせず、他人、特に目下の者に優しく、威圧行為に関わらず、威張ることをせず、陰口、嘲笑発想を持たず、しかし強く、怯えることをしない東洋人のことである。

現在、司法制度改革審議会が内閣内に設置され、日本の司法制度の改善が検討されている。二十一世紀に向けた新しい日本人のありようが考えられ、国際視野に照らした際のわが特殊性のうち、好ましくない部分は徐々に改善されるべきと、昨今は国民間にも了解されてきている。わが司法もこれを受け、二十一世紀の日本社会における司法の果たす役割を明らかにし、より国民が利用しやすい、開かれた司法となるべく体質改善をしようという試みである。

基本精神は、より国民が親しめる、敷居の高くない司法のありようの模索であるから、敷居が高くなった理由が考えられなくてはならない。同じく敷居の高い場所に警察があるが、このところ問題になっているように、敷居が高いところにいる自覚がゆえ、ここには驕りが現れ、ゆえに怠惰も生じるが、これを指摘されれば隠蔽に隠蔽を重ねることが秩序維持上の分別と発想されて、反省という概念が構造的に現れない。

この種の道徳がわが社会の核であり、すみずみまでを充たして、今日のわれわれの暮らしを息苦しくしている。しかしわが尊敬の美徳や、教育の方法とこれは深く結びついているため、改善の方法が見つからない。こういうことがわが特殊性である。これはどこから来たものか。これを解体し、より暮らしやすい、平等で陽気な新時代を築くためには、そのよってきたる場所を摑む必要がある。

日本学の勧め ●第1回

宗教と軍事力
対外軍事力急整備の時代
日本型特殊性と司法
陪審制復活への提言
O・J・シンプソンのケース

以下で、筆者のとらえる日本社会の改善すべき特殊性と、それが誘導された歴史について、開国以降からたどりながら簡単に説明してみる。

宗教と軍事力

日本社会の特殊性は、宗教と軍事力との特殊な関係性が導いたものである。軍事力と宗教の、上か下かのつばぜり合いがわが歴史といえる。

日本の軍事力にとって最重要の宗教を最初に示しておけば、これは神道と儒教ということになる。そしてまったく別の意味あいでキリスト教、この三つである。上代には神道が、後代には儒教の教えるところが日本社会の為政者の利益と結び、日本人の美点を作ると同時に、威圧、威張り、頑な面子重視、意図的な意地悪、目的に応じた適宜の正義ストーリー構築と、これの自己暗示体質といった欠点も刷り込んだ。

後代になって入ってきたキリスト教は、日本の軍事力にとっては不倶戴天の天敵である。自分より上位に立とうとしたからだが、この強力な宗教の侵入のため、わが軍事力は大量殺戮を行った後、国を閉ざすことにまでなってしまう。

欧州には早くからキリスト教があり、この宗教が軍事政権ローマの横暴と、それゆえのキリスト処刑から発生しているために、以降の軍事力はこの轍を踏むことを避けてキリスト教会の下位にあまんじた。ためにキリスト教は軍、国王より上位に位置することになって軍事力は神の御腕となり、独走がうまく封じられたという事情がある。つまり欧州においては、つばぜり合いの決着は早々とついており、よって欧州において拷問虐殺を成す者は、独裁政権ではなく教会ということになった。

わが国においては事情が完全に異なる。わが歴史の上代は率直なところ細部が不明であって、そもそも日本列島を統一政治形態の対象として語れるか否かも疑問であるが、現在力を持つ仮説にしたがって推察を述べれば、その中心的一帯に対して、神道の原型的な宗教観が支配的であったといわれる。被疑者に対しては探湯《くがたち》などによる裁きを行い、確定者には刑罰を与えるのでなく、禊《みそ》ぎや祓いを通過して穢《けが》れを落とし、浄化再生するという方法が採られていた。

そこに天皇家の祖先が征服者として大陸から侵入し、日本列島西部を平定、軍事支配した。この時点の日本にはキリストのようなカリスマが存在せず、また大きな殉死事件も起こらなかったために、征服者はこの宗教の神話に自らを組み込み、規制を受ける以前に活用して、政治力を最も発揮しやすいかたちに体制を構築し、最上位への君臨を開始できたと考えられる。

征服者上陸の時点で、日本に神道以外にも道教、また儒教がすでに存在したことは考えられるが、神道が最も遺伝子操作をしやすく、儒教はもともと権力に迎合する体質を持ち、日本の道教は自らのファンタジーに閉じこもる体質を持っていたから、どれも以降列島を平定し、新秩序を作りだしていく軍事独裁型の政権に影響を与える存在ではなかった。

続いて国内に入る仏教も同様で、列島に流れ届くまでに川底の石のように角がとれており、軍事力の威圧にたいしても比較的従順で、他宗教を排斥する戦闘力も持たなかった。よってこれらはみな、時の軍事力の下位にあまんじた。

日本学の勧め ●第1回

宗教と軍事力

対外軍事力急整備の時代
日本型特殊性と司法
陪審制復活への提言
O・J・シンプソンのケース

時代が下り、聖徳太子という宗教的存在が有史以来の日本にはじめて現れ、これらの宗教観念を統一して、「和をもって貴しと成す」提案を行った。こうしてここに、「和の宗教」とでも呼ぶべき、日本に特有の折衷宗教が誕生する。以来日本人は、犯罪や罪に対しては神道の禊ぎや祓いによって穢れを落とし、軍人や上位者、家族への行儀に関しては儒教の教える処世訓を用い、詩や和歌、また街造りや物語発想には道教のファンタジーを参考とするが、全体としては話し合いを旨とし、和の精神を重要視する、独特の生活態度を得るにいたった。

そして戦乱の世が遠のき、天皇の軍事力が漸次縮小し、大陸の情勢も穏やかなものとなった平安時代、日本の政治中枢には神道式の精神が徹底浸透し、死穢《しえ》の忌避から、公家政府はついに軍事力の放棄、死刑の廃止を決断するにいたる。そして平和の実現には、清らかな言霊《ことだま》を有する歌詠みが奨励され、日本でもまた、宗教が軍事力の上位に位置する片鱗が見えはじめた。神道の宗教観から、原因不明の難病や精神病、祟りによると見える不幸は、死穢の弊害と知識階層によって認識され、長生きの秘訣は死穢の忌避が有効と信じられたからである。

ところが公家政府、朝廷の方法は極端にすぎた。海外の平穏な情勢もよくなかったし、言霊の威力は軍事力に匹敵するとした彼らの宗教観も悪く作用した。軍事力を完全放棄してまったく無防備となった中央政府は、新しい軍事力の台頭を招く完璧な準備となった。

穢れを恐れる公家政府だが、さすがにこのままでは現実的でないので、都の治安維持のため、検非《けび》違使《いし》というゴミ清掃と犯罪対処とを行う警察機構を置かざるを得ず、しかし彼らを直接統治すれば殺生の穢れが身に及ぶので、彼らを公務員とはせず、令外《りょうげ》の官、すなわち非合法戦闘員として遠くに捨て置いた。この対処が検非違使たちの不満を呼び、彼らを威圧的なアウトローにする。

公家の理想主義は間髪を入れず藤原氏の摂政政治につけいられ、私有地荘園が発生し、この警備のための新興武装勢力、武士の台頭を招いた。これが検非違使勢力と合体し、干渉する勢力がないまま、たちまち武士の時代が出現する。この勢力が軍事独裁政権を樹立し、将軍を頂上とした日本支配体制を構築して身分制度を敷き、行儀道徳のルールを整備して、警察、検察、司法力をも独占するかたちの新秩序を日本に作りだしていく。

すなわち今日の視線からするなら、軍隊と死刑を廃止した公家の理想主義は、殺生を生業とする職業人をコミュニティから隔離して、同族差別として世界に悪名高い被差別部落民を発生させただけでなく、武士集団という新興の武装勢力の独走をたやすくした罪がある。

こういう武士政権が、自己の利益から珍重した宗教が儒教であり、ここから派生させた、将軍を頂点とした礼儀道徳のピラミッドや、これを体現するための各種の行儀様式が、議論無用にして唯一のわが道徳として、以降の日本社会に定着した。儒教はもともと権力を整理、正当化する体質を持っており、こういう宗教をたまたま身近にした日本の軍事独裁政権は、欧州とは異なり、宗教もまた足下に置いて統治に活用する配下という理解になった。

こういう武家軍事独裁体制の完成後に、非常に遅れたかたちで日本に上陸してきたものがキリスト教である。これは先述した通り、神は将軍より上位に位置し、「和」たる人間の談合などにはさしたる意味あいはなく、よって将軍も含め、へりくだって神の意志に耳を傾けることこそが救済への早道と説くものであったから、宣教師たちは国の存続さえ危うくする言語道断の不敬罪者となって、多くの日本人信者たちとともに残虐な方法で死刑となった。その不行儀性は強烈にすぎ、ただの死刑で許される程度のものではなかったのである。

日本学の勧め ●第1回

宗教と軍事力
対外軍事力急整備の時代
日本型特殊性と司法
陪審制復活への提言
O・J・シンプソンのケース

こうする一方、国内的には儒教を量刑基準として武家男女の不義密通、また武家上位者への行儀を欠いた者への刑罰として死刑が横行し、下層階級者の強烈な怨念を蓄積していく。欧州キリスト教も同様の罪を犯したが、わが国においても強盗殺人、火付け、盗人、拐《かどわ》かしという以上に、キリスト信仰、不義密通、上位者への不敬、軍規違反などによってより多くの者が死刑にされた。

統率者の側からすれば、これらはすべて軍規違反であり、軍の戦闘力維持のために必要と判断された処断であった。すなわち軍事独裁政権にとって儒教とは、軍規律に限りなく重なるがゆえに珍重価値があり、キリスト教は最も危険な妨害因子であったから、全力をあげた排斥対象となった。独裁政権にとっては、一般大衆もまた最下層兵力という認識で、彼らを統治するために自らを崇拝対象とする宗教が必要であった。

上代には神道が、後代には儒教の教えるところが日本社会の為政者の利益と結び、日本人の美点を作ると同時に、威圧、威張り、頑なな面子重視、意図的な意地悪、目的に応じた適宜の正義ストーリー構築と、これの自己暗示体質といった欠点も刷り込んだ。

対外軍事力急整備の時代

徳川将軍の時代となり、戦乱の世が去って安定期に入ったため、儒教という法の発想はさらに押し進められ、秩序維持のための行政諸機構と、上位者への礼儀様式は、末端の民衆にいたるまで教育が届くようになる。この思想を背景にして、対犯罪処理機能を含む奉行所は、検非違使の時代からの伝統である、警察、検察、司法の一括運営をますます強固なものとして、互いをチェックし合う危険を消滅した。輸入された儒教は、この時期には姿を変えて国産のものとなっており、絶対君臨者たる上位者同士が争うことは教えず、万一争う場合は、この道徳観念を踏みはずした者への処罰行動であるべく諭していた。

軍事独裁政権の安定存続をはかるため、上位者への礼儀作法は細部まで完成し、泰平の世は存続の条件を整えた。しかしこれは同時に、この儀礼さえ守っていれば幕臣の怠惰が許されるということともなったから、この繁雑な儀礼が徳川幕府腐敗の一因ともなる。完璧に構築した秩序を、根底より揺るがす危険のあるキリスト教を根絶する意味合いで、幕府は二百二十年の鎖国に入るが、これが西欧先進諸国の情報不足を招いて、独裁軍事体制における肝心の軍事力が、関ヶ原合戦時代のままで停滞する。海軍力に関しては、後退ののち消滅する。しかし儒教上、賢人たる先祖の決定は絶対であるから、以後鎖国は、守るべき賢人の教えという理解になった。

一方欧米の航海技術は年々進歩して、幕末期には太平洋を自在に往来可能となっていた。日本近海が鯨の漁場であることが発見されると、段違いとなった軍事力を積んだ米軍艦が、食料、水、燃料の補給基地としての役割を要求して浦賀沖に現れ、軍事力を背景に、日本に開国を求めるにいたる。

しかし鎖国を通過した徳川幕府には、そもそも海軍がないのであるからこれを撃退する国防力はなく、しかし国内に対しては相変わらずの行儀要求を威圧によって行おうとしたから、下級武士や市民下層階級の積年の怨念が爆発して、身分制度撤廃と攘夷国防を合い言葉に、倒幕革命が成就する。

未曾有の国難を招いた責任をとらされるかたちで政権は交替したが、欧米の軍事力との較差、列島植民地化の危険と、外国への国民奴隷連行の恐怖は、新政府の眼前にも変わらずにあった。

これを回避撃退するためには、ごく短時間で国防軍事力を欧米列強レヴェルにまで急沸騰させること、これにつきた。その他はすべて後廻しでよいし、達成の方法が多少歪んだものであっても、安定が達成されてのちに修正すればよいことである。国民感情がさらにぎすぎすしようとも、国が滅んではもとも子もない。

不可能というまでのこの困難な任務が、薩長土肥の下級武士を中心とした明治新政府に課せられた格好だった。国防軍事の兵力は、職業軍人のみにたよる従来の伝統では国家間戦争の間尺に合わない。国民皆兵を行う必要があるが、その大半は未だ農民であり、産業は農業しかない。近代戦争を支える工業力が国内には皆無であった。

こういう困難な状況を短期間に改善し、欧米列強レヴェルの国防軍事力を早期に実現するために必要なものは、急速な列島工業化、農民兵士に凶暴なまでの戦意を獲得させること、そして膨大な軍事予算だった。しかし民衆は、侍の殺意と暴力に怯えて暮らす世が去り、平等と安定の新時代が到来したものと期待している。一方舵取りの者たちには、侍時代に倍する緊張した時代が予見されている。民衆を失望させることは必至であるが、そうしなくては国が滅ぶ。こういう困難な時代に、明治政府は「富国強兵」の一枚看板を頭上にかかげ、多大な無理、すなわちテロ殺害を含む威圧暴力の行使を決行することになった。「強兵」のこの強いストレスが、近代日本人の性質を深いところで決定した。

政府は農地に値段をつけ、担保価値を発生させて転売を許し、土地を担保に耕作機械を買わせることをもくろんだ。こうして工業化を急発進させる一方、国民を皆兵して、これをすべからく島原の乱のキリスト教徒軍と同等の自殺願望戦闘集団に高めるため、日常鍛練に殴打暴行を多用して、兵に怒りと絶望の気分を意図的に鬱積させることに努めた。他方では軽蔑していたキリスト教の唯一絶対神構造を真似、皇室系譜信仰を整備設計して、国内各地の神社を修復、国民はすべてこの宗教に強制入信させて神道式の儀礼を強制し、この信仰のために命を軽んじる美徳を徹底教育した。外部からの信仰の自由主張に対しては、これはわが国の伝統慣習の範疇であり、信仰ではないとする言い逃れを用意して、追及がきびしくなれば暴力テロで抑え込むこともした。すべてが急を要していたからである。

このような腕力国策選択の背景には、薩長土肥の若い下級武士たち自身の、幕末の闘争史が反映している。幕末、鳥羽伏見の戦い等に見るような、数で勝る幕府軍を打ち破る薩摩、長州の軍事力の陰には、幕府の禁を破り、欧米式の最新火器を外国商人から大量購入して薩長軍に供与した坂本龍馬の暗躍があり、この火器が、関ヶ原合戦時のままだった幕府の栄《は》えある軍備を圧倒したという事情はあったが、それ以上にこれを手にした下級武士、また農民町人兵の異様なまでの士気の高まりがあったことは見逃せない。

この秘密は彼らの身分にあった。坂本龍馬は土佐の「郷士」という下層武士階級の出身である。土佐藩の身分制度は独特で、武士階級は「上士」と「郷士」との二層に別れていた。土佐藩はそもそも関ヶ原の合戦で恩賞のあった掛川五万石の山内一豊が、土佐二十四万石に入国し、国主となったもの

日本学の勧め ●第１回

宗教と軍事力
対外軍事力急整備の時代
日本型特殊性と司法
陪審制復活への提言
O・J・シンプソンのケース

である。この山内氏と、その時彼が伴ってきた家臣たちの子孫が「上士」であり、関ヶ原で滅亡した地もと土佐、長宗我部氏の遺臣の子孫たちが「郷士」であった。徳川幕府の政策である「譜代」、「外様」の二区分を投影したこの儒教型の身分制度は、愚劣なまでに厳しく、「郷士」は永遠に藩の職制に就くことができず、細い道で「上士」に出遭えば「郷士」は道を譲り、この際礼儀が不足すれば殴る蹴るの暴行、時に斬り捨てられても文句は言えない立場であった。

龍馬が長崎で興した日本初の貿易会社「亀山社中」、のちの「海援隊」のもとに集まった者たちも、多くはこの階層の出身者だった。彼らは「上士」に日常的に下駄で顔を殴られ、「上士」が経済を牛耳るために衣食にもこと欠く赤貧の中、上士の殺意と暴力に怯える動物同然の暮らしをすごしてきていた。このため彼らは上層武士階級に狂的なまでの憤りを抱き、彼らと刺し違えて死ぬ場所を求めて生きていた。

幕末の京都を支配した「勤王の志士」の「佐幕派」へのテロと、これを取り締まらんとした「新撰組」を代表とする志士狩りのテロもまた、このような身分制度が下級武士に鬱積させた怨念を、内なる行動原理としている。

しかし対外的建前は違った。勤王派、佐幕派、互いに盲信する正義と正義のぶつかり合いは、その構造を解体すれば、結局天皇の異人嫌いに行き着くが、徳川幕府の弱体化にともない、天皇こそが儒教的身分制度の最上位に位している印象が日増しに強まってきたので、倒幕勢力は自己の正当化のために天皇を取り込み、この宗教理念を政治に利用しようと腐心した。

幕末の天皇は、はからずも軍事力を持たず、信仰力だけで最上位に君臨した欧米のキリスト教会にも似た存在となっていたが、この教祖が自分と同等、もしくは上位ともなりかねない危険を孕む、外

この革命軍が旧日本軍を育成する時、神道が埃を払って再び活用され、儒教が作りだした理不尽への怒りの力と、神道が作りだした殉死への願望が、指導者の意図通りに合体して、これが弱装軍備にもかかわらぬ旧軍の強さの秘密であった。

国勢力の国内侵入を生理的に嫌った。またここには、「穢れの忌避」という神道の宗教理念も介在していた。薩長を中心とする倒幕革命勢力は、天皇の異人嫌いを錦の御旗に攘夷を叫び、天皇の意志に反して開国しようとしている幕府側の武士を謀反人として、また外国人は夷狄《いてき》、穢れとして、正義の信念のもとに殺傷した。わが右翼テロのルーツは、このあたりにある。

一方幕府側も、これに異を唱える勢力を「安政の大獄」等で面子弾圧したので、勤王攘夷派勢力の正義観の火に、油を注ぐことになった。以降京都は、正義がぶつかり合う日本人同士の殺戮の舞台となり、この同士討ちは国力衰退につながるので、憂慮する勢力もあった。

幕府は外国勢力の実力を身近に見ていたので、開国を拒めば戦争となり、現在の国産軍事力では勝利はおぼつかないので、攘夷は空念仏と承知していた。黒船への敗戦は国土の植民地化を意味するので、開国は必然であり、しかし異人嫌いの天皇が開国に賛成するはずもないので、薩長は天皇を取り込んで開国の勅命を出させず、幕府が開国するのを待って、天皇の意志に反して開国した謀反人として倒幕の口実にするつもりでいた。幕府側にもこれは解っていたが、そのようにして起こる内乱は国

日本学の勧め ●第1回

宗教と軍事力
対外軍事力急整備の時代
日本型特殊性と司法
陪審制復活への提言
O・J・シンプソンのケース

力を衰退させ、やはり植民地化の引き金となるので、勅許を開国期限に間に合わせるべく奔走した。そしてこういう背後で、両派のテロは限りなく続いた。

天皇の意志に沿う者こそが正義とする発想はいわば建前であって、志士たちの殺意行動の情熱は、別所に由来していた。これは身分制度による長い理不尽な抑圧への怨念である。これを晴らし、愚劣な身分制度を撤廃することこそが彼らにとっての正義であり、一方儒教道徳の理想である身分制の秩序を長く維持し、反乱を力で抑え込んできたことこそが、上層武力の誇りであった。

長州で高杉晋作のもとに結集した「奇兵隊」もまた、身分制度に虐げられた農民町民の階層者たちで、彼らにあったものも侍階層に対する狂的な憤りと、それゆえの発狂に近い自殺願望であった。彼らは慢性的に激怒しており、無力な一般大衆は、身分制度撤廃を目指す彼ら自由の志士の暴力にも怯えることになった。「亀山社中」の社員もまた、白袴を制服にして長崎の街を闊歩し、しばしば粗暴なふるまいに及んだから、長崎市民は怯えていたという証言を、今も街で聞くことができる。

維新革命軍は、程度の差こそあれ、大半このような自殺志願者による軍勢であった。坂本、桂、西郷、大久保といった革命勢力の指導者たちは、虐げられた階層の、激昂ゆえの強烈な戦死願望を、憂国の危機感とともに巧みに活用したものといえる。そういう彼らが組織し、ついに育てあげた組織的大軍こそが、太平洋戦史にはなばなしい玉砕の歴史を刻むことになるわが日本軍であった。

ここには、日本国軍を激怒の自殺部隊「奇兵隊」に、また「海援隊」にと誘導したい、薩長革命指導者型の発想が反映している。そしてこの軍隊が日清、日露、そして二度の世界大戦を闘い、ついに無条件全面降伏で解体した時、この軍隊を育てあげたわが威圧の暴力構造を裁いて犯罪者を出し、社会主義者を勢いづかせて日本を赤化したくないというアメリカの政治意識、すなわち冷戦構造のはざまに事態が落ち込んで、軍国時代の下層階級への弾圧を犯罪とすることができず、ためにこの高効率の方法は、戦後の企業に引き継がれることが黙認されて、高度経済成長の裏面の秘密となる。すなわち、国防力急整備のためにはわが人情の歪みはやむなく、これはのちに修正すればよいとしたこの修正が、ここでたち消えた上に、ずるずると継続する格好になった。

以上のような一連の観察は、日本人を今日悩ませているところの根深い病根を探り当てる意味で、すこぶる有効である。ひと言で言えばここには儒教道徳があり、その助走段階では神道があった。儒教が軍隊の上意下達の命令系統を補完し、こういう方法が強靱な身分制度を維持せしめて、この身分制度の暴走が下級者たちの強烈な怨念を生み、この憤怒の発作としての自殺願望が、薩長土肥の革命軍を勝者とした。そしてこの革命軍が旧日本軍を育成する時、神道が埃を払って再び活用され、儒教が作りだした理不尽への怒りの力と、神道が作りだした殉死への願望が、指導者の意図通りに合体して、これが弱装軍備にもかかわらぬ旧軍の強さの秘密であった。

以上を俯瞰的に述べるなら、当時行動した者の内心には、以下のような心理構造があった。儒教を特権的行動の主軸として活用すること、しかし直接的な行動の情熱は、儒教的な身分制度を破壊し、平等な社会を作るのだという強烈な正義心から得ている。しかし特権的軍事行動の正当化にはもっと大義名分が欲しいので、儒教的、神道的神である天皇の意志を自ら内に取り込むことをもくろむ、そういう道筋である。しかし、ついに目的が達成されて彼らが構築した世界は、やはり自らを階級の上層に置いた、暴力威圧の階級社会であった。

これは千年前に、公家中心の中央集権機構から実権を奪った際の武家集団も同様の正義観を抱いて行動したし、島原の乱のキリスト教徒も、六〇年安保時代の学生活動家の正義観にも、通底する心情

日本学の勧め ●第1回

宗教と軍事力
対外軍事力急整備の時代
日本型特殊性と司法
陪審制復活への提言
O・J・シンプソンのケース

がある。どこの国の革命勢力も、程度の差こそあれ同様の精神構造は持っていたが、儒教と神道の影響を精神に取り込んだわが民族の心理には、都度都度、より強烈な正義の自己暗示が働くように見える。

いずれにしても、軍事勢力に優越する強い存在を持たなかったわが社会では、天下を平定した後の武装集団は、常に自身の君臨に具合いのよい身分制度を自在に構築し、儒教思想によってこれを補強して君臨を始める。しかし制度の下層においては暴力を伴った理不尽な抑圧が秩序維持の名目で行われるようになり、これに対する反省が上層に生まれても、また下層からの反発が時として充分な合理性を伴っても、儒教への信奉心ゆえに、上位者の威厳や面子が守られることは秩序維持上の必要悪と認識され続ける構図が、千年の間絶え間なく続いてきたということである。今日の日本人を悩ませているもののほとんどは、こういうわが歴史構造の残滓といえる。

今日でも上位者はある程度の威圧を醸す、すなわち威張りがたしなみとされ、下位者教育は徒弟型の伝統を引きずって威圧と辱めとによる孤立、すなわち苛めによって技能を鍛える気分が残り、こうした特権を有する上位者に時として生じる誤りや驕りは、秩序維持上認めることは避けられ、上位者への礼儀は強調され、下位者の行儀不足への慢性的な正義の怒りは常に鬱積し続ける。

一方これを行使される下位者の側には、頭脳力が自分以上の上位者は危険と考え、自らが実質上のコントロール権を握るべきとする発想が定型化し、また一般的下位者は慢性的に上位者への報復願望を抱えることになって、日常的陰口、嘲笑、上位者への失脚や引退願望、下位者にあって上昇する仲間への嫉妬としての正義などが、日常的、普遍的な常識として、今日のわが社会を充たすにいたっている。勤王佐幕がぶつかり合った幕末京都の縮小型ともいえるこれが、わが特殊性である。

日本型特殊性と司法

以下では司法のフィールドにおけるわが特殊性を観察してみる。公平性を重んじる司法世界は、このようなわが儒教型の階級意識信仰、そして抑圧された者の人情の歪みと、どう折合いをつけてきたか。

近代日本の政治形態の雛型は、最後の将軍徳川慶喜が、幕臣の西周《にしあまね》に命じて作らせた「議題草案」の内に見える。西は、幕費によってオランダのライデン大学に留学した秀才なので、西欧型の政治形態をじかに学び、日本の封建体質のなかにこれを折衷して取り入れようと苦心している。

西欧の政治統治形態は、立法権、行政権、司法権という「三権の分立」、すなわち法を作る権利、これを執行する権利、法に違反した者を罰する権利、をそれぞれ独立させ、互いに監視させる構造を持たせたことを前提としている。この背景には、モンテスキューが十八世紀に著した「法の精神」がある。国家には立法、執行、裁判の三つの権力があり、これら各権力を別個の機関に属させることによって、国家権力の圧制化、専横化を防ぐことができるとした理論である。

これに対して当時の日本には、法は儒教ひとつで事足りるといった暗黙の分別があり、また西が幕臣であったことから完全な三権分立は時期尚早として画策せず、日本国元首たる「大君」のもと、「公府」と「議政院」という二大政府機関を置き、「公府」の下に外国問題担当、国益問題担当、寺社問題担当など、行政統治を五つの方向に分けて受け持たせた「事業府」を置く。そして「議政院」の下には西欧式の上院、下院の二院制「議会」を置いた。すなわち議会が立法権を司るが、行政と司法は公府の下位機関として、まとめて行うものとしている。

天皇は山城国一国を領地とし、議会が作った法律の承認は行うが、拒否権はなしとして政治から切り離した。しかしこの草案は、徳川家が新政府の政治から遠ざけられたため、没案となった。

一方薩長を中心とした革命政府が現実に行ったものは、「王政復古」を大義名分として遂行してきた倒幕である体裁上、特権的な統治権を持ったものとして天皇を頂点に置かなくては名分がたたなかった。また先年までの日本は、全国が各藩に別れてしのぎを削っていた状況であるから、諸外国に向けて全体が一丸となるには、分散する軍事勢力を統合接着する天皇という共同幻想が必要であった。

当時の天皇はまだ十代であったが、天皇の下に「総裁」、「議定《ぎじょう》」、「参与」という三つの要職を置く。「総裁」は今日の総理大臣のような役職であり、皇族から有栖川宮熾仁《たるひと》親王が初代総裁に就任した。「議定」は今日の官僚で、公家から五名、福井藩主松平春嶽などの大名から五名という計十名が選抜されて構成した。「参与」は今日でいう議員で、岩倉具視などの公家から五名、西郷、大久保などの藩士から十五名の計二十名で構成、このようなごく素朴な概要で明治新政府はスタートした。

彼ら政治家は、大半貧しい下級武士や貧しい公家の出身であり、議会政治という名前もようやく聞きおよんだばかりで、三権分立などという言葉も知らず、権力の分散というような、儒教上言語道断の発想は当然持たなかった。日本の武人にとって、警察、検察、司法がお上の一元省庁であることは検非違使以来の伝統であり、これを分解しては上位者が互いに争うところを下位者に見せることになって、秩序維持上具合が悪い。これは権威を汚すことにもなると発想した。

彼らには自らが天下を取ったという認識があるばかりで、自分たち以外の平民から議員を募り、国会を開くなどといった発想も当初はない。彼らの最大の眼目は国防軍事力の強化であったから、この目的のために自らを誤ることのない完璧な強者とし、愚かな民百姓に向かってこれより叱咤の強権を奮おうとしていたのであるから、立法も行政も司法も自らが統括するのは議論の余地もない前提である。

しかし彼らも外国の制度を研修しようという発想になり、政府中枢が大挙して国会を留守にし、長期間の海外研修ツアーを終えて帰国すると、いずれアジアでのイニシアティヴを取るためにも、日本はいち早く上下二院制の議会政治をはじめる必要があるように思われた。

そこで新政府は憲法を発布し、アジア初の帝国議会を発足させ、裁判所もスタートさせる。議会は西の「議題草案」と同様上下二院制を採用したが、上院を「貴族院」、下院を「衆議院」とし、これとは別に天皇の至高の顧問機関として「枢密院」をもうひとつ置いた。ゆえに「枢密院」は天皇に最も近い国家機関となり、官僚の究極のゴール・ポストとなる。

こうしてスタートしたが、直後、帝国議会も司法もたちまち難問に遭遇する。衆議院は地方の貧しい農村出身者で占められたため、議会登庁のおりには全員フロックコート着用のことというお達しも、即刻撤回せざるを得なかった。フロックコートを新調する金のない者が多かったからである。羽織袴姿の議員たちは、国家予算は地方に廻し、餓死寸前の貧農の窮状を救えとばかり議会で訴え、高額軍事予算の獲得など思いもよらない。政府中枢は彼らとアンダーテーブルの金をやり取りし、これが通じないものはテロで脅し、時に殺すなどして、軍国化を進める以外になかった。

司法の遭遇した難問は、明治四十三（一九一〇）年の、世に言う「大逆事件」である。これは、幸徳秋水、大杉栄、管野スガらが天皇の爆殺をはかったとする容疑を裁くものであったが、この計画は実行されていず、計画の存在自体不確かで、また被告の一人幸徳秋水がこれに連座した可能性は低いとされた。しかし天皇のもとに一丸となる軍事力をめざす時代にあっては、これはすみやかに処断し、再発防止を期して国民間の見せしめとする必要性が感じられた。

減刑につながる綿密な証拠調べは避け、当時存在した「大逆罪」により、軍国時代の国益に鑑みた迎合的、妥協的な判断が司法によって示されて、容疑者十二名は翌年すみやかに処刑された。スタート直後のこのつまずきで、わが司法はその大勢迎合的な体質を決定的にしたといえる。そもそも司法が独立していないわが国にあって、しかも植民地化回避の国是のもとでは、これもまたやむを得ない一面はあった。

列強に対抗するための国民武力団結を妨害する、無政府主義、社会主義、天皇制否定論などの各思想、国策としての神道に対立する各種宗教思想などは、非常時においては排斥されるべきが国益とする考え方に、司法も抵抗はできなかった。国が存在してこその司法であるから、正義と公平を貫いて、それゆえ国が滅んでは本末転倒である。また幸徳秋水、大杉栄らの反政府行動が、大逆疑惑以前から目だっていたことも事実であった。

大逆事件と同年、政友会のリーダーの原敬が、帝国議会衆議院に、「陪審制度設立に関する建議案」を提出する。司法への国民参加により、人権擁護を訴える主旨のものだった。この建議案は衆議院を通過する。

政治家原の本音としては、当時拡大暴走しつつあった司法検察権を、陪審制によって抑制せんとする意味あいがあった。市民に対してのみ行われるはずであった検察権による人権侵害が、当時議員、軍人、政府高官にまで及ぶようになっており、政治家はこれに迷惑し、また危惧も抱いていた。

日本の陪審制度は、明治政府がフランスから招いたボアソナードが、明治十二（一八七九）年に起草した陪審制度を含む治罪法草案、「ボアソナード草案」に端を発している。この法案は、当時の政府高官の猛然たる反対に遭って実現しなかったが、以来自由民権の思想を持つ運動家や政治家にとって「陪審制度」は、議会政治、国民選挙、三権分立などと並ぶ、実現を目標とすべき先進の西欧政治制度となった。

大正デモクラシーの時代に入り、大正七（一九一八）年九月に原敬内閣が誕生すると、原はただちに懸案の陪審制度の立法化に着手する。翌大正八年五月に陪審制立法化を閣議了承すると、内閣直属の臨時法制審議会を設置し、陪審法立法化を諮問した。臨時法制審議会は、翌大正九年に「陪審制度に関する要綱」を可決し、政府に答申する。政府はこれを受けてただちに枢密院、および衆議院に提出すべき陪審法案の起草に着手し、同年末に陪審法司法省案を決定した。

翌十年一月、これは陪審法案として枢密院に諮問されたが、ここが「人民の参与は天皇の司法権の独立を侵す」として猛反対し、法案は撤回せざるを得なくなる。

原はあきらめず、同年六月、第二次陪審法案を枢密院に諮問したが、枢密院はこれも反対多数で棚ざらしにし、撤回させる。原は翌日第三次陪審法案を枢密院に提出するが、この直後の十一月四日、暗殺された。

枢密院はこれによって陪審法案の消滅を期待したが、十一月十三日に成立した高橋是清内閣が予想に反して陪審法案を引き継ぎ、この法案は生き延びる。これと呼応して民衆の人権擁護や、司法参加への声が高まったので、枢密院は政府と交渉の上、陪審の評決が裁判官の判断を拘束しないこと、陪審員の選定に政治関与の余地を生じさせないために抽選制とすること、陪審対象事件を限定すること、などの条件を加えて法案を修正し、大正十一年二月に了承した。

これで政府は、同法案をいよいよ帝国議会に提出することになった。衆議院においてはこれは順調に審議され、三月に可決したが、貴族院に廻ると反政友会議員による審議引き延ばしに遭い、議事未了で廃案となる。

ところが陪審法案は、これを望む世論の声が意外に大きく、次の加藤友三郎内閣にも引き継がれて生き延びる。そして十二月には枢密院が第四次陪審法案を承認し、翌大正十二年三月には衆議院が可決する。貴族院においては再度引き延ばしに遭うが、ついに三月二十一日、陪審法案は可決された。

このような曲折を経てようやく成立した陪審法案は、以後五年の準備期間を経て昭和三年十月一日から施行された。十月一日が「法の日」となったのは、この事実に由来する。

政府は陪審制実施準備に精力的に取り組み、判事、検事併せて二百五十六名を増員し、陪審法廷、

わが近代史は、西欧の制度の研究、そして儒教型の国情との折衷を施してのこれの輸入、ということを繰り返している。ようやく実施された陪審制度もまたこの例に漏れず、わが儒教型の国情との折衷改ざんを経て、西欧のものとはかなり異なる和風のものとなっている。

陪審員宿舎を全国七十一地裁に作った。主旨説明の講演会を全国で三万回以上行い、聴衆を延べ百二十四万人集めた。啓蒙用パンフレット二百八十四万部、啓蒙用映画を外国製を四巻、日本製を七巻用意した。

見てきたようにわが近代史は、西欧の制度の研究、そして儒教型の国情との折衷を施してのこれの輸入、ということを繰り返している。ようやく実施された陪審制度もまたこの例に漏れず、わが儒教型の国情との折衷改ざんを経て、西欧のものとはかなり異なる和風のものとなっている。以下で相違点を箇条書にしてみる。

一、「答申」と呼ばれた陪審の評決は、被告の有罪、無罪を判定するのでなく、「被告が犯罪行為を事実行ったか否か」だけを判定する。

有罪・無罪の最終的判定は、裁判官に判定権として残す。したがって裁判官が「答申」に納得できなければ、何度でも別の陪審員グループにやり直しを命じることができる。

二、陪審員の「答申」は、裁判官の判断を拘束しない。

日本庶民は主権者ではなく、主権者は天皇なので、最終的な判定は主権者の代理人たる裁判官に委ねる。

三、陪審員は、一定額以上の税金をおさめている三十歳以上の男性に限る。

四、有罪判決に対しては、被告は控訴ができない。

五、請求希望して陪審裁判を受け、有罪となった被告は、訴訟費用を負担しなくてはならない。

六、陪審裁判は、刑事問題に限る。

裁判には陪審裁判と、従来通りの職業裁判官による法廷との両方があり、被告はこれを選ぶことができた。しかし陪審裁判が被告人にとって必ずしも有利と見えないよう、さまざまに配慮がなされている。

有罪判決に対して被告が控訴できないとしたのもその一例で、欧米の陪審制度においては控訴を認めるところもある。陪審裁判の方があきらかに被告有利であれば、被告人がすべてこちらを選んでくることも考えられ、結果職業裁判官の権威が傷つくことも考えられた。

それでも日本式の陪審制度は、人権擁護上の好ましい特徴も有している。以下でこれも列挙してみる。

一、陪審員は公共機関による任命制ではなく、無作為に陪審候補者が選定されていたから、社会代表としての性格をある程度備えていたこと。

二、判定に口頭主義、直接主義が徹底していたこと。

調書など、書面による証拠は原則として認められず、証人尋問の観察によって、陪審員の心証を法廷で形成することが原則であった。このため、取調官の拷問による自白強要や、だまし、誘導、誤導等の技術によって作った自白調書による冤罪は、現れにくい状況が生まれた。

三、集中審理であったこと。

法廷が一日で終了しない場合、翌日、翌々日と連続して開廷された。このため、被告が無実の場合に理不尽に失われる時間は節約され、人権が護られる方向に進んだ。

四、陪審員の評議評決は、裁判官から独立して行われたこと。

裁判官は、いかなる理由があろうとも、陪審員室に入ることはできなかった。このため、検察官がもくろむ方向への、裁判官による影響力行使は避けられた。

このようにしてわが陪審裁判は全国で延べ四百八十四件行われた。殺人事件が二百十五件、放火事件が二百十四件であったが、そのうちの無罪判決件数は八十一件、無罪確率は十六・七％であった。内訳は、殺人の無罪率が六・三％、放火の場合格別高く、無罪率が三十一％あった。ちなみに昭和十一年から十五年までの職業裁判官による同罪の無罪率は、殺人が〇・〇七％、放火が〇・五七％となっている。

陪審公判の日数は、ほとんどが三日以内で終わっており、裁判官が答申に納得せず、やり直しを命じた件数は二十四件であった。

しかし、陪審裁判の件数は予想を裏切って少なかった。しかも実施翌年の昭和四年に百四十三件行われたことをピークに、以降年々減り続けた。だがこれは必ずしも陪審制がわが国情に合わず、機能しなかったことを示してはいない。個々のケースにおいて、陪審裁判は非常に熱心かつ適正に行われ、関与したり傍聴した専門家を驚かせた。減少の最も大きな理由は、陪審制度を国民から遠ざけようとする社会的、政治的な力が働いたゆえであった。

これも理由を列記すれば、第一に制度施行と同時に、これと歩調を合わせるようにして軍国主義、全体主義の風潮が日本を覆いはじめたことがあげられる。共産党の弾圧、張作霖爆殺事件、治安維持法を議会でなく、緊急勅令によって改正、死刑も導入する、などといった緊急事態が相継ぎ、戦争の激化にともなっては国内事情はさらに悪化して、人権擁護を旨とするような公正な裁判を行う余裕を、法曹界が失っていった。

第二に、法律家自身が積極的に行動して、陪審制度を国民から遠ざけるようになったことも挙げられる。日本の弁護士は陪審制の法廷に不慣れであるから、職業裁判官による裁判に馴れた者には、陪審制は手続きが繁雑に感じる。そして時代の空気が、法律家にも自由擁護の使命を喪失せしめ、国益重視に傾かせた。

第三に、昭和八年頃には法廷弁護活動自体が、治安維持法違反の疑いをもたれるような空気になっており、弁護士は犯罪者の肩を持つ不逞の輩と思われるようになっていた。この時代、正業に就くようにと警察官に諭された弁護士の話もある。

陪審事件として裁判所が受理しながら、結局陪審による法廷が開かれなかったケースが次第に多くなった。理由は多く被告自身による陪審裁判の辞退であるが、辞退の理由は、裁判官や弁護士の説得によるものだった。

裁判所、検事局は、負担増を理由に陪審制の廃止、または停止を訴え続けていた。市町村当局からも、徴兵名簿作成を行わなくてはならないのに、その上に陪審員候補者の名簿作成を行うのは無理だとして、陪審法停止を要望する声がたびたび出されるようになっていた。

こういった理由から日本の陪審制度は、戦争が激化した昭和十八（一九四三）年四月一日、「陪審法の停止に関する法律」によってついに施行を停止した。裁判所、検事局が費やしてきた相当の時間的労力や、物資および費用を削減し、これを戦争遂行上有効な方向に結集させることをなし得るため、陪審法の施行を一時停止し、戦争終了後に再施行されること、とした。

陪審制復活への提言

現在、司法制度改革審議会が内閣に設置され、陪審制復活を含む司法制度改革が審議されている。その主眼の各論においては、弁護士への国民アクセスの拡充、弁護料の予測困難の改善、弁護士の不足、これら関連情報の国民への提供、裁判手続きによらない法的紛争解決の手段の模索、国際司法化への対応、法曹養成制度の改善など多岐にわたるが、これら各項目について調査、審議を行い、二〇〇〇年中のしかるべき時期に中間報告を公表し、国民間の意見を質した上で、来二〇〇一年度の七月までに最終報告をまとめたいとしている。

注目すべきは右の内に「陪審制・参審制による国民の司法参加の検討」という項目が見えることである。陪審制については先述したが、「参審制」というものは、法律家としての教育を受けていない市民が、判事の一人として判決作成に参加する方法である。これによって司法修習生時代にできた儒教的な人間関係が、判決作成の際に持ち込まれる危険を防げる。具体的に言うとそれは、判事の先輩が検事であった場合の遠慮、後輩が弁護士であった場合の無遠慮、などといった問題である。

以下は陪審制度の問題にテーマを絞り、この導入の意義、および筆者の考えるところなどを述べてみたい。

筆者は、以前から「死刑の廃止」が日本人の緊張した人情の改善に有効と考えて主張してきたが、アメリカ社会の様子を見るにつけ、日本人の片寄った人情を、「陪審制度」が救済してくれる可能性も考えるようになった。このたびの司法改革で陪審制度が復活される可能性は低いが、司法改革が、陪審制復活の千載一遇のチャンスであることはあきらかであるし、今後の新時代、日本人の性質が変わるためには陪審制は有効と信じるので、導入を主張して国民の声があがることを期待してみたい。

日本人はこれまで陪審制度のネガティヴな面ばかりを見ている嫌いがあって、法律専門家も、この方法の繁雑な面を敬遠し、否定的に語ってきた傾向がある。昭和三年から十八年まで、日本で陪審法が施行されていた時代も、すでに見たように、時代がくだれば陪審法廷を希望する被告を裁判官や弁護士が説得し、職業裁判官による法廷に変更させるようになっている。

陪審制度反対論者の言い分は、おおよそ以下のようである。いわく、素人が裁くのであるから誤判が出るに決まっている。民事訴訟ではとんでもなく高額の賠償金を認める傾向がある。陪審参加要求は、忙しい仕事の邪魔になる。陪審員は、ひまな退職老人や主婦ばかりだ。裁判が終わるまでホテルに缶詰めにされるから、妻に不倫をされたり、会社経営者は倒産の憂き目に遭う。

かつて「ロス疑惑事件」の証人にロスアンジェルスで会った時、彼が日本の裁判は何十年もかかり、これが終わるまでは国を出してくれないから、日本の法廷には行きたくないと語ったことを思い出す。右もまた、これと同様の誤解である。

アメリカの陪審員には主婦や老人しかいないというのは嘘で、壮年期のビジネスマンはむろんのこと、現職の弁護士が入ることもある。ホテルに缶詰めという噂も嘘で、そもそも民事などは一日で終わるケースが多いが、たとえ日数がかかっても毎日家に帰される。ただし、家族と事案については話し合わないようにと判事に説諭される。日本にも知れ渡ったO・J・シンプソンの裁判だけが特殊であった。

誤判に関しては、見解が分れるであろうからここでは言及しない。仕事の邪魔になるのは事実であ

陪審制度の最大の美点は、犯罪を裁く制度としての当否という以前に、社会の浄化装置としての機能にあるように思う。陪審員たちは忙しい仕事をやりくりして司法に参加し、犯罪者を裁き、社会に貢献するが、それ以上に、仕事を終えて帰っていく彼ら自身の社会を浄化している。

ろう。賠償金の額に関しては、確かにそういうこともアメリカではある。O・Jのケースも、民事裁判においては二十五億円という懲罰的損害賠償額を言い渡された。しかしアメリカでは動く金額が大きいケースがままあるので、それなりに理にかなった額であることが多い。O・Jのケースも、関連ヴィデオや出版物で、近い将来このくらいの収益が予想された。

しかし陪審制度の当否論議は、右の程度では充分でない。これまでこの種の議論では、陪審制度の持つ最も貴重な部分が見落とされてきている。それともこの制度の復活にやっかいを感じて、当事者によって意図的に隠されてきている。私の見るところその貴重な点は、およそ二つある。

ひとつはこの制度が社会に還元する教育効果である。アメリカ西海岸で暮らしていて、少なくとも食事をしたり買い物をしたりという日常の表層においては、ここの人情は日本に較べてずいぶんと柔らかい。陽気で優しく、誠実にみえる。これはイギリスにおいてもほぼ同様であった。レストランにおいての人柄のよさはティップ制度のゆえもあるが、全体はそうではない。英語の導くところもあるが、それだけでもない。儒教の影がないカリフォルニアは、道徳や礼儀の相互要求が少ないのである。

日本での暮らしは、近所のつき合いや、買い物の時でさえ気を遣う。ゴミ出し、自転車の放置、騒音、挨拶礼儀の有無。買い物時、職人型商人が時として見せる軽蔑視線、スマイルのなさ、意図的な意地悪、不快な威張り、これらはカリフォルニアではまず感じないストレスである。これは日本人が性質が悪いのではなく、日本流の道徳重視感覚から、慢性的立腹をしているゆえであり、意地悪や軽蔑、嘲笑等によって新人を教育するわが慣習ゆえに、これが悪と認識されないせいである。これがあるから陰口の理由にもこと欠かず、しかもこれが正義とみなされるから減少せず、行使された側にも言い分はあるから態度からスマイルが消える。行儀よくすれば威張られ、悪くすれば陰口が戻る。日本人の大半が道徳立腹と意地悪教育、これへの報復対応などを考えはじめると、わが社会は暮らすに堪えない監獄社会になってしまう。

この種の不快は、欧州においては割合体験する。日本人観光客の不作法さや垢抜けなさに、欧州の婦人などが軽蔑の立腹をしている様子をまま見ることがある。日本人はこれを人種差別ととるが、彼女たちは単に道徳観を感じているのである。

日本においても、東南アジアから来た人たちのゴミ出しの不備とか不作法さ、また清潔感の不足に、主婦やサラリーマンが立腹をする。むろんこれに正当な要素はあるが、しかし実はこの道徳対応こそが、人種差別というものの普遍的な構造なのである。

日本においても欧州においても、このような日常態度は確信的な道徳や正義の範疇なので、点検修正されることがない。ところが英米においては頻繁に点検の機会がある。それが陪審員室での議論なのである。

私の見るところ、陪審制度の最大の美点は、犯罪を裁く制度としての当否という以前に、社会の浄化装置としての機能にあるように思う。陪審員たちは忙しい仕事をやりくりして司法に参加し、犯罪者を裁き、社会に貢献するが、それ以上に、仕事を終えて帰っていく彼ら自身の社会を浄化している。こういう観察はきわめて重要であると思う。陪審制度とは、楽しく社会生活を営むうえで必要なモラル、格別その許容の限界が、現在どのあたりに位置するかを探り、合理的、妥協的秩序を作りだすシステムだということができそうである。

日本人のように、過去楽しむことを上から教えられず、行儀と道徳の体現に格別神経質で、また威圧立腹を美徳とする面がある人種には、改善された明日の楽しい生活創出のため、時代の変わり目の今、こういう制度が必要のように私には思われる。

もう一点、陪審員による裁判の大変貴重な点を言うと、日本型冤罪の減少を見込めるということである。過去日本における冤罪は、取調室での取調官の威圧と、だましによる自白調書作成によって作られてきた。そしてこの書面を、書類重視型の裁判が追認するのである。ところが陪審法廷での陪審員は、基本的に書面による証拠を使わず、法廷での尋問の様子を観察して、被告の態度から直接的に心証を作ることを原則とする。続いて釈明の内容から真相を推理する。

このために、日本で長く問題になってきている「代用監獄」による自白の強要と、捜査官による定型自白調書の作文、いわゆる落としの職人芸が、陪審法廷では意味を失うことになる。結果としてこれは不当な証拠を拒否、不当な捜査への監視をして、人権を擁護することにつながる。この点もまた、捜査官の驕りが大きな社会問題となっている現在、この方法のきわめて貴重な側面といえる。

代用監獄についても説明をすると、被疑者の留置には拘置所を用いるのが原則であるが、取り調べの便をはかるため、警察署の留置場を拘置所替わりに用いてよいと定めた明治時代よりの法律のことで、これがあるために早朝から深夜まで被疑者に罵声を浴びせる取り調べ、短い睡眠時間の間も廊下を走るなどして眠らせないという、人権上問題のある拷問が可能となっている。

取調室での捜査官は、被疑者のうちの一般人性は無視し、犯罪者の痕跡のみを捜すことになりがちだが、法廷において一般人である陪審員は、被告の内に自らと同様の一般人性を見ることが多い。こういう二方向の観察判定がぶつかりあってはじめて、裁判が裁判たり得るところがある。

O・J・シンプソンのケース

陪審員というと、法律専門家の仕事を肩替わりするわけだが、実際にはそれほどむずかしい内容ではない。陪審員の任務は各国で異なるが、日本で実施された陪審法廷においては、すでに見たように被告の有罪無罪については陪審員に言及する資格がなかった。これは刑事裁判だけを対象としたものだったが、検事が主張するような犯罪行為を、被告が事実成したか成さなかったか、ただこの一点のみを陪審員は判定した。この判断には書面証拠は使われず、法廷で尋問に応じる被告の言動からのみ直接行い、有罪無罪、また量刑判定についてはすべて裁判官が行った。

アメリカにおいても事情はそれほど変わらず、陪審員に求められるものは法的判断ではなく、起訴事実に対する正誤の判断である。その結果、ここでは有罪無罪までを言う。推理小説好きの日本人にとって、これはおそらく得意であり、面白いと感じる作業のはずである。日本人にもよく知られており、しかも実態は大きく誤解されているO・J・シンプソンのケースに例をとり、このあたりの具体例を示してみる。

この裁判は、言われるような人種裁判でも、その直前に起こっていた暴動を恐れての配慮判決でもなかった。むろん上層部はこの心配をした。刑事、民事それぞれの法廷を指揮した判事は二人とも日系人で、これは黒人の判事でも白人の判事でも出たであろう批判をかわす意図と思われる。しかし陪審員による実際の審理は、そんな心配にまで届くことがなかった。

この裁判は、アメリカの世間でも日本でも、陪審制度の悪い面が出たものと思われがちだが、実際は逆で、マスコミによるクロ憶測報道の洪水、そして醸されたクロ判決要求のプレッシャーにより、誤った処断が行われそうであったにもかかわらず、陪審制度がこれをうまく防いだケース、ということができる。この事案が、職業裁判官による書面重視の日本の裁判形態に遭遇していたなら、当然O・Jは代用監獄にかけられ、マスコミと世論に迎合した自白調書が捜査官によって作られ、法廷はこれに応じがちであったろうから、以下のような展開にはならなかった。

ランス・イトウ判事は、審理の開始にあたって陪審員にこう説諭した。「検察の持ち出す証拠類の、どれかひとつにでも合理的な疑い《リーズナブル・ダウト》があったなら、あなた方は被告に『ノット・ギルティー（無罪）』を宣しなくてはなりません」。日本でこのようなことを言えば、この判事は検察に反感を持つ人物と見なされかねないが、この思い切りが、これまで単に悪い噂の収集によって多くの被告が罪に落ちたり、処刑されたりした過去に学んだ、アングロサクソンの知性である。「ノット・ギルティー」は、「無実」

とはややニュアンスが異なる。文字通り「罪とは言えない」の意で、検察が今回法廷に持ち出してきた証拠類は疑わしいので、これによってこの被告を罪と言うことには無理を感じた、という表明である。O・J・シンプソンはニコール・シンプソンの死とは完全に無関係である、との判定をくだしたわけではない。

このケースで、検察は「証拠の山を築く」と豪語したが、実際にはその証拠類はいかにもずさんなものであり、のみならず作為を疑えるものだった。

ニコール・シンプソンの刺殺死体が自宅前庭で発見された時、駈けつけた捜査官は、犯人の遺留品と思われる毛糸の帽子と、血の付いた手袋の片方を現場で発見した。そして彼女が以前にもと夫、O・Jの暴行のために警察通報をしていたという事実を得ると、O・Jの犯行という予断を持ち、車で五分半ほどのO・J宅に急行した。

このため捜査官は、ただちに検視官を呼ぶことを怠ったので、ニコールの胃の内容物が検査されていない。ためにニコールの死亡推定時刻が不明となり、犯行時刻は犬がさかんに吠えていた十時すぎ頃であろう、という十九世紀の犯罪のようなありさまになった。

この時捜査官は、急いだため、死体にニコールの家から持ってきた毛布をかけておいてO・J宅に向かった。死体にはO・Jのものに似た縮れた髪の毛が付着していたのだが、この処置のため、平和裏にニコール宅を訪れていたO・Jの髪が、この毛布によって死体まで運ばれた可能性を、排除できなくなった。

さらには、もしO・Jを被疑者とみて彼の邸宅内を捜査するなら、事前に判事から捜査令状を取らなくてはならない。でないと、この時に収集した物証は法廷で正式な証拠とみなされない。令状は電話で発行してもらう方法もあったが、捜査官はこれを知りながら怠り、しかし証拠品を邸内で収集している。

捜査官の訪問時点でO・Jは、すでに仕事でシカゴに発っており、捜査官はゲストハウス裏で血のついた手袋の残り片方を発見し、O・Jの車に微量の血痕も発見したとする。

捜査官はシカゴのO・Jのホテルに電話を入れ、O・Jは即刻LAに飛び帰った。この時電話のO・Jは、なんてこったと言っただけで、いつ、どこで、誰によって、などといった質問をいっさい発しなかった。帰ったO・Jは左手中指を負傷していたが、LAPD（ロス市警）では従順に事情聴取に応じ、約八ccの血液採取にも協力した。

O・J邸が調べられ、彼の寝室ベッドの足もとに、血痕の付着したひと組の靴下が発見された。この血液のDNA鑑定は、被害者ニコールのものと一致したとされた。

ニコール邸の現場付近には数滴の血痕が落ちており、これがO・Jの中指から落ちたものと考えられ、事実DNA鑑定はO・Jと一致したとされた。O・Jの血痕は、さらにO・Jの家の庭や、車の中にもあった。

これらによって検察の描いたストーリーはこうである。O・Jは嫉妬深く、ニコールとの娘のダンス発表会ののち、自分が食事に呼ばれなかったことを根に持ち、夜十時頃に自宅を出てニコール宅に行った。十時十五分頃に庭に入ると、たまたまニコールと出会ったので、ナイフを用いて刺殺した。この時自分も左手中指に負傷し、現場に血を落とし、さらに毛糸の帽子と、血の付いた手袋の片方などを落とした。

車で自宅に戻る時、車内にも血痕を遺した。十一時頃自宅塀を乗り越えた際、エアコンにぶつかり、手袋の残り片方を落とした。部屋に戻り、シャワーで血を洗い流し、すでに迎えにきていたリムジンに乗って空港に行き、シカゴに発った。

ところが、法廷で発表されたこのストーリーには、次々に破綻が生じた。まず、O・Jは飛行機の中で友人たちに合流したが、この時彼は左手に負傷してはいなかったことを彼らが証言した。この傷は、シカゴのホテルでグラスを割った際に作った傷だった。

現場付近に落ちていたとされる少量の血痕から、EDTAと呼ばれる血液の凝固防止剤が検出された。しかも成分は、LAPDの犯罪研究所（鑑識）が使っているものと同じだった。さらにLAPDで採取された約八ccのO・Jの血液は、約一・五cc減っており、この理由について警察は、合理的な説明ができなかった。現場の血痕も、車の室内の血痕も、あれほど人を刺した犯人が犯行直後に乗ったにしては量が少なすぎ、採取血液から、怪しまれないだけの少量を使ったゆえが疑えた。

陪審員に求められるものは法的判断ではなく、起訴事実に対する正誤の判断である。その結果、ここでは有罪無罪までを言う。推理小説好きの日本人にとって、これはおそらく得意であり、面白いと感じる作業のはずである。

O・Jの寝室の、ベッド・サイドにあった靴下から出たニコールの血だが、事件翌日に警察がここを撮影したヴィデオには、ベッド・サイドに靴下が写っていず、しかもこの時に書かれた調書には、「靴下に血痕は認めず」と明記されていた。

驚いた検察が、この靴下の血痕分析をFBIに依頼して、どのような結果が出ようとしたがうと述べた。結果は、はたしてこの血液にもEDTAが含まれていた。

さらには、O・J邸の室内は白のカーペットが敷かれていたが、ここに血痕はいっさい発見されず、O・J宅のシャワールーム排水溝からルミノール反応は出なかった。

このままではO・Jの犯行の立証がむずかしいと見た捜査官が、採取したニコールやO・Jの血液を使って、証拠を捏造した充分な疑いが出た。

マーク・フォアマンというこの捜査官は、人種隔離政策で悪名高い南アフリカで、子供時代を過ごしていたことも解った。

捜査官の手落ちからニコールの死亡推定時刻があいまいな上、O・Jが自宅の家人や泊まり客の前から姿を消し、リムジンの運転手の前に現れるまでの空白は、約一時間ほどしかなく、十時すぎから半頃とされる死亡推定時刻が、前後に十分ほどずれてもこの犯行はむずかしくなるのだった。

さらには、落ちていたとされる血ぞめの手袋をO・Jに着用させてみると、彼の手がまったく入らないほどにサイズが小さかった。

等々の材料から陪審員は、比較的短い評議時間で、O・Jにノット・ギルティーを評決したのである。こうして彼の人権は、不当な捜査からは少なくとも守られた。

このようなケースでの日本人は、警察、検察という上位者への儒教的礼儀意識が生じ、いっさい間違えないものとして見せたいであろう警察の思惑を読んで、恥をかかせては以降の治安維持活動に支障をきたすという礼儀発想が邪魔をすることになる。

陪審制度は、国民の自由を守り、人権を擁護する性格が強いので、自由に不寛容な戦時、ないしこれに準じた全体主義の時代には消滅するが、これが緩和された時代には復活する。事実ロシア、スペイン、ポルトガルでは戦後復活した。

日本の戦後においても司法改革が検討され、陪審法の復活が議論された。制定時に反対した枢密院でも復活要請の声は高かった。マッカーサーもまた、憲法草案の二次まで、国民の陪審制裁判を受ける権利を謳っていた。当時の日本の学者や弁護士会からも復活が提言され、司法省（現法務省）も復活を真剣に想定していた。内閣もまた昭和二十一年、陪審制復活を閣議決定した。

しかし司法官僚の強い抵抗に遭い、日本の陪審制度復活は、戦後の司法改革の要項から姿を消す。ＧＨＱの要請により、昭和二十二年制定の裁判所法の三条三項に、「刑事について、別に法律で陪審の制度を設けることを妨げない」との条文が入れられるに留まった。

わが国では戦争はひとつでなく、戦後は高度経済成長戦争再突入で、自由の空気はまだ復活しなかった。司法官僚の抵抗は、このあたりに配慮したものであったかもしれない。しかし一時的停止から五十数年、高度成長の時代も歴史となり、バブル狂騒も去った今、法が命じているはずの陪審制は、復活はむろん、議論される気配もない。自由と人権の時代は、自らが引き寄せなくてはやってこない。

参考文献

●「陪審手引き・復刻版」……現代人文社
●「O・J・シンプソンはなぜ無罪になったか」……四宮啓著　現代人文社
●「無罪評決」……和久峻三・古屋陽子著　中央公論社
●「陪審裁判への招待」……メルビン・B・ザーマン著
篠倉満・横山詩子訳　日本評論社

秋好事件の現在

「秋好事件」がその後どうなっているか、興味をお持ちの読者の方もおありかと思う。死刑が確定した死刑囚は、日本では外部との交通権が遮断される。平成九年九月、最高裁の判決言い渡しによって死刑が確定した秋好英明氏は、以降われわれとの文通はできなくなった。彼が手紙をやりとりできる相手は親族、つまり親兄弟と妻に限られる。

しかしこちらからのメッセージは、不穏当な内容でなければパンフレットにすれば拘置所内に入るので、南雲堂出版の大井理江子氏が中心となり、社の印刷機械を用いて「トップ・ピジョン」というパンフレットを二ヶ月に一度発行してきた。この名前の由来は徳間文庫「秋好事件」を読んでいただくとして、私はここに彼宛ての私信を書き綴り、秋好氏はもう私への返信が書けないので、獄中結婚した夫人への私信の中で、私への返答をさりげなく認めて戻す、ということを続けてきた。このようにして三年の時間がたち、われわれは今年の一月、第一次の再審請求書面を福岡地裁飯塚支部に提出するにいたった。そういうこれまでの経緯が、われわれのこの不自由なメッセージの交換からうかがえるので、以下でこれを公開し、読者諸兄姉へのご報告としたい。

秋好さん、お元気ですか。

先日は、ハロゥウインのお祭りを見物に行ってきました。これは日本のお盆と同じ発想で、陽光が弱まる秋、黄泉の国から死者が戻ってきて悪戯をするので、自分たちもみんなで悪魔や死者のメイクをして、彼らに見つからないようにしようというものです。

ハリウッド、サンタモニカ・ブールヴァードには、血まみれの死体や悪魔たちがぞろぞろ歩いて、陽気に大騒ぎをしています。これは、二千年昔のケルト人の宗教行事にルーツがあるようで、この地に特有のお祭りです。死者とこんなにフランクに交流している人たちにとって死刑とは何なのか、少し考えましたね。

徳間文庫用「秋好事件」ですが、当方の作業は一応終えました。読みやすさを考え、できればもっと短くと言われていたのですが、ほとんど削れませんでしたね。むしろ「後書きに替えて」として上申書二通と、これまでの調査経過の報告文が増えてしまいました。

この版では、一審弁護の高木先生へ、礼を失しない形に手当をしておきました。来春発売になったら、先生にもお送りしておこうと思っております。約束ですので。

巻末には、「トップ・ピジョンの上着」に関する情報を、広く読者に求める旨、書いておきました。このロゴ・タイプの英文字のスケッチと、書かれている位置、上着の色なども示しておきました。鳩山の名前を示していないか、昔そういう名の哺乳瓶のメーカーがあったらしいことなども、一応書き添えておきました。これから何年かのうちには、きっとなんらかの情報が入ることと思います。待っていましょう。

では今回はこんなところで。引き続き頑張りましょう。お元気で。

平成十年十一月十六日　　島田荘司

秋好さん、お元気でしょうか。

先日、徳間文庫版「秋好事件」が上梓されたばかりなのですが、さっそく反響がありました。ある程度の結果が出るまで、内容は述べないでおきますが、客観的に見て、非常に有望なものです。さっそく松井さんか三山さんが、調査に動いてくださるでしょう。やはり、文庫版になると強いものなのだなと痛感しました。

こちらの方向で期待するレヴェルの調査結果が出、血液鑑定においても以前と観点を違えた新しい説得がうち出せるなら、この二本柱で非常なパワーが出るのではないかと期待しています。本の反響は、さらに続くことも予想できます。徳間の編集者の加地さんも喜んでくれています。待っていましょう。

　この不況の時代、経営が大変だと言っていた南雲社長ですが、いたって元気のようです。最近南雲堂で刊行した「死刑の遺伝子」も「御手洗君の冒険」も、成績がまずまずのようで、喜んでいます。

　特に「死刑の遺伝子」は、常葉学園大助教授の副島隆彦さんという方が、新聞の書評でほとんど絶賛してくださり、嬉しかったです。この方は「三浦和義事件」も名著だと言って褒めてくださっており、この本には苦労させられましたから、この賞賛は最近になく嬉しかったですね。小説以外の本には、こういういいことがあります。あとは、南雲堂のためにも一度でいいから増刷に入ってくれないかなと思っているところです。

　三山さんもそろそろ退院のようで、すべて順調と言っていいのではないでしょうか。さらに頑張りますよ。秋好さんもお元気で。

平成十一年三月十九日　島田荘司

四月十四日の手紙

（前略）

処で、「トップピジョン」第七号に島田氏が書いて下さっていますが、本当に有難いことに、堀先生のお話からして、あちこちから、文庫版「秋好事件」で、島田氏が呼びかけて下さいました「トップピジョン」の事で大反響があり、トップピジョンの作業衣の出所が明確になりつつあります。島田氏のお陰で、大きな新証拠が得られ、強力な証拠力を発揮してくれるものと、大いなる期待をしている処です。何故ならば、既に、TY化学から「『トップピジョン』なる作業服は支給したことは無い」との回答を得ているので、この時点で、秋好が工場長の立場で富江（仮名）に与えたとする富江の証言が虚偽であることが明らかとなっていますが、それに増して、富江が裁判所に提出したトップピジョンの作業衣が、全く、富江の偽りの証拠であることを立証したら、富江の偽証が明らかとなり、その偽証を見抜けず、秋好事件の有力な証拠の一つとして認定をした第一審判決と、それに依拠した原判決は、当然破棄される可きだと思うからです。

島田氏も言われます様に、右の作業服の件と新たな観点からの血液鑑定が再審を勝ち取る二大柱となりますが、その外にも、数え切れない程の争点があり、今、私は、その整理に追われている処です。つまり、判決が証拠としたであろう点を、すべて洗い出し、それが二百点余あります。処が、これらの判決が依拠した証拠は、当然の事ですが、真実とは程遠いものですから、その二百点余の証拠の大半を、他の証拠で弾劾する事が可能で、それ故に、私の作業も厖大になり、作業がちっとも進行した気がしないで慨嘆の毎日です（笑）。

でも、島田氏の強力なお力添で、今、真相解明の大きな扉が開かれ様としているので、大きな希望と力が湧き、これらの作業が楽しくなって参りました。真正、深甚たる感謝を、改めて島田氏に申し上げる次第です。島田氏の文中に、徳間書店の加地氏も本の反響に喜んで下さっているとのこと。本当に有難い事ですね。大変残念なことに、加地氏とはお逢いする機会が持てないまま確定してしまい、加地氏には御礼の申し上げ様もありませんが、何かの折に、私が心から、「秋好事件」の上梓と、そのお力添に感謝している事など、御鳳声賜りますれば、これに優る幸甚は御座居ません。

堀先生の四月六日の御面会時、文庫版「秋好事件」が本屋に沢山積まれているとのお話を賜りましたが、発売から既に二ヶ月。にも拘わらず、店頭に積まれているということは、まだ、「売れている」という事になるのではないか…と、大変うれしく思っている処です。そう、「死刑の遺伝子」は、死刑廃止関係の書籍中でも追随を許さない程の名著と思いますし、殊に、「秋好事件」「三浦和義事件」は、必らず後世に絶賛される書となるのは明らかですよね。実際、「秋好事件」はその筋の一部に、絶賛されていますからね。「広津和郎氏の松川裁判にも匹敵する名著である」後藤明生氏（小説家・甲山事件支援者）が、その支援通信に書いていました。今回は、朝日新聞には書評が載りませんでしたが、必らず評価される時が来ると信じています。「死刑の遺伝子」も業績を伸ばしている様なので、本当にうれしいですね。

（後略）

秋好さん、お元気でしょうか。

徳間文庫「秋好事件」、地味な本だけに売り上げ苦戦しているらしく、なかなか印税振り込まれませんが、さすがにもうそろそろ入ると思うので、少しずつでもカンパとして送金始めたいと思います。

支援活動に関して、いろいろと批判も出ているようなので、このあたりでもう一度、冤罪救済活動に関する当方の考えを、簡単に述べておきたいと思います。

司法判断の逆転をめざす時、われわれは言い逃れのできない新証拠や論理を司法に突きつければ、これが実現できるように考えがちですが、これだけの仕事ではまだ半分にすぎません。むろん言い逃れのできる状態で判決破棄を請求しても言い逃れをされるだけですが、どれほどのものを突きつけても、必ず言い逃れはなされます。司法の誤りというのは、これはあってはならないことですから、誤りを認めないことは秩序維持上の正義と発想されます。ですから確定判決の維持は、これは最初から先行固定された結論なのです。

過去「徳島ラジオ商殺し」の再審無罪とか、「三浦事件」の逆転がなかなかうまく行ったのは、むろん新証拠や新論理が功を奏した結果ではありますが、それ以上に実態は、この両事件が有名になってしまい、内実が世間に露呈して無罪を隠しきれなくなったから、という理由の方が大きいです。これに加え、以前の判事や検事が亡くなったり退職して、彼らの面子を最低限守れる目算がたったこと、無罪判決を出す判事の退職の決意と、再就職先のめどがたったという幸運などです。

過去「秋好事件」の審理が不充分に終わっているのは、この事案の知名度が今ひとつであったゆえも大きいというべきでしょう。

すなわち今後われわれがやらなくてはならないことは、新証拠の収集、新論理の構築だけでなく、「秋好事件」を世間にアピールし、知れ渡らせることです。これには、草の根の運動が不可欠です。当方の文庫本の発売も、多少は力になるでしょう。

はたして道は遠いか近いか。決して秋好さんを励ますためばかりでなく、そう考える時、私は逆に近いと思っています。すべてはうまく進んでいます。頑張りましょう。

平成十一年五月十九日　島田荘司

六月二十日の手紙

(前略)

話は変わりますが、島田氏が再審無罪事件と三浦事件の例を引かれていますが、正しく正論かと思います。

過去の冤罪となった死刑囚の事件も、それに関わった検事・判事が司法・法曹界から遠のき、彼らの面子が守られる事が少なからず無罪を出し易くしているという事は論を待たぬ処ですね。また「司法判断の逆転を目指す」という点での島田氏の御意見もその通りで、「どれほどのものを突きつけても、必ず言い逃れはなされます」との指摘は正鵠を射ています。第一、私の判決そのものが「柄のない所に柄を据えた」形で出されていて、論証自体が非科学的で、非論理的なのですから、これを支持するとすれば、どんどん非論理的に机上《きじょう》の論を広げれば済むことでしょうからね。司法にとって、最早、秋好事件の真実追求という段階は無く、如何に原判決を維持し、どうやって再審請求者の証拠を論難し斥けるかという一点なのですね。

だが、国民の多くが内実を知ることになれば、うかつな判決も出せなくなるということで、過去の冤罪は実現したというのは、その通りでしょう。その点、充分に闘いの中に組み入れ、頑張るしかないのですね。兎に角、「秋好事件」を世に出して下さった島田氏始め出版社に感謝して、益々頑張ります。どうか島田氏へお元気で益々の御活躍をと、御鳳声下さい。島田氏の新作品を期待しています。

（後略）

秋好さん、お元気ですか。

先日七月一日と二日に、東京と京都とでサイン会をやりました。東京は新宿の紀伊國屋、京都は四条河原町の駸々堂《しんしん》という本屋さんです。誰も来てくれないのではという不安と、本を買った人にしかサインをしないという形態に抵抗感があって、今までやらないできたのですが、はじめてということもあって珍しがられ、雨の中、凄い列が表の舗道までできていて驚き、嬉しかったです。整理券は配っていただいていたようなのですが、来られないであろう人を見越し、多目に撒いていたものがほとんど来て下さったり、当日券も少々は出したようなので、特に京都では一時間の予定が三時間、サインしっぱなしでした。

京都の会に来てくださった方の中には、四年前、権力の檻の中にいた時に「天に昇った男」を読んで読者となり、以来すべての本を読んでくださった。たまたま立ち寄った京都の書店で私のサイン会のことを知り、駈けつけたという方もいらっしゃいました。しかも「涙流れるままに」はすでに買っていたのだが、整理券をもらうため、もう一度買っていただいたということです。これは本当に嬉しかったですね。当方へのメッセージにそう書かれていたので、なんとか時間見つけ、せめて葉書ででもご返事書きたいと思っているところです。K・Yさんという方ですが、秋好さんの知り合いではないですよね。

支援のパンフレットにこんなこと書いていると、いい気な自慢話ととられるかもしれません。でもこんなに大勢の人の集いと熱気、何とか日本の冤罪救済や死廃の活動に繋げられないものかと考え考え、ずっとサインしていました。

京都では女性が多かったのですが、ダ・ヴィンチの「不快の社会学」を読んでくれているという方も案外多かったです。これは大学で社会学をやっているような人ですが。こういう人には、なんとか冤罪問題、死刑問題を生涯のテーマのひとつとしてもらえるよう、今後も全力で頑張るつもりです。

翌日は大阪に出て弁理士の大西さんに会い、秋好さんのことを話しました。こちらの展開報告はまたいずれ。とにかくお元気で。

平成十一年七月十七日　島田荘司

秋好さん、お元気ですか。

「秋好事件」を読んで、また関西の弁理士の人から情報がありました。こんなに反響があるのは異例のことで、徳間書店の人も驚いています。きっと秋好さんの半生が多くの人、特に法に携わる人の心を打ち、何ごとかを考えさせるのでしょう。このことは、日本社会の前進にとって、よい兆しと思います。またこれら善意の人に支えられているのですから、よい結果が出ると確信します。

先日、O・J・シンプソンの裁判について小文を書きました。徳間書店の雑誌「問題小説」の十一月号の紙上に発表しますが、このところ、アングロサクソン民族の文明への大きな貢献のひとつ、陪審制裁判についてよく考えます。この制度の国にいると、嫌でも考えさせられるわけです。細かく展開する紙数はありませんが、プロ志向の強い日本では、これまでこの制度のネガティヴな面ばかりが故意に強調されてきました。いわく法律に素人が裁くのだから誤判が出るに決まっている、民事訴訟でとんでもなく高額の賠償金を認める、陪審員には、ヒマな主婦と退職老人しかいない、裁判が終わるまでホテルに缶詰めにされるから、妻に不倫をされたり、会社経営者は倒産の憂き目にあう——。これらはすべて嘘です。O・Jの裁判だけは特殊でしたが、陪審員が常にホテルに缶詰めにされることはありませんし、陪審員には働き盛りの男性も多く、弁護士でさえ入ります。

これまでこの制度の最も貴重な点が、日本人には見落とされてきています。それは、この制度が社会に還元する教育効果です。陪審制は、陪審員たちが仕事を終えて戻っていく社会自体を、あきらかに浄化しています。この様子は、飲料水のフィルターを思わせます。これまでに多くの国を旅しましたが、英米両国の人情が、他国以上に柔らかく感じられ、英語のせいかと思ってきましたが、実は陪審制度のせいではないかと気づきました。

日本は、特に第三世界の国の人たちにとげとげしい国ですが、これは日本人の道徳観故ですね。イランやフィリピンの人たちに日本人は、その正義や道徳の観点から許しがたい不行儀を感じて立腹し、当然の排除を行っているわけです。が、これが実は人種差別というものの普遍的な構造なわけです。ヨーロッパやアジアの人たちは、彼らの道徳観と正義心に照らし、日本人に許しがたい不道徳性を見ているのですね。

しかしお互いいつまでもこんなことをやっていては、社会は融合の方向に向かわず、人間関係が楽しくなりません。また私などがいくら文章等で訴えたところで、社会は毛ほども動かず、平等の時代なのに一人だけが何様のつもりだ、というこれまた正義故の猛反発が戻ってくるばかりです。

こういう問題を民間のレヴェルで討議し、現状での道徳行使の妥協点を見いだす機会がジューリー・ルーム、つまり陪審員室での民の討議であると気づくわけです。

日本人は、確かに現状では陪審員に最も向いていない民と私も認めます。スタートすれば、一時的に現状の職業裁判官によるより悪くなる可能性はあります。しかしだからといって避け続けていては、社会は正される機会を持ちません。こういう国民でも、陪審制維持の方法はあります。またこれだけ推理小説のさかんな国なのですから、陪審制に向いている民、という一面もあるのですね。

平成十一年九月十九日　島田荘司

二〇〇〇年一月五日の手紙

（前略）

扨、弁護団の先生方を始め、島田荘司氏と支援下さいます皆様方のお陰をもちまして、来る一月一七日、島田氏始め支援の皆々様を交じえて、記者会見の上、福岡地裁飯塚支部へ再審請求手続きを行うとの運びとなりましたが、弁護団の先生方は勿論の事、島田氏始め御支援下さる皆々様の弛まぬ御助力の賜物であり、厚く御礼を申し上げ、心から感謝の意を表したいです。本当に、有難く勿体ない思いで一杯です。

皆々様方には、厚く厚く御礼を申し上げて下さいね。私から直接、御礼を申し上げられない事が、なんとしても残念でならない思いですが、こんな時に、君が居てくれる幸運を心からうれしく思い居ます。

今回、衣類の血液斑の意見書の提出は無理な様ですが、再審に有効な新証拠四~五点が提出出来そうですし、その補強として血液斑の意見書が提出されれば、裁判所も無視する訳にはいかなくなるでしょうし、第三、第四の補強も随時頑張れば、再審も夢で終る事はないと確信しています。

（後略）

一月二十二日の手紙

大寒の砌寒中御見舞い申し上げます。

福岡も一昨日から真冬並の寒さになりましたが、明後日辺りから寒気も弛むとかで、私らには、大いに助かっています。処で、また詳しく書く心算ですが、皆様方のお力添を賜りこの一七日、再審請求を堀先生方弁護団が済ませて下さいました。その再審に際してのメッセージ書きなど弁護人への手紙書きが忙しくって、前定期便を休む破目になってしまい、この便が本年の第二便となりました。御海容の程を…。

今回の再審の記事は、朝日新聞は小さな記事で十数行のものでしたが、他紙は、割と大きく載っていたみたいです。ラジオでは、かなり長々と放送していましたから、毎日新聞はかなり詳しく報じていたのではないかと思いますし、読売新聞社は事前に弁護団に接触して来ていたとの事なので、これも大きく扱ってくれているのではないかと思っています。また、事件後から割と好意的な記事を書いてくれていた朝日新聞にしては、今回の記事は小さかったものの、判然と「共犯の証拠だ」と要点は書いていました。その点、ラジオで聴いたものは、長文の割に要点がぼやけていたみたい？　兎に角、忙しい毎日を消去の事と思いますが、図書館近くに行った時でも、各新聞の記事コピーを私の分と青木さんの方に送る分をお願い致します。

その再審請求書ですが、この二十日に堀先生から送られて来て、私の手許には二十一日に夕刻届きましたので、まだ充分な検討は出来ていませんが、大概要点は突いていますし、詳しくは、これからということになりますから忙しくなります。

話は変わりますが、その再審請求の一七日、いよいよ再審用に例の上申書の書き替えもし、再審請求に立会して下さった様です。考えるまでもなく、遠路遙々少なからぬ旅費と貴重なお時間を費してまで、この寒さの中を御来福下さるでしょう。そう考える時、島田氏始め南雲氏、大井氏や三山氏等の皆々様に心から感謝を申し上げる処です。今回の請求も、その大半は島田氏や他の方々の支援に負う所が大で、本当に有難く、如何程の御礼を申し上げ様と、私の感謝の思いの万分の一も伝え得ない程です。本当に有難く感謝の思いとうれしさで一杯です。君からも宜敷、島田氏に御礼を申し上げておいて下さい。

（中略）

いろいろと書いて参りましたが、島田氏始め皆々様方のお陰を持ちまして、再審請求が出来、これからが私の踏んばり処です。既に、弁護団よりお耳に達しているかと思いますが、私の作業で有効な事実の発見も何点かあり、それらの中でも衣類の血痕が余りにも少ない写真や判決が認定の証拠とした写真は現場が何度も動かされている事実から不当な証拠であること。また、富江が二階で寝ていて階下の殺人を知らないとする認定を、富江の各証言や私の衣類の背面の血痕斑、その他の証拠物の積み重ねで弾劾が可能であるとの見通しが立つ処まで来ています。何が何でも皆々様にお逢い出来る日に向けて頑張る決意で居ますので、今年も相変りませぬ御厚情賜ります様、君から島田氏へ暮れぐ〳〵も宜敷御鳳声をお願い致します。島田氏の益々の御清福を祈りつつ…。

秋好さん、お元気でしょうか。

先日一月十七日の飯塚地裁への再審請求書提出と、その後の記者会見について、簡単にご報告しましょうか。

三山氏と、徳間書店編集者加地氏、また秋好事件を読んで興味を持ってくださった九州在住の女子大生、中山聡子さんという人などと、レンタカーで飯塚地裁に向かいながら、ぼくの方は昨夜三時間睡眠だったもので、後部座席でいい気分で眠っていました。今夕記者会見とはありがたいけれど、たぶん記事になっても地方版最下段に数行のベタ記事であろう、などとみなで予想していました。

車が地裁の中庭に入っていくと、玄関口にテレビ・カメラが何台もいるのが見えて、おや、誰か偉い人でも写しにきたのかなと思い、かすれ声でそう訊くと、角のところで乗ってきた安部弁護士が、

「島田さんを写しにきたんですよ」

と言ったので、びっくり仰天して飛び起きました。

請求書面の提出が終わってロビーに出ると、ディレクター氏がささっと当方に寄ってきて名刺をさし出し、ちょっとインタヴューをお願いしますと言って、玄関口の陽があるあたりまで誘導されました。

すぐ鼻先を数台のテレビ・カメラに取り囲まれ、むんずと摑んだ二本のマイクを口もとに寄せられて、インタヴューを受けました。ついでに加地氏が、徳間の雑誌に載せるためにカメラの後ろでストロボを焚きと、このような晴れがましい光景はよくテレビで見かけますが、まさか自分が同じ局面に放り込まれるとは予想していませんでしたから、可笑くてしようがなかったですね。困ったことには、頭が起きていないもので、自分で何を言っているのかよく解らなかったことです。

この時話した内容は、本日提出した新証拠の内わけについて、今後追加提出する予定の新証拠類の計画、死刑廃止問題について、などなどです。

夕刻の記者クラブでの会見も、なかなかなごやかな雰囲気になり、こちらの話をよく聞いてもらえました。ここでも三台ばかりのテレビ・カメラが正面に並び、テーブル上には五、六本ものマイクが並んでいました。

堀弁護士が、本日の再審請求書面提出について報告し、秋好事件の概要について話し、続いてぼくが二通の意見書の内容について説明しました。会見は小一時間にも及び、私も手応えを感じましたが、三人の弁護士の先生方も非常に満足して、これほどに熱気を感じたインタヴューははじめてだったと語っていらっしゃいました。

安部弁護士は別件が入っていたのでこれで別れ、堀弁護士、高橋弁護士、そして三山氏と加地氏、中山さんなどで、近所の居酒屋で祝杯をあげる運びになりました。

われわれ東京組も、まさかテレビ・カメラまで来るとは思っていませんでしたから、これは大きな成功と感じ、酒宴は大いに盛りあがりました。この席での話題は、日本人論、司法改革と陪審制度、はてはモーニング娘の社会的パワーの分

析にまで、縦横に飛び廻りました。
この余勢をかって、六月には湯布院で合宿をしよう、そしてまた記者会見を開き、記者団には定期的にわれわれの新証拠整備状況を追ってもらおう、という意見が出ました。それが可能なら理想的なところです。ちなみに私は、その時にでも被告の着衣背の血液痕の特殊な付着状況を解明する、実験を行うのがよいと考えています。女性の着衣前面に、飛沫痕跡を伴う大量の血痕を付け、このまま被告役の人に背後からきつく抱きつく。そうすれば証拠と近い状況が必ず現れるはずです。そしてこの実験を撮影したヴィデオ・テープも、証拠として提出するわけです。そうすれば被告のほか、もう一人共犯者がいた傍証になるわけで、このような方法は、鹿爪らしい日本の司法にはなじまないですが、アメリカなら真っ先に発想されることです。

翌朝、手に入る限りの九州の新聞の地方面に、われわれの記事が載っていました。読売が最も大きく、大きさからいうと次が西日本新聞、続いて日本経済新聞、毎日、朝日、という順でした。テレビの方も昨夜のニュースで、地裁玄関口での小生の寝ぼけたインタヴュー、記者クラブでの堀弁護士の説明、この時私の発言も再び少々、といった構成で流されたようです。秋好さん、ひょっとしてこれらをご覧になったでしょうか。これなら予想の三倍もの露出度で、九州入りは大成功といえるところではないでしょうか。秋好事件も、なかなか有名になってきています。

福岡から空路大阪に入り、続いて大西氏、潮入氏という関西在住の二人の弁理士の先生方に会い、これまでの協力のお礼と、今後の引き続きの協力を要請しました。

今回の旅の顛末はこんなところです。この九州旅行記は、徳間書店の雑誌「問題小説」の、来月発売号に詳しく書きます。これを含め、今後私の書くすべての秋好事件関連の文章は、三山氏がお手に届くように努力してくれるはずです。

今ぼくはもうアメリカですが、早くも六月の湯布院を楽しみにしているところです。ではまた、お元気で。

二〇〇〇年一月二十七日　島田荘司

安部尚志弁護士への手紙

（前略）

扨、その問題小説ですが、口絵にまでなって、しかも、三五枚から四〇枚にもなろうかという特集で、もう、大感激!!

でした。拝読していて、うれしいやら有難いやら、もったいない思いで胸がいっぱいになり、涙で字がかすみ、一度目の読み終るまでが大変でした。わずか五日の間に、十指に余る目を通し、その度ごとに、島田先生始め、弁護団の先生方、三山氏、徳間書店の橋本昭一氏、岩渕徹氏、加地真紀男氏各位へ心から胸に手を合わせ感謝を繰り返し居ます。本当に幸わせ者だと思いながら、何としても皆様方の御厚志を無にしない様に、頑張りたいと、心新たに決意している輓近です。一月一七日、本当に有難う御座居ました。そして、御苦労様でしたと心より申し上げる次第です。

しかし、これは、本当に凄い事ですよね。雑誌という性質上書店店頭に並びますから、嫌でも表紙上の活字は目に止ります。しかも、美女の胸部辺りに堂々と居座っているのですから、宣伝効果は覿面かと思います。

しかも、目次部分で、「死刑に異議あり!」とあり、かつ、巻頭口絵〝秋好事件、その後〟と二箇所に書かれているのも編集者の凄い配慮があると受け止めます。そして、口絵三頁からの写真や本文中の数葉の写真といい、この問題小説の顔に仕立てて下さっている事は、本当に「凄い!!」としか表現し得ない程です。これも偏に島田先生の御声名の賜物であり、その意気に感じた徳間書店の方々の御厚志以外の何物でもないと思いますし、此処までに至ったのは、外ならぬ弁護団各位先生方の弛まぬお力添のお陰と思っています。本当に関係者の皆々様方への心からの感謝でいっぱいですし、心より有難うと御礼申し上げる次第です。殊に、徳間書店の皆様方への御礼の方法がない事が無念でならないです。只、こうして沢山の皆様方のお力添を賜わりましたことが、今後の訴訟に大きな効力を発揮してくれるものと思いましたし、これから先、司法と戦うに最大の勇気を与えて頂いたと考えます時、私自身、ある時期、感謝の意を表す一文を問題小説の一頁にでも書かせて頂けたらと思いますし、その時には、判決の不当さを大いに指摘させて欲しいとも考え、夢は広がって参ります(笑)。

処で、安部先生と堀先生は確かり全国区になられ、大変うれしく思っています。一寸、高橋先生が共に写真に出ていないのは残念ですが、でも、フルネームでお一人お載りですし、推理作家として、またのチャンスに写真が掲載される折もあるでしょうから、我慢して頂けたら…などと思っています。でも、この丸昌の前での写真ですが、丸昌の時計が存在していた位置は、恰度、島田先生のサングラスの位置の真上、テントに「1285」の数字(電話番号)が見える、その「8」の真裏辺りになります。私が立ち寄った時は夜でしたから、出口入口であるこの戸がこの写真通りであったかどうか記憶にないのですが、考えてみたら、紺地に白抜き文字で「大衆酒場　丸昌」と書いた暖簾が懸かっていたので戸の上部は、その暖簾に隠れていて、見ていないのですね。

尚、島田先生がお一人で写られています陸橋は何処なのか見当がつかないのですが、真逆、例の跨線橋という事はないですよね（笑）。

これら口絵の写真といい、本文中の地裁飯塚支部の玄関前といい、随分と懐しい風景に出会って、うれしく思いつつ、何だか私の記憶に残っている飯塚支部の風景と重なってくれないので少々戸惑いもしました。

つまり、玄関前の左右の植込みは、私の居た頃は前庭の両隅にのみあり、玄関前は大広場になっていたと記憶しているのですよね。それにしても、確定後お逢い出来なかった島田先生の御尊顔を久々に拝し、正面からのお写真は、随分と感じが変られた様に感じました。何だかふっくらとして、お太りになられた感がありますね。撮す角度で、随分と感じが異るものだと、夫々の写真を拝見しつつ思ったものですが、あの何時も明るい堀先生が随分と難しいお顔で写られているのには、少々驚きました（笑）。

丸昌前での女子大生、中山聡子さん、こう見ただけでも控え目で静かな感じのするお嬢さんですね。何となく中山さんがお写りになっているだけで、この丸昌前の写真が凄く絵になっていますね。中山さんが立って居る位置が赤いポストの存在を薄めていて、中の四人が活かされています。もし、中山さんがもう少し島田先生寄りか、居なかったら、赤いポストがやたら目障りになって、構図のセンターがぼやけてしまいますから、この写真を撮った加地さんの芸術性には驚きます。凄くよい写真が撮れていると思いましたし、光り輝いていると思いました。

それと、以前から、余り体調が良くないとの知らせもあり、気になっていたのですが、こうして皆様方とお写りになっている三山氏の御尊顔を拝して、そんなに遜色のないお顔色に大安心致しましたのも、大きな喜びでした。

いろいろと右の様な事も感じ考え、大変意義深く拝見、かつ、拝読をさせて頂きました。本当に、著名な作家先生が私如き者の為に、多くの批判や非難をものともせず、作家生命を賭け正義を貫こうと頑張って下さいます事は、私個人の事のみに終らず、冤罪に哭く死刑囚やひいては死刑廃止の道に繋がる偉業なのです。今の日本でこのような島田先生に続く作家先生は希である事は、悔しい限りです。

（中略）

もし、島田先生や三山氏へ何らかの連絡などが御座居ましたら、右の如く、感謝と御礼を申し上げていますとの御鳳声賜わりますれば大変幸甚に存知ます。何卒、宜敷御高配お願い致します。

寒さもあと少し、どうぞ風邪など召されませぬよう益々の御活躍、御清栄をと心よりお祈り申し上げ擱筆致します。

不一

二〇〇〇年二月二九日　大城英明拝

秋好さん、お元気ですか。

現在私は、「御手洗パロディ・サイト事件」と称する、パロディとパスティーシュの作品集を南雲堂で完成したところです。各作品は、インターネットを通じて集めたもので、私自身もむろん書いています。四月十五日発売の予定です。南雲堂では、以前にも同人作家による御手洗漫画を出しましたが、売れてくれないかなと今期待しているところです。今後の活動のために、南雲堂には元気でいてもらわないといけませんからね。

三月三十日売りの週刊宝石に、陪審制度復活を期待する文章を寄稿しました。現在、内閣内に司法改革審議会が設置され、大衆に親しまれる、敷居の高くない司法のあり様が検討されています。来年中に答申を出すとしていますが、この検討項目の内に、陪審制度の復活が入っています。

日本でも昭和三年から十八年まで、大正の元勲原敬の奮迅の努力などによって、陪審法が導入施行されていました。これは刑事事案だけが審理対象で、女性や若者に陪審員資格を与えないなど、わが儒教道徳ゆえの問題点は多々あったものの、書面証拠を使わず、法廷の尋問のみを見て、陪審員が直接的に心証を作ることを原則としていました。このため、代用監獄による取調官の自白調書は意味を失い、日本型の冤罪が現れにくいという状況が生まれていたわけです。

これだけでも人権擁護につながる非常に貴重な側面でした。しかし戦争が厳しくなって、法廷での弁護活動自体が治安維持法違反の疑いが持たれる時代になり、陪審法廷の維持に費やされていた相応の労力、費用を戦争にふり当て、戦争が終了すれば再開するものとしたわけです。しかし戦争は終り、二つ目の戦争であったところの高度経済成長戦争も終了、しかし再開はもとより、議論さえないのが現実なのですね。

今回の司法改革で陪審制が復活する可能性は低いですが、参審制は検討されるでしょう。しかしこれは、現在のわが社会を満たしているところの、上位者を自認する庶民の正義の威張り、面子維持、陰口、その結果としての人種差別、等々を国民間で話し合わせたり、気づかせたりする効果は乏しいです。

こういう正義が別の正義とぶつかれば、幕末京都の勤王佐幕の死闘のようになって、われわれの暮らしはひたすらに息苦しくなります。日本社会が他人に寛容で陽気になるためには、互いの行儀要求は必要最小限とし、陰口や説教の理由を減らして、楽しむことに重心を置くのがよいです。そこから、実は行動のエネルギーというものは生まれるのですね。そういう行儀の妥協点を話し合うためにも、陪審員になる経験は悪くないです。

現在原書房で「季刊・島田荘司」という雑誌を作っているところです。ここでもこの問題や、「秋好事件その後」を継続して報告していくつもりでいます。

インターネットの普及で、文章のやりとりに関しては、日本とアメリカとの距離は見事にゼロとなりました。こんなふうにして、人の心の垣根も取り払われればいいのですが。

日本人の人情改善のため、頑張りますよ。ではまた。

二〇〇〇年三月十九日　島田荘司

新小説

「金獅子」の世界への招待

この季刊雑誌の次号から、「金獅子」と題する新しい小説を連載したいと考えている。これは私の内に数年前より構想があり、発酵を続けていた時代小説である。江戸の頃、横浜根岸村不動坂に「金獅子不動」というものがあって、ここには不思議な伝承が伝わっていた。物語はこれに端を発する。

根岸村の不動坂中途に、今はもう失われているが、幕末まで金獅子不動という小さな社があった。軒下には金色をした獅子の絵の額がかかり、境内には金獅子の石像もある。社の内には、獅子が擬人化したものか、金色の頭髪をいただく閻魔だか仁王だかの木像もある。

戦国の昔、この漁村の浜にいきなり海賊が上陸してきて、村の食料や金銭をすべて強奪し、村にいた見ばえのよい娘をさらって暴虐の限りをつくしたことがある。海賊たちは住みつく気配を見せ、絶望した漁民が悲嘆にくれていると、本牧の山から金色のたてがみをなびかせた獅子が駈け降りてきて、海賊を次々に嚙み殺し、蹴ちらした。生き残った海賊たちは命からがら船に逃げ戻り、北へ去っていって二度と現れることがなかった。金色の獅子もまた山に戻り、以降二度と姿を現さなかった。村人は感謝のしるしに社を造り、以降村の守り神として金獅子を信仰するようになった、そういう伝説である。

横浜の歴史は、M・C・ペリー米提督の出現から突然始まっていて、街の発生も唐突なら、スタートも強引、その発展はというと、暴力的なまでに性急だった。発生はペリー、スタートは幕府の意志で、発展は当時時代の先端を走っていた西欧人自身の手によった。たとえて言うとそれは、何もない砂浜に江戸幕府が国自慢の名樹木を植林したところ、西洋人が寄ってたかってこれに流行最先端の人気果実樹を接ぎ木した、そんな促成栽培都市である。したがってこの樹木の美しさは整形美女のような脱日本的思い切りがあり、これが同じ重要度で幕末日本の激動の舞台となりながら、おっとりと伝統的な京都とは、圧倒的に異なる点であろう。

性急な発展という把握は、これは日本サイドからの見方で、現象を正しく表現していない。横浜村の新たな住民たちにとっては別に発展でも性急でもなく、単に環境の整備をしたにすぎなかった。彼らは本国でしていた生活が、ここでも送れるようにと自身のために条件を整えただけであって、日本の進歩発展をもくろんだわけではない。急激な発展に見える理由は、二百二十年の鎖国による、目もくらむような彼我の生活技術の落差だった。

長い長い鎖国の停滞ののちであるから、西欧最先端の文明、すなわち当時の世界を充たし、支えるようになっていたごく通常的な生活用具、思想、制度などの一挙流入は、日本人にとってすべて初の体験となり、これまでの自身の生活を圧倒的にみすぼらしく見せるほどの衝撃であった。現在もそうであるが、こういう横浜の戸惑いと混乱の歴史は、そのどの瞬間をとってみても小説を載せる舞台として魅力的である。

しかし当時の日本人、とりわけ支配階級は、そんな余裕のある精神状況にはなかった。以下では「金獅子」への序章として、当時の殺伐とした世相、薄氷を踏むほどにむずかしかった政治状況、彼ら為政者がいかにあわて、怯え、幸運にも助けられながらあたふたと対処したかを観察してみたい。

破滅の崖ふちにまで至った日本

ペリー提督の黒船四隻が江戸湾に現れた時、封建体制にぬくぬくとあぐらをかいていた幕府は、これを列強の侵略開始ととらえて怯えた。重火器の徹底的に不足したわが幕府国防軍は、浜に釣り鐘を並べて大砲に見せかけ、兵には竹棒を持たせて鉄砲に見せたといわれる。関東近隣の諸藩には臨戦態勢が敷かれ、元寇以来の国難として、国内は戯画的なパニックで混乱した。

しかしわれわれの知るそのようなストーリーは、これは支配階級からの視線であり、現実に展開した事件の見え方はこうではない。ペリーの日記によれば、この時江戸湾べりの漁民や庶民はこぞって小舟に乗り、黒船見物に漕ぎ出してきた。これら大量の小舟が、ビスケットを投げれば届きそうなほどの近距離に寄ってきて、なかなか友好的な様子に見えたそうである。この時、のちに革命の志士として近代史に名を遺すことになる土佐の坂本龍馬も、たまたま江戸に出ていて、長州の桂小五郎、高杉晋作、伊藤博文らとともに、小舟を繰り出して黒船見物をした口といわれている。

二度目にペリーが来航した時には、幕府はついに逃げきれず、日米和親条約を締結する羽目となる。ペリーはこの時江戸城のお膝もとで開国交渉をしたいと申し入れ、幕府側は仰天して将軍への行儀論をふりかざし、鎌倉か、せめて浦賀まで退くようにと要求した。しばしの応酬のあげく、結局その中間をとって横浜への上陸ということになった。

この時、ペリーの接待役を仰せつかったらしい日本側の村役人による「亜美利駕船渡来日記」と題する書きつけが、最近盛岡の資料館で見つかった。これによれば六尺、雲をつく大男のペリーはなかなか友好的な人物で、欧米の先進技術を伝えるハイテク製品を、六十品目も将軍献上品として携えてきていた。中でも目を見張ったものはモールス式の電信機と蒸気機関車の模型で、横浜の村に長い送電線を這わせ、文章をまたたく間に遠くに送ってみせた。蒸気機関車は、砂浜にレールを敷いて走らせたが、これがあまりに矢のように走るから、横を走る

黒船をえがいた瓦版

人間も追いつけなかったと報告している。

この時のペリーの要求は、日本近海で捕鯨作業に従事するアメリカの漁民が、万一難破漂流した際には保護してくれること、捕鯨船の燃料と食料の補給をさせてくれること、そして通商を開始すること、この三点であった。現在では忘れられていることだが、当時の日本近海は鯨の大漁場であり、アメリカは世界一の捕鯨国だった。そして捕獲したのちは鯨肉を甲板上で炎にあぶり、鯨油を採る作業をした。このために大量の薪が必要となったのだが、これをすべて捕鯨船に積んでくるのは不経済で、日本という眼前の国での調達が合理的だった。このために、日本を開国させる必要があったのである。

日記によれば、一行はウィリアムズという通詞《つうじ》をともなってきていて、彼が日本語をよく解した。村役人は彼とうちとけ、浜にすわって互いの国について雑談した。この時ミシシッピー号の乗組員で別のウィリアムズという水兵がマストから落ちて死亡し、横浜村の丘の上の、海の見える寺の境内に葬られた。これがのちに外人墓地に発展する。現在ウィリアムズの墓石は失われており、外人墓地埋葬者のうちで最も古い者は、安政六年八月、侍に斬殺されたロシア使節随行員モフェトのものである。

一方ペリーの日記はのちに「日本遠征記」としてまとめられるが、横浜村や本村（のちの元町）を散策して桶屋の職人の手先の器用さに驚嘆し、日本は将来工業生産の分野で有望であろうと感じたこととか、どこに行っても筆と紙で何ごとかメモを取っている日本人の姿にぶつかり、その勉強熱心さに驚いたこととか、船上における侍たちとのパーティの際、真っ赤に泥酔した役人の一人が、「日本とアメリカ、ひとつの心」と憶えたての英語を繰り返しながら自分に抱きついてきたこと、また帰国の前夜、二人の若い侍が小舟で近づいてきて、自分たちをアメリカに連れていって欲しいと熱心に懇願したことなどを記している。この若い侍が、長州の吉田松陰だった。ペリーは断り、吉田は海外渡航の禁という幕府の掟を破ろうとした罪で捕らえられ、のちに死刑になっている。

幕末における先進諸外国の外交感性と、わが上層支配階級の緊張感との対比は、一編の戯画以外のものではないが、これが明るい笑いを誘わない理由は、以降わが国内に死刑としての殺人が横行することになるからである。国民が一致団結すべき国難を前にしてのこの大量の同士討ちは、理由を突き詰めれば、結局ただ自らに不敬を成したゆえとする、上位者相互の面子であった。

諸外国の軍装備を目前に見ていた幕府は、自らの旧式の装備ではまるで歯が立たないと認識ができており、また戦時用でない意外に友好的なペリーたちアメリカ人の態度に、幕府も平常心での対話を行うようになっていて、これは当初の怯えに反し、ほとんど友好親睦の関係とも呼べそうなものであった。

これは、最初に来航した者が、議会制民主主義と大統領制を敷いたアメリカ一国のみであったことも関係している。当時欧州は対露クリミア戦争で忙しく、アメリカはといえば、メキシコ戦争のために極東政策で遅れをとった意識を持ってはいたが、今回のものは捕鯨産業上必要な援助の要請という立場であったことに加えて、南北内戦を眼前に控え、外国との開戦は望んでいなかった。このため時のフィルモア大統領は、砲火を開く全権をペリーに与えていず、ペリーはこの弱みを隠しながら対日威圧を演出しなくてはならなかったから、この苦しい台所事情が彼の低姿勢になったものと推察される。黒船の最初の出現が、ペリーによらず欧州列強の共同軍事行動によるものであったなら、あるいは幕府の恐れるような事態になっていた可能性もある。日本は他のアジア諸国の場合より、比較的幸運であった。

しかし幕府は国内に向け、異人と友好関係を得ているなどとは口が裂けても言えない立場だった。理由は数々あるが、当時の日本国内の身分制秩序は、儒教信仰という以上に殺人の威圧によって維持されていたものであるから、支配階級とはすべての他者を平伏させる圧倒的な強者でなくてはならず、対内外ともに、政治力による対等な友好関係という発想は、封建時代の国民にはイメージさせにくかったこと。したがって、黒船もまた当然武力平定をもくろんでくるはずと心得、噂を聞き及んだ武士階級は、すべからく国防の危機感に奮い立ち、野蛮な侵略者を殺傷し、威圧で追い返さなくては鎖国が貫けないとする正義の主張を、憤りをもって訴える空気が国内に圧倒的であったこと、などによる。黒船と友好関係を結ぶなどと言えば、非常識で臆病な狂人という評価になった。

しかし彼我の実力差を認識する幕府は、開国を拒否した開戦は植民地化につながるから、いったんの開国はやむなしと結論し、この事情を心得ずに攘夷をとなえ、幕府の決断を無思慮に批判する者たちは、権威に対して不行儀をなし、秩序を危うくした者として次々に逮捕、処刑した。

一方攘夷派は、こういう幕府を不行儀者とするため、異人嫌いの朝廷を味方にとり込み、天皇の攘夷の意志にさからう無礼者という理屈で幕臣を次々に京都で処刑、首を鴨川に晒した。江戸においては開国実行者、井伊直弼を暗殺した。

そこで幕府側もまたこれら謀反人を掃討処刑し、天皇を担ぐ勤王の志士たちもまた、これによって正義の憤りにさらに奮い立ち、幕府側の役人、また在留の外国人を手当たり次第に夜討ちし、処刑した。彼らとしては異国人を威嚇して追い払い、鎖国に戻らなくては国の安定が保てないとする正義、そしてこのような異人殺傷によって、幕府が補償金捻出に困るならそれもまた正義とする発想があった。

しかし彼らの読みとは裏腹に、外国人殺傷が進むほどに幕府は駐留外国勢力に平謝りするほかはなく、もともとは幕臣も持っていた、いずれは鎖国に戻るという理想を棚上げにするほかなくなって、恒久的な開国は決定的となっていった。のみならず、外国勢力の要求を次々に呑んで、彼らの地位待遇を向上させたから、攘夷勢力はこれでますます正義の怒りを募らせ、開国派日本人や、外国人に対する処刑は果てしなく続行された。これ以上外国人殺傷が続くなら列強との開戦は避けられず、日本植民地化の危険もいよいよ眼前に迫った。

国内の治安が、殺人の威嚇によって達成維持されていたという秘密が、国難の怯えから、白日のもとに露呈した格好だった。以前より筆者が、日本における死刑の廃止を主張してきた理由はこのあたりにある。この事態からも了解できるように、日本における行儀と秩序は、死刑の威嚇を前提とし、これに大きく寄りかかることで組みあげられた、動物に対するようなごく単純構造のものであった。したがって秩序が失われはじめると、より強い威圧を醸して秩序を回復せんとする発想がなされ、簡単に殺人の暴走が起こる。太平洋戦争中に頻発したわが軍による民間人大量虐殺犯罪も、この種の道徳発想のゆえであった。為政者にこの正義殺人を禁止するなら、日本人は一時的に無法者と化す危険はあるが、そののちは、新しい秩序構築の方法を考え出さざるを得ないはずである。未だこれを成していない日本人は、幕末の当時からまだ抜本的には新生されていない。

日本が植民地化、あるいはそれほどでなくとも国土の一部を失う展開となるシナリオは、大きく分けてふたつあった。ひとつはむろん対外戦争を行って敗北すること、もうひとつは大量借款が返済できず、担保として国土を割譲させられることである。

前者の戦争とは、国家間戦争だけを意味しなかった。薩長革命軍との戦争で共倒れになることも、対外敗戦以上に不都合なことだった。列強が無傷でいるわけだから、これは彼らにとって文字通りの漁夫の利であり、最も望むところであったから、これこそは最も避けるべき事態であった。

とりあえずアメリカは、捕鯨船の燃料、食料、水の補給基地としての価値、イギリスは国内で始まっていた大量生産商品の有力消費地としての価値を日本に見ているだけと思われたが、フランスの全権大使ロッシュは、油断がならない相手だった。フランスの対日貿易量は、イギリスに大きく水をあけられている。そして本国におけるナポレオン三世の第二帝政は当時破綻しつつあり、フランスは欧州で孤立するようになっていた。こういう事態の中、東洋に保護国を作って利潤を吸いあげることは、イギリスをだし抜くことにもつながり、国益に鑑みて悪いものではなかった。そのための布石として薩長革命勢力との内乱にそなえて幕府に強力な軍装備を貸与し、終戦後はこの膨大な借款の返済不能を盾に、国土割譲を要求する作戦をたてている可能性は充分にあった。

そこに格好の事件が起こった。「生麦事件」である。薩摩の島津久光の大名行列に遭遇した遠乗り乗馬中の英国人数人が、土下座もせずに前方を横切ろうとした驚くべき無礼に対し、随行武士が抜刀、一人を処刑、一人には重傷を負わせ、もう一人には軽傷を負わせた。

列強各国は即刻反応し、報復処置の準備として横浜沖に大量の軍艦を送り込んできた。英国軍とフランス軍は横浜への駐屯を申し入れ、幕府はその剣幕にうろたえて即刻許可、山手に土地を提供して平身低頭、イギリスには十万ポンドの賠償金を支払った。一方、事件当事者の薩摩は謝罪や賠償金支払を拒否、開戦の構えを見せたので、英海軍は横浜から薩摩沖に出陣していき、薩摩を打ち破った。この戦で欧州最新火器の威力を知った薩摩は、以降膝を屈するようにしてイギリスに接近し、最新武器を購入するようになる。

これによって幕府と薩摩との軍装備にはますます差が開きはじめたから、ロッシュは強力に幕府に働きかけ、開戦を迫った。フランスなら、イギリスに倍する火器を即刻幕府に提供できる。規模で遥かに勝る幕府軍なら、近代火器さえ手にすれば薩長軍などものの数ではない。みすみす勝てる戦争を闘わないのは愚かだとまで言った。しかも急がなくては薩摩は、天皇を脅迫して倒幕の勅命を出させ、これを後ろ盾に正義の江戸攻めにくだってくるであろう。猶予はない。

攘夷を旗印に天皇を味方に引き入れた薩摩が、その異国と和睦して倒幕の武器を仕入れ、攘夷をしない罰として幕府を討つというのは矛盾であったが、これが政治というものである。

幕府のみならず日本の命運を握る将軍となった徳川慶喜は、このためにきわめてむずかしい判断の局面に立った。膝もとににじり寄るフランスから、巨額の借款と大量の武器供与を得てすみやかな軍装備近代化をはかれば、兵の少ない薩長軍を破れることは解っている。しかしそのようにして目先の面目を維持すれば、そののちこの巨額の借款を返済する能力が幕府にはないから、フランスに国土割譲を要求される公算が高い。フランスはかつて欧州で、隣国に対してそのように行動した実績がある。すると国境で小競り合いが絶えず起こるであろうから、割譲は戦争を呼んで、ずるずると植民地化の引き金ともなりかねない。先を考えずにこの覚悟をするか、それとも日本を生かして自らを殺すか、こういう選択肢である。

慶喜が政権を引き継ぐまでの幕府は、国内的には攘夷を喧伝し、鎖国に戻ると公約しながら、実のところは海外に友好使節を送って国際親善を行っていた。慶喜が将軍職に就く数ヵ月前に幕府が欧州に送っていた遣欧使節は、表向きは開港延期交渉、攘夷の時間稼ぎという名目だったが、実際には二度にわたる英国公使館襲撃殺傷の謝罪と、国際親善訪問であった。このように行動しながらも幕府は、国内の身内に対しては旧態依然とした威圧の顔をくずさず、批判勢力を処刑する内弁慶ぶりを続けていた。こういう傲慢狭量な幕府を生き延びさせ、はたして全国民に益となるものか。かといって天皇を政治的に担ぎあげ、見えすいた正義ストーリーを作って倒幕を狙う薩長革命軍に、国民の益を優先するような高度な精神性を期待できるものか。

しかしそれではと内戦を決断し、薩長軍を打破するにしても、今度はフランスをはたしてどこまで信頼できるか。ロッシュは幕府と接近しながらも、陰では薩長とも急接近している。幕府に供与する武器の量をフランスが調整すれば、内戦の時間をコントロールすることもできる。長期戦にもつれ込ませれば、たとえ幕府軍が勝利しても戦後の国内は焦土と化していて、国民は住む家も食料もなくなっているだろう。そうなれば国民は生活を海外列強に依存せざるを得ないから、これもやはり保護領への急坂となる。

では一転、慶喜が面子を捨て、高度に政治的な判断をしてフランスの誘いには乗らず、国内革命軍とも闘わず、日本国土の保全を優先したにしても、正義感にかられた勤王攘夷の志士たちが異国人殺しを続けたなら、幕府の謝罪も補償金も追いつかなくなるから、これもやはり外国に懲罰的侵攻を受ける危険となる。こちらもまた猶予の時間がない。最後の将軍慶喜は、こういう薄氷の上に立っていたといえる。破滅への一触即発、それが幕末の日本であった。

一人の若い為政者が、単独の判断で乗りきるには危険にすぎる政治局面で、今日の視線からは、これで万事が無難に過ぎたことは奇跡に近い。慶喜はフランスから六百万ドルの借款を決心しかけていたが、すんでのところで思いとどまっている。ここには、陰になり日なたになりして将軍の判断を支えた頭脳があったことは考えられるが、これ以外にも、国土欠損を未然に防ぐために人知れず行動した、これまでに知られていない軍事力が横浜に存在した可能性はある。

こういう調査はこれまでに京都に集中していたが、横浜こそが当事者の膝もとである。攘夷をとなえる勤王の志士を粛清し続けた、京の殺人集団「新撰組」の存在は有名だが、これは日本人同士の殺戮なので、直接海外列強との開戦にはつながらない。しかし関東での異人殺傷は、生麦事件に見るように即刻国家間戦争、そして国土喪失につながる火種である。そして関東には、攘夷を成して名を上げんとする腕自慢の浪人たちが大量に潜入していた。この小説は、こういう歴史上重大な一地点への、個人的な仮説ともなる。

関内の歴史と、日本初物語

横浜村とは、もともとは天橋立のような、横方向に延びる砂嘴《さし》の上に発生した零細漁民集落だった。江戸初期に背後の入江が埋め立てられ、裏田んぼをしたがえる格好になって農民が入植し、過疎ながら半農半漁の体裁に

開港以前の横浜　中央に横浜と記されている『江戸名所図会』より

なっていたところに、突如アメリカ極東遠征軍が、開国を要求して上陸してきた。

開国をしぶしぶ決定してからの幕府は、鎖国時代の前例にしたがい、出島を作って異国人たちを一箇所に押し込めたい願望を持っていた。これは手強い相手を管理する際の幕府の伝統的な手法で、皇室に対してもこの方法がとられている。京都に塀で囲った一郭を作り、ここを御所と呼びならわして、皇室とその周辺の公家たちにはこの塀から外に出ることをさせず、出入りの者には許可証を発布し、所司代をおいて皇室、公家の動向を絶えず監視、報告させていた。皇室には、徹底して学問と芸術を奨励し、これは体のよい幽閉だった。

幕府は、たまたま白羽の矢がたった格好の横浜村を出島に改造したかったのであるが、あまりにさびれたこの村ではさすがにそれを言いだせず、もう少し江戸に近い場所をと要求するアメリカなどに配慮して、東海道の宿場神奈川に、港と領事館等の用地を用意する回答をしていた。

しかし、品川御殿山に建設中であった英国公使館を勤王の志士が焼き討ちしたり、それまで付近の東禅寺に置いていた英国公使館を攘夷派が襲った経緯もあり、一箇所にかたまっていてくれた方が安全を守りやすいとする説明に説得力が生じて、幕府の希望が通る目が出た。そこで幕府は急遽波止場東側に運河「堀川」を通し、南と西を大岡川にして四方を水にすると、必要最小限の橋をかけ、東海道に続く主要な吉田橋のたもとには関所を置いて、波止場を出島化した。この方法では、水路が塀の代わりとなる。

幕府はこの出島内部を「関内」と呼び、外側を「関外」と呼んだ。関所の内と外の意である。今日根岸線の駅などに残る「関内」の地名はこの名残りである。この駅が、吉田橋の関所付近にあたる。関内にもともと居住していた漁師たちには、補償金を与えて山手に強制的にたちのかせ、麦畑であった土地は麦を刈り取って、領事館の建設用地とした。

北側にあたった波止場には、隣接して運上所と、その背後に外国人が商いをするための集合建築物を用意した。これは関内在住の庶民によって、やがて「お貸長屋」と呼ばれるようになる。これは、現在の横浜開港資料館のあたりになる。

南の入江側八千坪の沼地は、埋め立てて陸化し、岩亀楼、五十鈴楼といった大店を四軒、茶屋、芸者置屋などの小店三軒を建てておいて、大急ぎで二百人ほどの女をかき集めてきた。つまり異国人向けの遊廓を急造したのである。これは以前品川の遊廓に異人たちがあがろうと

吉田橋の関所

した際、遊女たちがバリケードを積み、自害をほのめかして徹底抵抗した事件とも関係している。当時異人は、日本庶民には猛獣のように恐れられていたから寝る女がいなかった。異人に女を用意するなら、それ専用として日本人から隔離すべき国内の事情があった。関内のこの赤線地帯は当初「港崎《みよざき》」と呼ばれたが、漢字に引きずられ、いつのまにか「こうざき」と呼ばれた。これは現在の横浜スタジアムの付近となる。

　この奇妙に行き届いた幕府の処置に、しかし異国人たちはなかなかにあきれた。遊廓にあがる異国人の数は少なく、当分日本人客の方が多かったようである。この処置は、徹底崇拝の演技、内実は徹底軽蔑というわがお家芸の発露するところでもあった。動物である夷狄《いてき》には、下級女をあてがっておけばおとなしくなるという発想で、奉行所は異国人の商家、また自宅に女中として勤める女性も、この娼家の女から選ぶべしとした。つまりこれら娼婦たちは、外人用の檻の中に投げ捨てた餌のようなもので、どう使おうと異人の自由という解釈だった。

　檻の外のまともな女性には異人の被害が及ばないようにとの分別配慮であるが、この蔑視政策の影響は、その後の日本社会に長く尾を引くことになる。これによって、異人を相手にする女性は

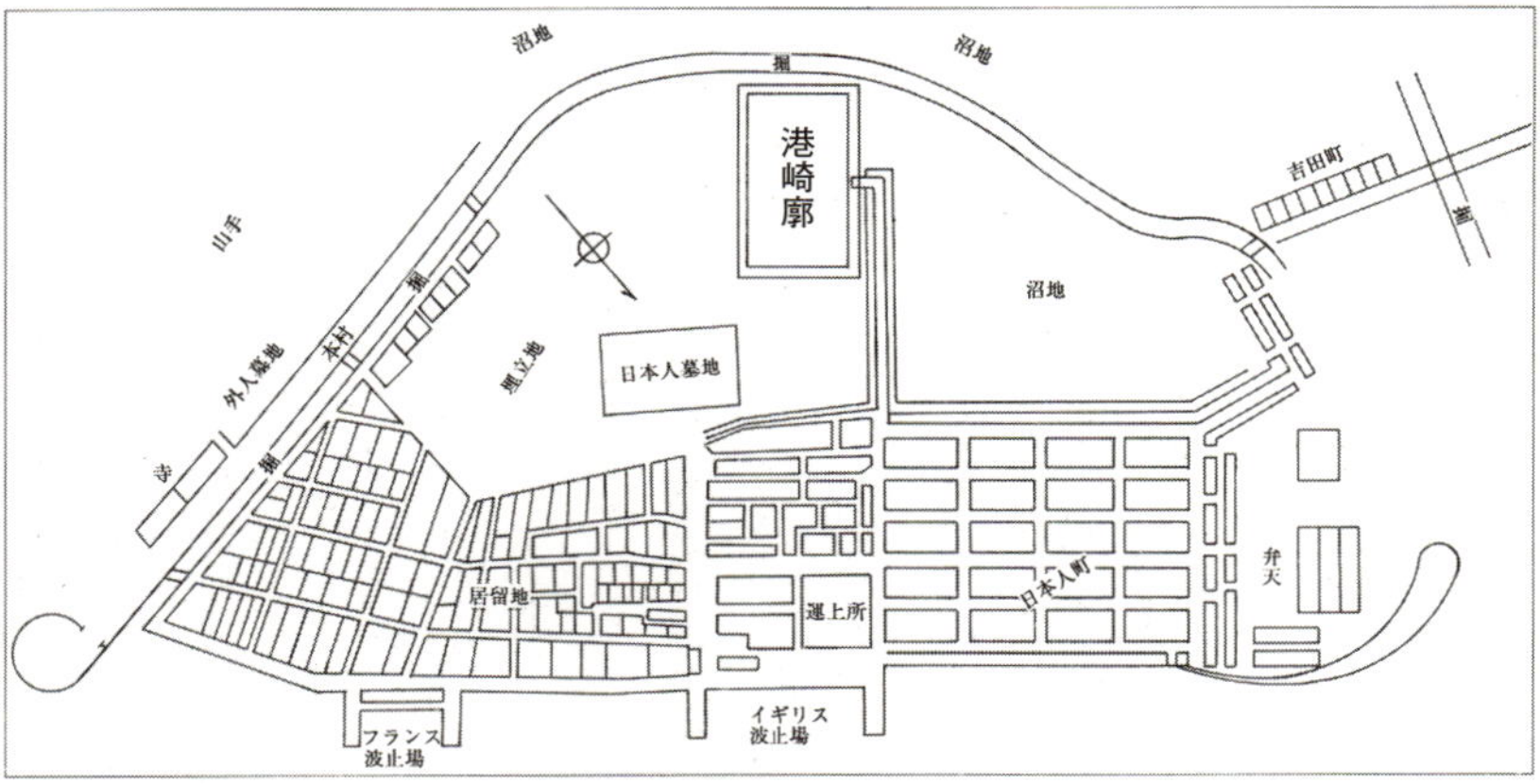

開港直後の横浜（1862〜1863年）

下賤身分とする発想が大衆のうちに定着し、「異人の血によって穢された者」という解釈の、新たな被差別階層を生んだ。「ラシャメン」と呼びならわされた外国人の愛人女性は、道で見かければ子供も石を投げるほどの軽蔑心の対象となり、この根深い差別感覚は、昭和に入っても健在だったことが、横浜在住の老人たちによって証言されている。神道をルーツとするわが同族差別の病理構造が、ここにもまた露呈した。

幕府および神奈川奉行所は、異人たちにできるだけ関内を、特に東海道から江戸方面に向かっては出て欲しくなかったのである。こうした準備を万端に整えてのち、幕府は公約を破って、各国はすべてこの関内に領事館を建て、住むようにと要求した。

各国領事は怒り、長崎の出島に押し込められて長年不自由をかこったオランダの轍を踏むまいとして、みな臨時領事館と定めた神奈川の寺から動かなかった。しかし船員や商人は、やがて関内の居留を望むようになる。横浜の波止場自体は水深が浅く、開港当初大型船の横付けができなかったが、しかし沖の水深は充分で、神奈川港より具合がよかった。関内を波止場とする発想は悪くなく、そうなら住居が波止場に接近している方が便利だったからである。

関内は出島と違って広大だったこと、そして時代も変わって大衆は幕府よりも賢く、横浜に出て異国人を相手に商売をしたいという出願が民間から百件も寄せられたこと、幕府もこれが出島とは違うことを諸国にアピールしたかった事情もあって、関内を現在のシルクセンターあたりで二分して、海に向かって左側を日本人町、右側を異国人居留区とした。関内に日本人が居留することを許したのである。やがて言葉の不自由もあって、居留区に領事館用地等の特定に関するトラブルが起こったので、神奈川奉行は居留区に限っては地番を付すことにした。この地番は、現在も使われている。

真っ先に関内に領事館を建てたのは、長崎で出島になじんでいたわけでもあるまいが、オランダだった。これが文久二年のことで、翌三年にこの領事館が夜会を催し、これが日本最初の異人主催のパーティとなってその華やかさが関内の語り草になった。以降各国領事館がこれに続き、最も立腹していた先陣のアメリカが最後に移ってきてからは、関内は急激な発展を開始することになる。以下では「横浜★日本初年譜」を眺めながら、この過程を散策してみることにする。細部は次号以降の連載に譲るが、日本初のさまざまな日用品、娯楽、施設、発想、団体が続々と運びあげられ、行儀とその罰則としての殺人が日常茶飯に横行するかたわらで、現在と変わらぬ資本主義経済機構とマスコミ、そして陽気な音楽の民主社会が、この出島にミニチュアのように誕生する。

万延元年、O・E・フリーマンの写真スタジオが居留地二十番に現われる。これは大変な評判になり、鵜飼玉《うがいぎょく》川《せん》という日本人の弟子もとった。鵜飼はフリーマンに写真術を伝授され、のちに江戸に出て写真館を開業、日本人の写真家第一号となる。

波止場に付属した運上所の背後には「お貸長屋」があったが、この周辺には日本人が経営する居酒屋、蕎麦屋、一膳飯屋がひしめいていた。万延元年、こういう店の経営者の一人で、本牧村から出てきていた内海兵吉という男が、フランス軍艦ドルドーニュ号の乗り込みコックからパンを焼く方法を教わった。日本の小麦粉を練り、見よう見まねで焼いてみたら、焼き饅頭のようなものができ、内海自身こんなものが売れるのかといぶかしみながら売ってみたら、ほかにないものだから居留民によく売れた。これが日本におけるパンの製造販売第一号だという。フランス人から教わったので、「ブレッド」でなく「パン」の呼び名が横浜に広まった。外国人のベイカリーが関内にできるのは、この後のことになる。横浜のパンの製造販売は、日本人によるものが最初ということになる。

文久元年には、日本初の本格的新聞である「ジャパン・ヘラルド」が関内で創刊される。これは英文四ページだて、毎週土曜日に発行される週刊紙であった。発行人のウィリアム・ハンサードはニュージーランドの不動産業者で、ニュージーランドで「サザン・クロス」という新聞を出していたことがある。まず長崎に来日し、「ナガサキ・シッピング・リスト・アンド・アドヴァタイザー」という新聞を出したが、商業の中心はすでに横浜に移りつつあったので、「ナガサキ・シッピング・リスト」を二十八号で廃刊し、横浜に来て「ジャパン・ヘラルド」を創刊した。

同文久元年に、横浜駐留軍人と居留民による初の社交クラブ、「横浜ユナイテッド・クラブ」が誕生している。以降横浜には多くの社交クラブが誕生し、この大半がそれぞれホテルを兼ねるクラブ・ハウスを建設し、自国からの訪問者の滞在の便をはかると同時に、これを舞踏会、音楽鑑賞、読書などの会場とし、乗馬会、ボート大会、陸上競技会などの各種スポーツ競技、演劇発表会などの文化活動を楽しんだ。居留民にとっては、このような文化活動こそが名士のあかしだった。一方日本人にとっては、武士である軍人と、平民である商人、ましてその妻たちが対等に会合して楽しむなどということは発想もなかったし、なにより武士がこのような遊興に勢力を裂くことは堕落であったから、文字通りのカルチャー・ショックであった。

The Japan Herald.

「ジャパン・ヘラルド」

文久二年には、横浜新田埋立地で日本初の競馬大会が催されている。これは軍事鍛練上の意味あいもあり、以降は幕府に働きかけて、日本最初の競馬場を新設する運びになる。これが、現在は森林公園となっている根岸競馬場であった。

同じく文久二年、「ゴールデン・ゲイト・レスト

横浜ユナイテッド・クラブ

ラン」という日本初の洋食レストランが、居留地四十九番に開店する。経営者は、ジョージと呼びならわされていた黒人だった。

文久三年になると、先のウィリアム・ハンサードは、「デイリー・ジャパン・ヘラルド」という日刊紙を創刊する。これは広告主体の新聞で、当初は、ニュースより広告の需要の方が多かったからだが、以降関内には、さまざまな言語の新聞が乱立することになる。

日本語による最初の新聞は、元治元年六月二十八日創刊、ジョセフ・ヒコという日本人の手になる、手書きの「新聞誌」であった。翌年にこれは「海外新聞」と改題し、より新聞らしい体裁を整える。当時郵便船が横浜に運んできていた海外の新聞を翻訳し、海外情報を国内に知らしめることを目的とした。これに商品相場と広告も、併せて載せていた。定期購読者はたった四名であったが、ヒコはこれで日本のマスコミ史に名を遺している。活字印刷で刊行される本格的な日刊邦字新聞は、明治三年十二月八日創刊の、「横浜毎日新聞」となる。

元治元年には、「横浜ファイアー・ブリザード」と命名された消防隊が、居留地二百三十八番に発足している。会員は居留地のヴォランティアで組織されたが、日本人隊員もいた。初代隊長は、写真家のO・E・フリーマンだった。関内開設以来、関内では頻繁に火事が起こっている。関内全体を焼きつくした大火もある。それら火事のうちのいくつかが、志士による攘夷の放火であった可能性も高い。ファイアー・ブリザードの消防車は、最初は手動ポンプ車だったが、明治四年になるとイギリス製の蒸気消防ポンプ車が到着し、日本初の機械化された消防署となる。

同年には、リズレー・カーライルというアメリカのサーカス団が、横浜関内に上陸して興行をしている。彼は足芸によってすでにアメリカで名声を博していたが、どうしたことか横浜がいたく気にいって定住をもくろみ、関内百二番に日本初の円形劇場《アンフィシアター》を建設、ホテルも買収して実業家に変身する。円形劇場は翌年「ロイヤル・オリンピック・シアター」と命名され、日本人の曲芸師、奇術師も採用する。これがサーカス興行の日本最初である。

同じ年、イギリスのP&O汽船が横浜―上海の定期ルートを開設し、翌々年には日本人の海外渡航が解禁となり、さらにその翌年にはアメリカの太平洋郵船会社が香港―横浜―サンフランシスコ間の定期航路を開設している。船賃は非常に高額だったようだが、これで外国人観光客が日本を訪れる手段も整った。

これで思いだすのはジュール・ヴェルヌ作の冒険小説、「八十日間世界一周」である。昔小説も読んだし、英語版も高校生の夏休みに課題として読まされた記憶

ロンドンのドゥルリー・レイン劇場に出演したリズレー親子『イラストレイテッド・ロンドン・ニュース』1846年2月7日号より

があるが、内容は忘れてしまった。憶えているのは映画で、これは今もヴィデオが手もとにある。イギリス貴族フォグ氏が、ロンドンのクラブで八十日間で世界が一周できるか否かの賭けをする。仲間が否定的なので、彼は召使のパスパトゥーを伴って実行の旅に出る。彼の旅の位置は、訪れる先々から刻々英本国に新聞報道される。これは、近いことが当時のイギリスにはあったようである。中国から英国にお茶を運ぶ船ティー・クリッパーが、賞金付きのレースをして、状況が刻々英国の新聞に報道された。フォグ氏とパスパトゥーは、中国・横浜・サンフランシスコというルートで東洋を通過していく。

原作が書かれたのは明治五年だが、執筆には慶応年間の実際の交通事情、また旅行経験者による証言や風聞が下敷きになっていると考えられる。するとおそらくそれは、慶応年間から明治初頭にかけての事情であろう。そしてこの旅の様子は、時代の状況に矛盾がない。フォグ氏一行は、アメリカの太平洋郵船で香港から横浜へ向かい、さらにサンフランシスコに向けて去っていったのであろう。二人の横浜到着を本国に報道する英国のマスコミも、すでに関内には存在していた。

中国で主人とはぐれた召使のパスパトゥーは、単身でひと足先に横浜に上陸し、空腹を抱えて鎌倉の大仏を見物するが、これも史実にかなっていて、当時異国人は鎌倉までは遠足が許されていた。それ以上の遠隔地への旅行は、パスポートを必要としたのである。そしてパスパトゥーは軽業の特技を生かし、しばらく横浜の曲芸団に入って仕事をしていたところをフォグ氏に発見されるのだが、この曲芸団こそはリズレー・カーライルの一座と思われる。当時の横浜に、外国人の飛び込めるサーカス一座はリズレーのものがひとつきりだったからだ。この物語は、なかなか史実に忠実である。

小説を載せる舞台として今も蠱惑《こわく》的な風貌を失わない横浜だが、その吸引力を最も高めた時期は、この幕末期と感じる。冒険、恋愛、スポーツ、社交、西欧流のユーモア、ラシャメンと呼ばれた特有の魅力を持つ日本女性たち、立身出世や富獲得の夢、国防の理想、国を売り飛ばさんとする者の野望や、これを買わんとする者の野望、貨幣換算率の一時的な不備をついた一攫千金の詐欺商売、そして殺人や焼き討ちの暴力、これを防がんとする者の活劇、日本刀、フェンシング、ピストル、ライフル銃、火縄銃、渡来中国人や、忍び出身の者が持ち込んだ奇妙で危険な小道具、世界中のありとあらゆる殺傷の武器がこの島に集まり、したがってここは、たちまちあらゆる種類の小説を支える可能性を持ったといえる。

しかもここは異国人の自治領であったから、時の警察権力からは治外法権の別天地であった。修好通商条約の取り決めにより、異人の犯罪者は捕らえても裁く権限が奉行所にはなく、被告が属する各国領事館がそれぞれ行った。これは無法化しやすい状況である。

そこで幕藩体制下での逃亡殺人者、脱藩浪人、廓からの脱走娼婦、組抜けのやくざ者などが関内に逃げ込んできて、島はありとあらゆる素姓、階層の者の吹き溜まりとなった。日本人ばかりでなく、中国や欧米からの不良外国人も同様である。そういう場所にサーカス団が上陸し、関内の女王といわれたフランスの貴婦人も登場する。極限的に華やかで楽しいものと、醜悪で危険きわまりないものとが同居して、それらは馬や自転車で街を駈け抜ける。そういう姿は、これまでの日本では見かけることのないものだった。

横浜★日本初年譜

一八五三（嘉永　六）年　七月　六日　米軍日本遠征艦隊、M・C・ペリー提督、浦賀に来航。

五四（安政　元）年　三月三一日　「日米和親条約（神奈川条約）」横浜で締結。

吉田松陰、禁を破って黒船に渡米を申し出る。

一〇月　「日英和親条約」締結。

五五（　二）年　二月　「日露和親条約」締結。

五六（　三）年　一月　「日蘭和親条約」締結。

八月　アメリカ総領事タウンゼント・ハリス、来日して下田、玉泉寺に入る。

五八（　五）年　七月二九日　「日米修好通商条約」締結。

横浜最初の東（イギリス）波止場が完成。開港の準備整う。

一〇月一四日　「安政の大獄」始まる。

五九（　六）年　六月　英国総領事オールコック、来日して着任。

各国領事、要人は神奈川の寺院に入る。

一〇月二四日　★日本初の病院、ダッガンの「神奈川ホスピタル」が開業。

一一月　一日　★ヘボン、アメリカの気象学会に報告するため、観測器具を携えて来日しており、この日から日本初の気象観測を開始して、のちに「ジャパン・ヘラルド」にも結果を公表した。

一一月　アメリカ、ダッチ・リフォームド教会の宣教師としてS・R・ブラウンと、D・B・シモンズが来日して、ともに神奈川の成仏寺に入る。

貿易商社ジャーディン・マディソン商会、英国系のデント商会などが横浜に進出して支店を開設。生糸の買いつけなどを行う。以降横浜は、貿易商社の進出ラッシュとなる。

入る。幕府は、近く神奈川に領事館用地提供を約束。

六月二八日　★芝屋清五郎が「英国人イソリキ」に生糸を売り込む。イソリキは、エスクリッゲのことと推測されている。これが日本人の外国商人への商品売り込みの第一号。

六月三〇日　★アメリカ、ハード商会派遣の商船ワンダラー号が入港。外国商船横浜入港の、第一号。

七月　一日　横浜、函館、長崎が開港。この日にオランダ商船シラー号が入港。

七月一六日　★シラー号で入港のオランダ商人が、幕府の用意した外国人「お貸長屋」で開業。これが外国商人商いの第一号。

★この頃、二輪、三輪の自転車が、はじめて横浜に入る。

八月　ロシア使節随行員二名が横浜で殺害される。

一〇月　米人プロテスタント宣教師であり医師である、ジェイムズ・カーティス・ヘボン、長老派教会から派遣されて来日。神奈川の成仏寺に

吉田松陰、小伝馬町で斬首の刑。遠島の刑が、井伊直弼によって斬首と変えられた。享年二九。

★この年の末、機械士フォークが、居留地で日本初の時計屋を開業。

六〇(万延　元)年　一月二二日　幕府遣米使節、米軍船ポーハタン号で横浜から渡米。随行船として咸臨丸が一九日、浦賀から出港。日米修好通商条約批准書交換が目的。

二月二四日　外国人居留地区で火災発生。

★「横浜ホテル」開業。オランダ帆船ナッソウ号の元船長のフフナーゲル経営。横浜のホテル第一号。ロイヤル・ブリティッシュ・ホテル、アングロ・サクソン・ホテルなどがこれに続く。

★まもなく横浜最初の食用屠牛が、横浜ホテルで行われる。食肉業者の第一号は、アイスラー・マーティンデル商会。

三月　三日　「桜田門外の変」。「安政の大獄」に怨みを抱く水戸脱藩浪士たちにより、井伊直弼暗殺。

四月　軍艦ミシシッピー号で米バプティ

スト会宣教師、ジョナサン・ゴーブル来日。S・R・ブラウンの住む神奈川の成仏寺の庫裏に同居。彼らはみな、のちに居留地に移る。ブラウンとともに来日した米宣教師で医師のD・B・シモンズ、居留地に移って開業医となる。

八月　英米蘭三カ国領事、「神奈川地所規則」制定。

★O・E・フリーマン「肖像写真撮影業」を横浜で開始する。これが日本の商業写真家の第一号。

★この年、内海兵吉がフランス軍艦乗り込みのコックから手ほどきを受け、パンを焼いて居留地で売った。これが日本のパン製造販売第一号。

★神奈川奉行が、生麦、鶴見両村にアメリカ麦を試作させる。西洋野菜第一号。続いて山手に外国人による菜園ができる。

六一(文久　元)年一一月二三日　★日本初の本格的新聞「ジャパン・ヘラルド」をウィリアム・ハンサードが横浜で創刊。毎週土曜日発行、英文四ページだての週刊紙で

幕府遣欧使節、横浜から欧州に向け出発。

三月　オランダ領事館が、各国領事館の先頭を切って神奈川から横浜に移転。翌年、日本初の異人主催の夜会を催す。

春　★ワーグマン、風刺漫画雑誌「ジャパン・パンチ」創刊。居留民相手にヒットする。風刺漫画雑誌第一号。

五月　一日　★造成中の旧横浜新田で、日本初の競馬会が二日続けて開催。

九月一四日　「生麦事件」起こる。これを受けて、居留地の義勇軍、組織される。また横浜沖には、以降各国軍艦が常時二十隻以上集結して緊張した。しかしこのため、横浜の街は逆に活気づく。

一〇月　一日　二日続けて秋の競馬会が開催。その後会場は、山手の練兵場、根岸の射撃場と移る。

一二月　★西洋料理「ゴールデン・ゲイト・レストラン」が居留地四九番で開業。これが洋式レストラン日本第一号。経営者は、ジョージと呼ば

あった。

★横浜駐留軍人と居留民の社交場、「横浜ユナイテッド・クラブ」発足。居留地社交クラブ第一号。所在地は不明。

米宣教師、ジェイムズ・バラ来日、神奈川成仏寺に入る。翌年居留地に移る。

英国人画家チャールズ・ワーグマン、「イラストレイテッド・ロンドン・ニュース」の通信員兼画家として来日。日本の激動期をよく英国に伝えた。

この年の末、横浜居留地に地番が付される。居留地の位置をめぐり、外国側と幕府との間に対立が起こったためとされる。

★渡辺善兵衛が、日本初の西洋式洗濯業、クリーニング屋を横浜で開業。

六二(二)年 一月一二日

「横浜天主堂」献堂式。パリ外国宣教会が居留地八〇番に建堂した、カトリック教会第一号。この鐘は、のちに火災時の半鐘としても使われることになる。

れる黒人だった。

品川御殿山に建設中のイギリス公使館が焼き討ちに遭う。

六三(三)年 一月

三月 ★西インド中央銀行、横浜に進出、開業。日本初の銀行が出現。

四月 チャータード・マーカンタイル銀行も、横浜居留地で開業。英国系植民地銀行。

七月 二日 幕府、英仏軍の横浜駐屯を許可。駐屯開始。これは生麦事件が直接の引き金となっている。

八月 英国艦隊が横浜を出港、「薩英戦争」に参戦。

一〇月 五日 ★「グランド横浜、インターナショナル・レガッタ」二日続けて開催。日本初のボートレース。軍人が主体だった。

英国聖公会が、居留地一〇五番に、プロテスタント教会の最初の聖堂、クライスト・チャーチを建堂。

一〇月二五日 ★日本最初の日刊新聞「デイリー・ジャパン・ヘラルド」、横浜で創刊。以降、新聞の数は増える。

一一月 七日 ★日本初のドレスメイカー、「ピアソン夫人の洋裁店」、横浜で開業。

ヘボン夫人、日本人向けの英語塾、開く。

居留民の社交クラブ「クラブ・ゲルマニア」、二三五番に設立。ドイツ人が中心であったが、他国籍人も入会が可能だった。図書館などが完備。

十二月

★日本初のテイラー「ラダージ・オエルケ商会」横浜で開業。

英国人写真家、フェリックス・ベアト来日。ワーグマンとともに居留地二四番に共同スタジオをかまえる。各地を旅行して幕末日本の風俗風景写真を撮影、出版して名前を遺す。下関戦争には従軍写真家として遠征。八四年に米相場で失敗、帰国。

六四(元治 元)年 一月

★居留地消防隊発足。前年末のクラフラー商会からの出火を契機としている。居留地二三八番に「横浜ファイアー・ブリザード」を置く。明治四年に本格的蒸気ポンプを装備した。洋式消防署第一号となる。

三月

★米国人曲芸師リズレー・カーライル、曲馬団を率いて来日。「リズレ

下関へ。

長州との戦争。

十一月

鎌倉で、英国ボールドウィン少佐とバード中尉を殺害した「鎌倉事件」起こる。

★リズレー・カーライル、日本初の西洋式アンフィシアター（円形劇場）を横浜、一〇二番に開設。これが劇場第一号。翌年「ロイヤル・オリンピック・シアター」と改称。

十二月一九日

「横浜居留地覚書」、調印。

「横浜ユナイテッド・クラブ」の社交場、居留地海岸通五番Aに新設して移転。宿泊施設、ビリヤード場、図書室などをそなえていた。

「鎌倉事件」の犯人処刑。

本村（元町）から根岸村、本牧本郷村、北方村に通じる外国人向け遊歩新道、開通。

ミシシッピー（根岸）湾に近い新道沿いに、さっそくコーヒー・ハウスを開業した者がいた。このため、始点かつ終点にあたる地蔵坂上は、「コーヒー・ハウス・ヒル」

ー・アクト」と呼ばれた足芸で有名だった。これが日本最初のサーカス興行。カーライルはそのまま住みついて、ホテル、劇場を横浜で経営。日本人サーカス団員も入る。

★喫茶店第一号「アリエ・カフェ」開業。この年のうちに「カフェ・デュ・ジャポン」、「ヴィクトリア・コーヒー・ハウス」が続いた。東（フランス）波止場の一般使用開始。

★日本初の理容業「ファーガソンのヘア・ドレッシング・サロン」が横浜ホテル内に開業。日本に断髪令が出るのは明治四年。

五月　五日　★日本初の陸上競技大会「横浜フィールド・スポーツ」が、英国領事館付属監獄グラウンドで二日続きで開催。駐屯軍将兵が主体。

五月二八日　★日本最初の薬局「横浜ディスペンサー」開業。

六月二八日　★日本初の日本語新聞「新聞誌」、創刊。

八月　英米仏蘭四カ国連合艦隊が出港、

と呼ばれた。

★英P&O汽船、横浜—上海定期航路開設。

一〇五番の聖堂を改造、付属の牧師館を建て、横浜最初のプロテスタント教会とする。

六五（慶応　元）年

三月　★大工のT・S・スミスが、日本初のペンキ塗装業、居留地で開業。

四月　★駐屯軍からの要請により、幕府は根岸村字立野に駐屯軍用射撃場用地を貸与。これにより、居留地に日本初の射撃場ができる。そこで民間に「スイス・ライフル・クラブ」ができるが、これはスイス国籍の者しか入れなかったため、「横浜ライフル・アソシエイション」が組織された。

五月　★カーライル、天津水を輸入し、横浜に日本初、アイスクリーム・サロンを開店。

★幕府、北方村字小港に、外国人の食用の「公営屠牛場」を開設。屠牛場第一号。

六月　「居留地参事会」発足。

一〇月　★歯科医イーストラックが上海から

横浜に出張して、日本初の歯科診察を行った。

一一月　★横浜ライフル・アソシエイション、日本初の射撃競技大会を、根岸の射撃場で開催。

六六（　二）年　四月頃　★カーライル、横浜で日本初の牧場経営に乗りだす。居留民向けに牛乳の製造販売を行う。牛乳販売はこれが日本第一号。

五月二三日　★幕府、日本庶民の海外渡航を自由化。

七月　★「横浜乗馬クラブ」開設。乗馬クラブ第一号。

秋頃　★日本初の「根岸競馬場」開設。居留民と駐屯軍将校によって構成される「横浜レース・クラブ」が使用権を獲得。翌年初頭に初レース開催。

一一月二六日　「慶応の大火」。末広町から出火。関内の大半を焼失。

一二月二九日　「横浜居留地改造及び競馬場墓地等約書」締結。外国人遊歩新道、拡幅工事完成。この時、フランス公使館から現関内駅付近にあった吉田橋までの直る日刊夕刊新聞「ジャパン・ガゼット」を横浜で創刊。ヘラルドと二大新聞となる。

一三日　徳川幕府、「大政奉還」を表明。

★江戸・横浜間に蒸気船福川丸が定期就航。蒸気船による定期航路は日本初。

一一月一五日　京都近江屋で、坂本龍馬暗殺。

一二月一七日　「横浜外国人居留地取締規則」制定。領事団同士の対立、内紛、財政難から、自治権を幕府に返上。以降横浜では、上海租界におけるような、外国居留民による自治体制は発展しなかった。しかし演劇、乗馬、教養取得などの文化活動は盛んで、のちの横浜の文化的基盤になった。

★この年、ヘボンが日本初の本格的和英辞典「和英語林集成」を出版した。

六八（明治　元）年　一月　一日　神戸開港、大坂開市。

一月　三日　「王政復古」の大号令。「鳥羽伏見の戦い」（戊辰戦争始まる）。

二月　英仏蘭等の六カ国、局外中立宣言。

線道路も完成し、「馬車道」と呼ばれるようになる。この道は関内を周回するためのものの一部であった。

カーライル、足芸の浜碇定吉一座を引き連れて欧米巡業の旅に出る。しかし精神に異常をきたし、故国アメリカで死亡。

六七（　三）年

一月二四日　★米「太平洋郵船会社」、サンフランシスコ—横浜—香港を結ぶ定期航路を開き、海岸通四番に事務所を開く。開設一号船コロラド号、横浜に来航。日米間定期航路第一号。同社は、同年に横浜—上海線も開設。

七月二五日　山手地区も外国人居留地となる。

九月　★医師ヘボンが、俳優の沢村田之助の脱疽の治療で右足を切断、翌年アメリカから義足が届き、沢村は日本初の義足装着患者となる。沢村は横浜下田座でお礼興行を行い、大評判をとる。

一〇月一二日　ジャパン・ヘラルド社の社員であった英国人ブラックが、資金援助を得て独立、時事報道を主体とす

三月　山手のオランダ病院、居留民団に譲渡、横浜一般病院となる。これがのちの十全病院。

八月　七日　官軍への「江戸城無血開城」。「大阪兵庫外国人居留地約定書」締結。

九月　一日　大阪、開港場に変更。横浜居留民が、「クリケット・クラブ（YCC）」設立。

一〇月　★英国人技師ブラントン、弁天海岸の試験灯台の建設に着手。

六九（　二）年

一月　一日　東京開市、新潟開港。帰国していた米人宣教師で医師のシモンズ、再来日。アメリカ、ダッチ・リフォームド教会の女性宣教師キダー、S・R・ブラウンと来日。

八月　★日本初のビール醸造会社、ローゼンフェルトの「ジャパン・ブルワリー」山手四六番で創業。本町通から神奈川に直通する馬車道が開通。★ランガン商会が、京浜間に乗合馬車運送開始。★この頃人力車が発明されたとする。

翌年には、神奈川―川崎間、四年には横浜―川崎―藤沢間で人力車営業が始まっている。

七〇(三)年　一月二六日　★東京―横浜間、電信業務開始。

六月　二日　★居留民専用の「山手公園」、山手に開園。日本初の洋式公園。居留民の共同出資による。

九月　居留地海岸通に、石油灯による街路照明点灯。これは日本初ではなく、長崎出島にはすでにあったといわれる。

キダー、ヘボン診療所で英語の授業を始める。これがのちのフェリス女学院に発展。

一二月　八日　★最初の日刊邦字新聞、「横浜毎日新聞」創刊。

居留民用の劇場兼集会場、「ゲーテ座」開設。本町通りに面した居留地六八番。居留民のための劇場で、アマチュア劇団に賃貸。

「横浜グランド・ホテル」開業。もともと英国人ホイがホテル創業の計画を持っていたのだが、前年六九年に殺害されたため、計画が宙に浮いていた。そこで写真家ベア

に開業。ガス会社第一号であり、この会社の煙突が、日本初の煉瓦積み構造物だった。

一〇月一四日　★横浜・新橋間に初の鉄道開業。

ゲーテ座が「パブリック・ホール」と改称。公会堂となる。「アマチュア・パントマイム劇団」など、アマチュア劇団が居留地にいくつもできる。日本人も参加していた。

シモンズ、のちの十全病院である横浜一般病院で、看板医師として働く。こののち福沢諭吉の生命を助けることになる。

七三(六)年　ゴーブルとブラウン、横浜第一浸礼教会設立。

★近代水道の第一号、横浜上水の竣工。当時はすべて木管だった。

★日本初の石鹸工場を堤磯右衛門が設立。

この年、横浜が登場するジュール・ヴェルヌの冒険小説、「八十日間世界一周」が出版される。

七五(八)年　一月　★日本初のマッチ製造業、持丸幸助によって平沼で始まる。

三月　二日　駐屯英仏軍が離日。

トら数人が出資し、長崎や横浜でホテル経営の実績のあるグリーン夫人を起用し、開業。

★洋式舗装道路の第一号。居留地道路に下水道工事と併せ、マカダム式採石舗装がなされる。ブラントンの設計。

七一（　四）年　八月二九日　「廃藩置県」。

★ゴーブル、日本最初の聖書「摩太福音書」出版。

一〇月三〇日　★日本初の野球大会開催。居留外国人チームと、コロラド号チームが対戦。明治八年になると、横浜ベースボール・クラブが発足した。

一一月一二日　岩倉使節団、横浜出発。

邦人外国人共用の「横浜公園（現横浜スタジアム）」造園。一般使用開始。

ブラントン「横浜下水・道路整備計画」に基づき、居留地に陶管下水道埋設。

七二（　五）年　九月二九日　★大江橋、馬車道、本町通りにかけ、日本初のガス灯が横浜にともる。

★高島嘉右衛門のガス会社、技師プレグランの指導のもと、伊勢山下

「横浜アマチュア・ロウイング・クラブ」設立。それまでは、ボート団体が無数にあった。

★「フットボール・アソシエーション」設立。横浜居留地に初めてサッカーを導入した。

七六（　九）年　二月一五日　「揮発物貯庫規則」制定。

二月二六日　不平等条約、日朝修好条規締結。

「横浜公園」、正式開園。

七七（一〇）年　三月頃　居留地、下水道完備。

七九（一二）年　一月頃　日本大通り完成。

七月二一日　「検疫停船規則」制定。

★「ジャパン・アイス・カンパニー」創業。谷戸橋際、山手一八四番にできた機械製氷工場。オランダ人、ストルネブリンクが経営。のちに「横浜アイス・ワークス」と改名。

★梶野甚之助、横浜蓬萊町に日本初の「自転車製造業」、開業。

八三（一六）年一一月二八日　「鹿鳴館」、日比谷に完成。

八四（一七）年　「クラブ・ホテル」創業。「横浜ユナイテッド・クラブ」の給仕長が、旧オランダ領事館前面を改装して創業。グランド・ホテルと並ぶ横浜二大ホテルに発展する。しかし

一九〇九年一二月一三日、火災を起こして焼失。一七年六月二一日、経営不振で解散。

八五(一八)年　「パブリック・ホール」が手狭になり、移転。「山手パブリック・ホール」となるが、のちに「山手ゲーテ座」と名称を旧に戻した。所在地、谷戸坂上、山手居留地二五六—七番。

八六(一九)年　「横浜セイリング・クラブ」設立。のちに、「横浜ヨット・クラブ」と改名（九四年）。
★居留民の「テニス・クラブ」もこの頃に発足。名称は以降転々とする。

八七(二〇)年一〇月一七日　県営横浜上水道、市内配水開始。
「横浜グランド・ホテル」新館完成。フランス人建築家、サルダの設計。

八八(二一)年一一月三〇日　対メキシコ、初の対等条約締結。

八九(二二)年　二月一一日　明治憲法発布。
四月　一日　市制敷かれ、横浜市誕生。

九〇(二三)年一〇月　一日　★横浜共同電灯会社、常盤町に開業。
★この頃、京浜間の公衆電話取扱始まる。

九四(二七)年　三月二一日　横浜港に鉄桟橋。
七月一六日　日英通商航海条約を締結。不平等条約改正を達成。
八月　一日　日清戦争始まる。

九六(二九)年　七月二一日　不平等条約、日清通商航海条約を締結。

九九(三二)年　七月一七日　改正新条約実施。居留地制度廃止。
七月二七日　内地雑居令。中国人の内地雑居を制限。
八月　四日　仏、オーストリアにも居留地制度の廃止。

一九〇九(四二)年　七月　一日　横浜開港五十周年祭。

一一(四四)年　二月二一日　日米新通商航海条約を締結。関税自主権を回復。

二三(大正一二)年　九月　一日　関東大震災。

四二(昭和一七)年　四月　一日　旧居留地の永代借地権解消。

地球紀行
追想フォトエッセイ

思い出入れの小箱たち 1

オスロの木箱

オスロに行ったのは割合最近で、一九九五年の夏だった。環境問題対策としての電気自動車《EV》の能力を世に知らしめるため、世界中から主だったEVを集め、スウェーデンのイエテボリからノルウェイのオスロまでラリーをやり、これを世界中のジャーナリスト有志に見せようという趣向だった。

北欧の呼び名から、夏でも寒いものかと思っていたら、まったく裏切られた。晴天の陽射しは肌に痛いほどで、アメリカの西海岸以上だった。朝夕の空気は冷ややかなのだが、いったん陽が昇るとこの光線がすこぶるきつい。たぶんに感覚的なものだが、高原の街にいるようで、それは空気が澄んで、希薄であるせいのように感じられた。しかしひとたびにわか雨が降れば、街全体が冬に逆戻りするように一挙に底冷えがする。

ラリーが延々と移動していくので、主催者は取材班用に船のホテルを用意していた。スウェーデンのイエテボリという街に飛来すると、この街の港からMSフンシャルという船に乗り、これがラリーを追って北上する。港々で降り、ラリーを見物しては船に戻って眠る。するとその間に船は次のラリー地点に移動していてくれる。そうやって、スカンディナヴィア半島の海岸線づたいにオスロまで行くという旅だった。

この時、ノルウェイについてはまったく何も知らなかった。相変わらず忙しく、予習をする時間などなかったからだ。旅の間も、船室で「龍臥亭事件」という小説を書いていた。あの小説の五分の一くらいは、だからこの旅で書いた。そんなことだったから、漠然と抱いていたことは、夏ではあるし、たぶん白夜が経験できるだろうという期待だった。

しかし一メートル先も見えない濃霧は経験できても、白夜は全然訪れない。北上が続いて、夕刻になるたびに期待して甲板に出るのだが、いつまでたっても陽が落ちれば暗くなる。業を煮やしてノルウェイ人に訊くと、白夜が見られるのはもっともっと北、北極圏に近いあたりのことで、オスロまで行っても無理なのだという話だった。この旅の最北点はオスロなので、これにはずいぶんがっかりした。

ノルウェイの意味は「NORTH WAY」で、「北への道」という意味なのだという。言われてみるとノルウェイは、確かに北に向かって延々と登る坂道のような格好をしている。北極圏に向かって架けられた梯子のようでもあり、白夜を見たければこれをてっぺんまであがる必要があるのだが、ラリーもフンシャルも、この梯子を途中までしか登ってくれないのだった。

途中、ノルウェイの田舎町をバスで走る機会がたびたびあった。この国の風景は異

地球紀行
追想フォトエッセイ
思い出入れの小箱たち
1

オスロの木箱

様なほどに美しく、絵はがきを眺めるように静かだった。舗装路の脇には広い麦畑が常に拡がり、その彼方には深い深い森が衝立のようにある。そして民家は、この手前にぽつんぽつんと必ず一戸ずつあるのだった。家々の壁は白か小豆色、もしくは黄色のペンキ塗りで、窓枠は白かった。田園にはいっさい看板がなく、空気は高原のものに似て冷たく澄み、人の姿も、車の姿もまれだった。EVたちはこの環境を汚さず、音もたてず、つつましくレースをしていた。

バスで、リセ・コットというノルウェイ人の女性ジャーナリストと知り合った。金髪で、歳の頃は五十歳くらい、オスロに住んでいるのだが、スイスにも家があるという。女性解放運動や、グリーン・ピースの活動に共鳴していて、ゆえにEVの現状には興味があり、それらのテーマで何度も記事を書いているのだと語った。自分も一台EVを持っているから、ラリーに参加しようかと思っていたのだという。この時ぼくも、日本のフライデー誌に環境問題のルポルタージュを連載した体験が新しく、EVにも一家言があったから、割合に話は噛み合った。主張を持った硬派のジャーナリストのようで、彼女のこの点に共感を覚えた。

以降フンシャルの中でも彼女と話すことが多くなり、よく一緒にいた。この旅は人種が面白く、船がポルトガル国籍で乗務員はすべてポルトガル人、ラリーはスウェーデンとノルウェイの電力供給会社が共同主催で、コースは両国に跨る。この三国の人間の外観がまるで違っていた。ポルトガルの男たちはみなずんぐり、がっしりした体つき、髪は例外なく真っ黒で、全員黒々とした髭をたくわえていた。一方スウェーデンの男たちはみんな金髪か栗毛で、背はすらりと高く、髭はない。娘たちはたいてい美しくて、陸でレストランに入ると、ウェイトレスたちがみんなモデルのようだった。

これが国境を越えた途端、髪の色は同じなのだが、女性たちがみんながっしりとした体つきになったからびっくりした。リセもそうで、背は高くなく、どちらかといえばずんぐりしたおばさん体型だった。

そういう彼女がぼくの船室に来て、スウェーデン自動車連盟会長の、クリスチャン・オッフェンバーグ氏夫妻と食事をするから、あなたも来ないかとぼくを誘った。オッフェンバーグ氏は政治家とも親しい人物で、大変な有名人であり、めったに一緒に食事などできない大物らしい。

ところがこのディナーの席は、ぼくにはそれほど愉快ではなかった。会話は終始リセが主導権を握り、しかもその言葉は英語ではなく、オッフェンバーグ夫妻は聞き役だったが相槌もたいして打たなかった。笑顔も発言も少なく、しかし自信満々であるふうの彼の態度は、やや周囲を見下していた。初対面以降別れるまで、夫妻がぼくに挨拶以外の言葉をかけることはついになかった。

ところが翌日ラッケスターという街を歩いていて、公園のトイレに入った時のことだ。ラフなスタイルの紳士が、入ってくるなりハイとにこやかにぼくに声をかけてきた。こちらもハイと言ったのだが、服装は違うし、顔つきまでが全然違って見えたので、誰であるのかしばらく解らなかった。これがクリスチャン・オッフェンバーグ氏なのだった。昨夜のディナーの席とはうって変わって、非常に気さくにぼくに声をかけてきた。首をかしげた。

船の旅は楽しかった。魚やハムの北欧料理はおいしかったし、パンと、何故かジャムが絶品だった。グレベスタッドという港町では、小舟に乗って、フィヨルドの岩場をクルージングもした。しかしEVの実力はまだまだで、この旅でぼくは、電力によ

地球紀行
追想フォトエッセイ
思い出入れの小箱たち
1

オスロの木箱

る公害削減の方向は、まずハイブリッドによるべきという持論に、さらに自信を持った。

オスロの港は城に面していて、城壁のある丘の真下に船は着いた。真夏の街は、ここもまた暑く、港に点在する土産物屋の店先には、どこにも小さな怪物の置き物がちょこんと立っていた。白雪姫の小人のような外観だが、もっとワイルドで、鼻と目と腹が大きく、トロルという名前で、この国の森に生息しているという。ノルウェイ人が土地に入ってくる前、この国の先住民だったのが彼らだった。トロルはたくさんの民話伝承の主人公で、それによるとノルウェイ人は、彼らに楽器の演奏や歌を教わった。ノルウェイの森は、今も魔物がひそみ暮らせるくらいに深い。

オスロの街の土産物屋には、日本語の観光ガイドブックや、日本語訳の本があふれていた。こんなことははじめてで、こんな遠い国なのにいったいどうした理由からかと考えていたら、ある時謎が解けた。「ノルウェイの森」の大ヒットのせいなのだった。あの大ベストセラーが出ていた頃、この街に日本人観光客が大量に押し寄せたらしい。この日本語本は、その時期の名残りなのだった。

上陸した日、少しだけリセと街を歩いた。夕刻で、よいお店を知っているからお茶を飲みにいきましょうと彼女が誘うので、ついていった。繁華街に入ると、驚いたことに大変な人ごみなのだった。舗道は若者でごったがえし、ミニスカートの娘たちに、オープンカーの若者が声をかけていく。むんむんするようなその若い熱気は、アバのヒット曲「サマー・ナイト・シティ」そのままだった。

リセお勧めの「シアター・カフィーン」は、そういう繁華街の一角にあった。石造りの重厚な建物の一階で、広い店内の革張りソファに身を沈めると、頭上から管弦楽

が降ってきた。見あげると、中二階にテラスが張り出していて、ここに管弦楽団が入っているのだった。演奏されている曲はモーツアルトやバッハでなく、名前を知らないジプシーふうの音楽だった。

草原の香りのするその旋律を聴くと、ぼくは以前に訪れたブダペストの街を思い出した。ジプシーの音楽に触発され、ツィゴイナーワイゼンという名曲が生まれたあの街の、フンガリアというレストランが長く憧れだった。探しあて、地下の一隅に席を占めると、あそこではヴァイオリンの演奏者がテーブルの間を歩いて、客たちからリクエストとティップを受け取っていた。ここでは音楽は頭上のテラスだったが、演奏される曲調はよく似ていて、石造りの古い街の印象とともに、音楽が聴こえた時、ふたつの都市の印象が重なった。弦の調べがポップス以上に身近に流れるこういう趣向は、アメリカはむろんだが、もうロンドンにもパリにもない。

遥かな昔、東から欧州に蒙古軍が攻め入り、ロシアを屈服させて、いわば東西混血の国家をモスクワに作った。南にもこれに似た遊牧民の国ができ、それがハンガリーだった。

ロシア人が、東の征服民駆逐という宿願を達成できたのは、鉄砲が発明されたおかげだった。この飛び道具がなければ、彼らは高度に完成された東洋の軍事技術にまるで歯が立たなかった。東から来た民は追われて四方にちりぢりとなり、北に逃げのびた一派は、このスカンディナヴィア半島の北に達したといわれる。事実なら、オスロとブダペストは、共通した東の血を胎内に宿した姉妹である。

東の血は、ユーラシア大陸を越え、遥かな旅をしていた。草原の旋律は、そんな物語をぼくに語った。

地球紀行
追想フォトエッセイ
思い出入れの
小箱たち
1

オスロの木箱

しかしそういう調べを聴いたあとで、ぼくはリセとちょっとした口論をした。正確な内容はもう憶えていないが、リセの星座を訊いて、ぼくが彼女の性格に関して不用意な発言をしたのだったと思う。見ようによっては彼女は、親しい者に対するように憤然と反撃し、あなたにこそそういう性格がある、というようなことを言った。まだ彼女と格別親しいわけではないので、ぼくは多少驚いた。

シアター・カフィーンを出て、再び人の熱気を縫い、シティ・ホールのそばを歩いている時だった。十代に見える痩せた娘が寄ってきて、リセに何ごとか話しかけた。知り合いらしかったが、こちらは別に団体行動をしていたわけではないので、よくリセが解ったなと思った。リセもまた、意表を衝かれたようだった。

彼女と別れた直後、リセはあれは私の娘で、自分は離婚して彼女を一人で育てたのだと語った。聞いて、何故かあらゆることに納得する気分があった。娘は、リセとは顔も体つきも似てはいなかったが、どこか共通する空気を表情にたたえていた。しかし女手ひとつで子供を育て、しかもオスロとスイスに家があってEVまで持っているとは、彼女はひょっとして有名なジャーナリストなのかもしれなかった。

旅の間の彼女の助力に礼を言い、ぼくはそこで彼女と別れて自分のホテルに向かった。彼女は土地の人だから、彼女のおかげで助かったことは多い。われわれの別れは、思えばこれで永遠のものだったわけだが、ハグも握手もせず、ごくあっさりとしたものだった。自分の家に遊びにくればと彼女は船では言っていたが、いつの間にかそんな話もたち消えていた。こちらはあと二泊ばかりオスロのホテルに泊まって観光をし、アメリカに帰るだけだ。リセの家を訪問などしていては、観光ができなくなるという気分も、なくはなかった。

翌日から、オスロの街の、観光客なら訪れるであろう場所をひと通り観た。「叫び」で有名な画家ムンクの美術館とか、ヴァイキングの発掘遺物を展示した博物館、ヘイエルダールのコンチキ号や、葦船ラー号、アムンゼンの極地探検船などが保存されている海洋博物館、それから絵画のように奇麗な民族村、などなどである。ある民族博物館に入ったら、こちらがまだ一階のとっつきにいる段階から女性館員が寄ってきて、二階にあがれ二階にあがれ、面白いものがある、とうるさく言う。行ってみると日本の鎧兜が展示されているのだった。しかしせかさなくても順路でいずれ観ることになるのだ。ノルウェイの成人女性は、親切だがどこかせっかちなところがあった。

ムンクはオスロのいわばスーパースターで、有名な「叫び」を模した壁画やモザイクが、街のあちこちに見られた。彼の筆になる「叫び」は、スケッチも含めればまったく同じ構図のものが二十枚ほども存在し、すべて美術館に保存されていた。

美術館にはムンクのアトリエが再現されていたが、彼の愛用のベッドが異様に狭いことに驚いた。まるで日本の寝台列車のベッドのようである。この狭さは、ホテルのものも同様であった。ノルウェイのベッドというものは、どうやらみんな狭く、一人用であることが伝統らしいのだった。ノルウェイの夫婦には、妻が夫に抱きついてダブルベッドで眠るという習慣はないらしい。夜の行為の後も、夫婦はそれぞれ自分のベッドに戻り、一人で眠るのが伝統とみえる。

民族村には、中世の頃からの伝統の民族家具が展示されている。全体を暗いブルーやグリーンに塗った戸棚やタンスに、植物の花や葉を図案化した装飾を描き込むのがこの国の伝統手法らしかったが、そのようにして造られたベッドもまた、狭いのだった。

地球紀行
追想フォトエッセイ
思い出入れの小箱たち
1

オスロの木箱

街を去る日、まだフンシャルが停泊して見えているオスロ港の土産物屋で買ったのがこの木箱である。民族家具の伝統手法がこれにも反映されていて、植物のものに似た抽象的な絵柄が描かれている。ノルウェイの伝統家具は、これが拡大されたものを想像していただければよい。この時小さな木の盃とか、木のスプーンやフォークに麦の穂とクッキーがくっついている装飾品も一緒に買った。これらにも花柄が入っていて、ここにもぼくは草原からやってきた者の血を感じる。

この箱を持ってアメリカへの飛行機に乗り、機内で旅を思い返していたら、次第に解けてくる謎があった。リセや、オッフェンバーグ氏のことだ。彼らのもの腰に、ノルウェイ伝統の狭いベッドを重ねた時、ちょっとした回答が眼前に現れた。

一人用ベッドのせいか、つまり結婚しても一人で眠る習慣があるせいか、それとも独立独歩のノルウェイ女性気質をこのベッドが象徴しているものか、ともかくノルウェイには離婚が多いのだという。確かにベッドで見る限りは、一人暮らしになっても環境がそれほどには変わらないだろう。むろん直接的には、社会補償制度が完備しているせいではあるが。ともかくそういう例に漏れず、リセもまた離婚経験者だった。

リセは悪い人ではない。しかしきわめて自尊心が強い人で、男性に対しては、かけらでも従っているという態度をとることができない。のみならず、やや勝手なところもある。言葉がうまく通じなかったためかもしれないが、軽い約束ごとを反故にされたような局面もあった気がする。

フンシャルでのディナーの時、オッフェンバーグ夫妻は、そういうリセにかなりうんざりしていたのではないかと気づいたのである。彼らのその辟易ぶりが、傲頑不遜ふうな物腰としてこちらには映ったのだ。彼らは、単にぼくに気を遣うまでの気分の

地球紀行
追想フォトエッセイ
思い出入れの
小箱たち
1

オスロの木箱

余裕がなかっただけで、実際のオッフェンバーグ氏は、決して威張った人物ではない。リセがいない場所では明るく、ごく気さくだった。

リセは、あるいは彼の政策に対し、運動家として異議があったのかもしれない。それとも二人に、以前から何ごとか思想的な対立があったのかもしれないが、リセが一部の人にはなかなか嫌われた存在であることも、どうやら事実のようだった。

何ものにも依存しない、あれがヴァイキングの血を引くノルウェイ人気質というものかもしれない。そう考えればこれは好ましいことだし、また、ノルウェイ女性がみんなそうというわけではないのだが、戦闘的な気分をすぐ表に出すのは、アメリカの成人にはなかなか見られない様子である。しかしあの国の女性たちの民族衣装は、どこよりも愛らしく、家具もこの箱に見えるようにまことに少女趣味だ。

厳しい寒さの中、麦畑に点在するノルウェイの農家は、すべて独立独歩、まったく寄り添ってはいなかった。集団で寄り添えば、助けられることも多いが、やっかいもまた多くなる。この箱には、遣い残したノルウェイの紙幣やコインとともに、リセの名刺もしばらく入っていたのだが、いつの間にかなくなってしまった。

この箱を見るたび、北欧の女性運動家、リセ・コットを思い出すことになった。彼女の目指す勝利がどこにあるのかは知らないが、周囲と折合いをつけ、うまくやっていてくれればよいがと思う。

「創刊号」後書き

この雑誌「季刊 島田荘司」は、原書房第三編集部長、高橋泰氏の情熱で誕生したといってよいので、ここに特に名前をあげ、感謝の意を表しておきたい。高橋氏は、編集者である以前に、当方の非常によい読者であり、創作姿勢の、正当で深い理解者であり続けている。

この雑誌の製作のため、太平洋の彼方から、あるものは資料本の名を挙げ、またあるものはテーマのみを言って、欲しい材料をあれこれとEメイルで要求したが、氏は労をいとわず、何度も横浜と新宿とを往復してくれた。LAに届いた資料は山になって、まだとても全部を読めてはいないし、当創刊号においてはそのごく一部分しか利用できていないが、号が重なるなら、これらの資料はすべて有効に活用される予定である。

これまでぼくは、江戸・東京に関してならそれなりに勉強をしていたが、横浜に関してはサボっていた。しかしおかげで今回、カリフォルニアにいながらにして横浜に詳しくなり、おそらくはもう、江戸よりも知識があるのではと思っている。これらは将来、なんらかのかたちで読者のみなさんに還元したいと願う。もちろん御手洗ものにも生かされるはずである。

そもそもこの雑誌は、御手洗さんの短編を毎号掲載すれば、現在なら最低限の読者数が見込めるので、この状況に依存して、出版があまり歓迎されないテーマ、すなわち新時代の日本人に必要とぼくが信じる日本歴史の新視点提示や、日本型正義論の総括、これらが導くであろう日本型人情の改善発想、司法問題、冤罪救済問題や陪審制度の復活議論、アメリカの新情報提供や、英語問題への注意喚起、などなど硬軟おりまぜた論文を上梓したいという考えからスタートした。しかしこれらの論文の辛気臭さに引っ張られ、やはり部数が伸びないなら、雑誌三、四号ごとに御手洗作品を短編集にまとめ、その収益金でご勘弁願おうかとも考えた。

宿願であったこういう出版物の執筆を、いざ始めてみると、やはり気合が入りすぎて、まずは御手洗さんの短編が三百八十枚にもなってしまった。これはもう短編とは呼びがたく、中編ですらないかもしれないが、私としてはこれを分載するなど思いもしなかった。そんな出し惜しみをする必要はまったくない。ストーリーはこの先山ほどもあって、はたして命があるうちに書ききれるか否かも解らないくらいである。ただしそれらすべてが御手洗ものではないから、このうちから彼に相性のよいアイデアがいくつあるものか、そういう不安は若干ある。

論文の類も、これまでに発表媒体がなかったために、言いたいことが溜りすぎていて筆が停まらず、全体に硬く、重く、長くなりがちで困った。軽めのエッセーで冗談を書こうとしても、ただの日記を書こうとしても、さらには中華料理について書いていてさえそのようであった。

創刊号を書き終えた今、全体を俯瞰してみるに（まだ雑誌実物が眼前にないからむずかしいが）、不思議なことに、江戸期から今日にいたるまでの日米関係という背骨が一本現れているのを発見する。最初からこういうテーマを意図していたわけではないので、これは多少の驚きである。今日自分がいる場所、そして友達の顔を思い出してみても、自分自身が、知らずそういう表現の使命をになってしまっているようで奇妙だ。

幕末期の日本の国内事情観察から、開国時の横浜関内の仕組み。太平洋戦争を経た終戦直後、米軍がいた関内にたまたま勤務した父親の思い出話。今回の御手洗小説は平成初期の関内や山手が舞台となるが、書いている当人は関内の巨大版のようなLAにいて、アメリカの友人について日記を書く。その友人は、日本人の若い俳優を率いて日米バイリンガル劇を行い、そしてぼくはこれに協力している。

御手洗冒険物語の舞台、自分が後にしてきた場所、今住み暮らす場所、そして日本人がこれまでにすごしてきた封建社会の総括と反省、これを踏み台として、今後向かうべき場所の模索。全体に妙に筋が通ってしまった。原書房と私以外に、もう一人編集者が介在したかのようだ。このテーマは、この雑誌においてはあとしばらく続くであろう。

その意味で、創刊号はこれでよかったのであろうが、私が当初この媒体で主張をもくろんだテーマは、まだほかにもいろいろとあった。まずは「本格ミステリー論」。それからハイブリッド車やEVをはじめとする、新しい自動車の世界観、具体的な情報も報告したいと思っていた。

ミステリー論に関しては、まだ若干の心残りと不安がある。ここ数年私は、日本の文壇における本格の危機的状況は去ったと認識し、自分が現在なすべき仕事の優先順位として、このテーマは平成元年頃よりは重要度がさがると考えてきた。しかしこういう判断も、現在にいたれば新たな問題の発生を許しつつある可能性を感じている。

私がもっか感じはじめている不安のひとつは、平等主義の日本人が、新本格とやらのムーヴメントも、日本の文壇における本格ミステリー小説の時代自体も終わり、現在文壇はホラーの時代あたりにさしかかっていて、島田は過去の遺物と化した。こういう了解に立って、「本格ミステリー宣言」の果たしたわずかな功と大きな罪を、ここらで総括しようという動きがしきりに聞こえることである。これは次のカラオケ歌手が後につかえている様子にも似て、作家だけではなく、本格というジャンル自体も交代すべきとする平等信念が、周辺者の潜在意識にはあるらしい。

当事者たち自身によるこのような気の早い動きは、日本の本格ミステリーにとってはマイナスであると私は感じている。本格に対する発言を私が停滞していることが、このような事態を招いているとはまさか思わないが、またしても起こっているらしいこのような妨害現象からすれば、本格ミステリー創作に関する発言もまた、再開した方がよいのかもしれない。

「本格ミステリー宣言」の主張するところを、たとえばハリウッドの映画作家たちに語ったなら、おそらく、そんな当り前のことを何で今更という話になるであろう。ほとんど原則論でしかないあれが、日本では異様なほどの反感を得たのは、日本のマニアにコード型のみが真の本格とする強固な信念があったためである。

これは例えば絵画制作において、その中心理念を探ろうとせず、成功した絵画の表現技法を抽出して、偉人のその前例パターンに習おうとする儒教的行儀発想に似ている。商業芸術であればこの方法を否定はしないが、いかに多数派の了解を得ていると見えてもそれは実は狭い世界でのことであり、この方法だけに盲目集中するなら、かえってスタイルが続かなくなることが目に見えていた。「コード型本格」と「本格探偵小説総体」とが完全同一と周辺者に認識されてのち、あるいは「本格探偵小説」の最良の部分が「コード型本格」と了解されてのち、コード型が失速すれば、例によって「本格の時代は終わった」と外野にはやされることは目に見えていた。したがってあの時期に私がやったことは、新本格勢との良好関係は捨て、この両者を切り離すことだった。

現時点の視線からは、これによって本格の時代が少しは生き延びたように思う。しかし今、この作戦の効能も薄れはじめて、今度は内野から、本格の時代は終わったとする把握が執拗に顔を覗かせはじめた。こういう事態は、また新たな本格延命の危機と疑える。

今またこの問題に少し言及しておくなら、私がこのテーマでの発言を休んだのは、一に危機的状況が去り、しばらくはこの状態が続くであろうと楽観したこと。二に冤罪問題、司法の問題、開国前夜の攘夷正義にも似た日本型行儀、面子道徳の改善に、より重要性を見たということがある。そして正直に言えば、三としてこの論議に不毛を感じたこともある。新本格がといって議論が始まり、では新本格はと受けると、そんなものは存在しないのだという前提の足払いとなった。コード型に一点集中してはいけないと言うと、コード型を否定する島田の態度は無礼だとなるので、では本格は、コード型がひとつあればよいという意見なのかと問うと、もう答えは戻らないのだった。

ともかく今ここで言っておくべきことは、「本格ミステリー宣言1・2」は、序論でさえもなかったということである。運動会の前日に、明日は運動靴を履こうなと確認し合ったようなものである。どう走るかの話はこの先だ。ところが不幸にして呼びかけには合意が得られず、裸足派から靴に頼るなど人格が低劣とする猛攻撃をくらったのだった。本当の運動会は裸足で行うべしとする信念が、当時運営委員会に支配的だったからであるが、以降私はやっかいを感じ、運動会さえポシャらなければよしとして先を語ることをサボっている。しかし、序論で提案を総括されても大した実りはないであろうから、裸足派が息切れしたらしい今、次号あたりで続きを始めるのがよいのかもしれない。

こうしている現在も、本格系の才能は次々と世に現れている。この雑誌と相前後して氷川透氏、松尾詩朗氏という有望新人二人が、講談社、光文社からそれぞれデビューする。柄刀一氏は今後ますます走るであろうし、響堂新氏も、生物学研究最前線の知識を生かして、立場固めにかかるはずである。今後で証明する予定だが、島田荘司自身もまた、これからいよいよ本気で走りだすところであるから、賞の選考委員とアンソロジー編纂といった隠居仕事には、なかなか没頭する時間がない。

すなわち、終わったという先の話がもし事実だとしたら、それは先述した私の予想の話であるから気づくのが遅すぎる。狭い世界に暮らしていた何人かに、起こるべくして起こった現象を、またしてもここで全体に広げて言いくるめようとする横暴ぶりには、もうそろそろ自覚的になって欲しいものである。外の広い世界では、変わらずに本格の隆盛は続いている。

島田荘司は、二〇〇〇年型が今年デビューする。この雑誌はそのボディ・シェルのようなものだ。できればこの雑誌は今後しばらく続けたいが、内容の密度は落としたくないし、ほかの仕事も多いから、上梓はせいぜい年三度がいいところであろう。いずれは新人の新作も後部座席に乗せて走りたいと願っているが、誰か運転を替わってくれる時代がくればもっとよいとも思う。

最後に、積年の念願を実現可能としてくれた御手洗さんと石岡君、そして里美ちゃんやレオナ嬢の読者の方々には、この場を借りて深く深く感謝の意を表しておきたい。誰よりもあなた方が大事であり、あなた方とともにあって、喜びをチャージし続ける存在でありたいと願っている。

二〇〇〇年四月七日　島田荘司

[著者]
島田荘司（しまだ・そうじ）
昭和23年広島県生まれ。武蔵野美術大学卒。
昭和56年、『占星術殺人事件』で衝撃的なデビューを果たす。
その後も続々と意欲作・傑作を発表。
死刑問題、日本人論についての深い考察も、ミステリーという枠組みを超え、幅広い読者の共感を呼んでいる。

季刊《きかん》 島田荘司《しまだそうじ》

●

2000年6月4日　第1刷

著者……………島田荘司《しまだそうじ》

本文掲載写真……………島田荘司

装幀・本文AD……………VISTA（川井良人・土岐旬哉）

発行者……………成瀬雅人

発行所……………株式会社原書房

〒160-0022 東京都新宿区新宿1-25-13

電話・代表03(3354)0685

http://www.harashobo.co.jp

振替・00150-6-151594

印刷・製本……………三松堂印刷株式会社

ISBN4-562-03310-X, Printed in Japan